見えない轍

心療内科医・本宮慶太郎の事件カルテ

鏑木 蓮

潮文庫

目次

カバーデザイン　片岡忠彦

プロローグ・小倉(おぐら)由那(ゆな)の日記

私は、鉄チャンって呼ばれるような鉄道マニアではない。鉄道や電車そのものに興味があるわけじゃなく、そこに乗車している不特定多数の人たちに惹かれる。

子供の頃から、ずっとずっと電車を見てきたせいか、ギーギーと車輪がレールを擦(こす)る音も不快に感じたことがない。家の裏に鉄道が通っていて、列車が通るたびにコタツの上の醤油瓶が小刻みに揺れるのを面白がっていた女の子だった。

裏窓を開けると、凄い音を立てて列車が緩やかなカーブを曲がっていくのが見えた。水族館の大きな水槽の魚が、こっちに向かってきて銀色のお腹を見せ、また向こうへ泳いで行くような素早さだ。あっという間に最後尾の電車の顔が遠くへ去って行く。

みんなそれぞれに行き先があり、目的がある。喜怒哀楽、いいところ、悪いところ、きれいなところ、みにくいところ、人間のすべてが鉄の箱に入ってるって感じが好き。

どんな人が、何を思ってどこに向かうのかを想像していると時間を忘れてしまう。由那ちゃんは電車が好きやね、と祖母がミルキーをくれる。だからか、いまも電車が通り過ぎるのを見ると、甘いミルクの香りがしてくる気がする。

これまで人生の岐路、ちょっと大げさか。大事な選択をしなければならないとき、必ず電車に向かってすることがある。

あの不特定多数の、喜怒哀楽の大きな魚に、手を振る。自分の決心が揺らがないように、誓いを立てる。

進学も、就職も、引っ越しもそして恋も……。だからといって願いが叶うこともなかったけれど、私にとってそれは一種の信仰のようなものだったのかもしれない。自分で自分の背中を押す儀式なんだ、きっと。

ああ、今日も電車の走る音がする。

大好きなレールの軋（きし）み、金属と金属が競い合って奏でる悲しい泣き声が耳に、頭に、そして胸に染みる。

第一章　動揺

1

この町で『本宮心療内科クリニック』を開設して二年、本宮慶太郎はアルバイトの口を探さねばならないと真剣に思い始めていた。京都と奈良の間の鉄道沿線には大学が誘致され、国立国会図書館関西館や大手企業の研究開発機関などもあり、それに伴いマンションや一戸建ての宅地開発も進んでいた。

　学生や研究者などが多く集まれば、それぞれの立場でさまざまなストレスに悩む人口も増える。そう言って、ここ相楽郡精華町にクリニック開設を勧めてくれたのは、経営コンサルタントをしている高校時代の友人、沢渡恭一だ。

　その恭一に、思ったほど患者がきてくれない、と愚痴を漏らすと、

「まずは三年、踏ん張れ。そうすれば、精神科じゃなく心療内科を看板に掲げたことも含めて、俺が言ったことが正しかったと笑える日がくる。感謝してもしきれないか

ら、有馬温泉にでも招待したいって言ってくるぞ」

と誤魔化すばかりだ。

当座の運転資金も底をつきかけていて、ローンの返済にも工夫を要するようになってきた。

このところ看護師として手伝ってくれている妻、澄子（すみこ）のため息が増え、視線が厳しくなっているのを感じる。兵庫の大学の医学部に入学して八年間学び、総合病院の精神科勤務医として経験を積んで、やっと夢だった自分のクリニックを始めたのが四十三歳。この歳で他院でのアルバイトをするのは気が重かった。

心療内科を診療科目に入れている病院では、精神科医の需要はまずまずあるはずだ。医師専門の求人サイトにアクセスすれば、すぐにでもアルバイト先は見つかるだろう。

厳密に言うと心療内科と精神科の守備範囲は異なるが、患者サイドの受診のしにくさから精神科の看板を高らかに掲げる病院は少ない。自分のクリニックもその例外ではない。同じように心療内科で精神科医が働いているケースは多く、たまに後輩と顔を合わせることがあった。

アルバイトをする友人の医師からも、後輩の補助として働いているという話を聞くと、どうも二の足を踏んでしまう。

「新患よ」

澄子が診察室に飛び込んできた。

「そんなにテンション上げるなよ」

「久しぶりなんだから、仕方ないでしょう」

「悩みを抱えて、やっとの思いで電話をかけてくる。そんな患者さんの気持ちを考えれば、手放しには喜べない、そうだろう？」

慶太郎はデスクから立ち上がり、診察室にある大きめのソファーに尻を落とす。

「あほらし。予約、明日の午後四時に入れましたからね」

澄子はさっさとドアの向こうに消えた。

恭一の助言通り願ってもない場所だと、澄子の実家の敷地内に建てた自宅兼クリニックだからか、養子になった覚えはないのに、近所からは澄ちゃんのお婿さんとしか呼ばれない。義父は大手医療機器メーカーの重役、義母は学研都市総合病院の外科病棟の看護師で、一人娘の婿には絶対医師をと、手ぐすねを引いていたと後で聞かされた。

　人の心を扱う商売のくせに、そんな術数にまんまとハマるなんて情けない。恭一が、酒を飲むと必ずと言っていいほど口にするフレーズだ。精華町にクリニックをと勧めたのを棚に上げていい気なものだ、と互いに好きなことを言い合える友人は大学時代にはできず、やっぱりことあるごとに盃（さかずき）を傾ける相手は恭一だった。それを彼は腐れ縁だと笑う。

むろん患者は皆無ではない。午後からアルコール依存症の女性の予約が入っていた。つまり午前中は閑古鳥がないているという惨状だった。

慶太郎はタブレットの電源を入れた。クライエントのデータを確認する前に、医師アルバイト情報のサイトを開いた。

最近、老年医療関係の求人が増えた。認知症ケアの一環で、患者本人ではなくその家族の心身症を診る。

しばらく、ここから通える範囲にある病院を探していたが、三年踏ん張れという恭一の日焼けした顔が浮かんできて、サイトを閉じた。

踏ん張ってみるか。

2

午後三時五十分。予約の患者は十六歳の女子高校生だった。思春期の患者には人一倍神経を使わねばならない。

クライエント名は、棚辺春来（たなべはるき）、母親の春美（はるみ）と来院した。予約の際には、主訴なども不明でとりあえず相談がしたい、と言っていたそうだ。

慶太郎は少しウエーブのかかった長めの髪を手櫛で整え、白衣から覗く猫柄のネクタイを締め直した。学生時代は剣道部に所属し、それなりに女性にもてた。侍っぽいのは名前だけではなく、顔立ちもそうだと言われたことがある。ただ、剣の腕は大したことはなく、大きな大会の出場経験もない。要するに上背だけ一人前で動きが鈍く、弱かった。クラブでも後輩にどんどん抜かれる経験は、弱気な慶太郎にますます自信を失わせていった。そう分析しては、過去の悔しさをバネに変えようともがいている。

そんな自分を見透かされてはいけない、とクローゼットの中から木刀を出し、一〇回だけ素振りをするのをルーティーンにしていた。

木刀を元の位置にしまうと、澄子からの内線が入った。

「棚辺さん、お見えになりました」

「どうぞ」

応接セットの前に立って、患者を出迎える。

二人の背丈はほぼ同じで、母親がふっくらし、娘の春来は紺色の制服姿だったけれど、かなり痩せているのが分かる。髪形も同じショートボブだというのもあって、よく似た母娘だという印象だ。

春来は支えていた母親の手を振り払うようにして、自分だけソファーに座った。

「お母さんもどうぞ」

「はい」

母親は体全体でお辞儀をして、腰を下ろした。白っぽいワンピースに若草色のカーディガンが幼い感じに映る。若く見えるが四十路だろう。

ゆっくり座りながら慶太郎は、母親に住所や連絡先などの他、春来の病歴、これまで飲んだ薬などのアレルギーの有無を記入する初診カードを渡す。

母親が書き終わるのを待つ間に、タブレットをテーブルの上に用意した。

「ここに来られたのは、春来さんご本人の希望ですか。それともお母さんのご希望ですか」

いつもの質問だ。自発的な来院と無理やり連れてこられたのとでは、本人の問題意識に差がある。自ずと対応も変えざるを得ない。

「私が言い聞かせて連れてきました」

母親が申し訳なさそうに言った。

「無理やりって感じですか」

「これまでなかったことだったので、ひどくなる前にと思いまして」

「これまでになかったことというのは、どういったことです？」

「この子、急にものを食べなくなってしまって」

そう言う母に顔を背けるように春来は床を見ている。

「食べないというのは、どの程度ですか」

「食事も間食もしないんです」

母親は眉を顰(ひそ)めて、春来を一瞥(いちべつ)する。

「そうですか。では春来さんに伺います」

慶太郎はわざと大きな動作で、春来のほうへ体を向ける。春来に聞いているんだということを態度で示さないと、すべてを母親が答えてしまうからだ。

「春来さん、今日はよく来てくれましたね。緊張しないでいいですからね」

春来が床を見たまま、こくりとうなずいた。

「ご飯が食べられないということですが、お腹、減らないんですか」

春来は首を振った。

「好き嫌いがあるんですか」

「この子は何でも」

そう言いかけた母親を慶太郎が手で制し、

「申し訳ありません、お母さん。いまは春来さんから話を聞きたいんです」

と微笑みかけた。

「でもこの子、内気でして」

「お母さん、僕に任せてください」

「は、はい」

「一緒に深呼吸しましょう」

慶太郎がまず、大きくお腹を膨らませて、深呼吸した。何度か繰り返しているうちに春来も背筋を伸ばして呼吸を始める。隣の母親も一緒に肩を上下させていた。

春美は娘のことが心配でしょうがないようだ。おそらく娘が失敗する前に手を差し伸べてしまうタイプだろう。

思春期の春来は、どうもそれがうっとうしく感じ始めているようだ。

「好き嫌いはないんですか」

「はい」

耳に神経を注がないと聞こえないくらい小さな声だった。

「お腹が痛いとかはどうですか」

「ない、です」

「食欲は、どうです?」

「ある……かな」

「お腹は空くんですね」

春来はうなずく。

「お腹が空くのなら、食欲はあるということなんです。いつから食べられないんですか。分かる範囲でいいですよ」

　慶太郎はソファーから手を伸ばし、自分のデスクにある卓上カレンダーを取って、春来の前に置いた。

「今日が、十月三日だから、十月に入ってからかな？」

「九月三十日……夜」

「よく覚えていますね」

「忘れられない、です」

　春来の言葉は何か具体的なものを指している、と慶太郎は感じた。

「忘れられない？　それは何ですか」

「女の人」

「何なの、そんなことお母さん聞いてないよ」

　母親が慶太郎と春来の会話に割って入ってきた。

「お母さん、ちょっとお部屋の外で待っていてくれますか」

　慶太郎は澄子に内線で事情を話した。

　渋々母親が出て行くと、閉まるドアを春来はじっと見ていた。大きな瞳に不安の色が差したようだ。

母親依存から完全に抜け出してはいない証拠だ。

「ごめんね、お母さんが食べられなくなったんじゃないんで、少しの間だけ外にいてもらうね。では改めて聞きます、九月三十日の夜、何があったんですか」

「新聞の夕刊に、載ってたんです」

「ほう、新聞の夕刊に載っていた」

鸚鵡返しは話を引き出す基本だ。深くうなずき、

「その女の人は、知り合いですか」

と慶太郎は訊いた。

春来は首をかしげて、左右に振った。

「全然知らないわけじゃないってことかな？」

「小倉さん」

「小倉さんっていうんですね」

春来は返事をせず、鞄から取り出した新聞の切り抜きを静かにテーブルの上に置く。その丁寧な置き方に、小倉という女性が春来にとって嫌な存在ではないことが推察される。

「見せてもらいますね」

慶太郎はきれいに切り取られた小さな新聞片を手に取った。

自殺か、スーパーのアルバイト女性、自宅アパートで死亡

九月二十九日の夜、精華町○×のスーパーマーケット「ハッピーショッピー」に勤めるアルバイト店員小倉由那さん（三四）が自宅アパートで死んでいるのを、無断欠勤を不審に思い、自宅を訪ねた店長が発見した。小倉さんに目立った外傷や着衣の乱れはなかった。また現場に荒らされた形跡もなく、カップに薬物が混入していたことや、傍らに遺書らしきメモが残されていた状況から、京都府警木津署は自殺の可能性が高いと見ている。

「これを読んでから、ご飯が喉を通らなくなったんですか。小倉さんが亡くなってショックを受けたということですね」

自殺をしたかもしれない小倉由那という女性の死に、春来が動揺して摂食障害を起こした。由那との関係がそれほど濃厚ではないらしいが、感受性が強い子には稀にある心的外傷後ストレス障害のようだ。

「私……お腹が痛くなって」

「小倉さんの死が悲しかったんですね」

「分かりません。話したこともないのに……」

「うん、気持ちの優しい人に起こる症状です。知っている人が急に亡くなったんですから、ある意味仕方のない状態かもしれません」

「私、亡くなった日、電車の窓から見た」

「ちょっと待ってください。春来さんは電車に乗ってたんですね」

「ドアの前に立ってて」

春来は、京都市内の高校に電車で通っていて、特に帰りはよほどのことがない限り同じ車両の同じ位置にあるドアから外を眺めていた。

「毎日、その人が何もない田んぼに立ってこっちを見てるから」

「春来さんもそれを見てた。だけど直接会ったことはないんだね？」

「ないです」

「なるほど」

だから知り合いではないけれど、知った人物なのか。

「その人が、新聞に載っている小倉さんなんですね」

新聞の写真は小さく不鮮明だった。

「エプロン。ひよこマークの上にハッピーって書いてあるんです」

「ハッピーショッピーによく行くんですね。そこで小倉さんを見かけたことがあった」

「いえ、ないです。新聞の写真と何となく似てるし、ハッピーショッピーに勤めてたってあったから」

「そうですか。それほど親しくなくても、いつも見ている人が亡くなったんだから、強い衝撃があるのは当たり前の反応です」

　と言ってみたが、刺激が多い時代にあって、そこまでナイーブな子は珍しいのではないかと感じる。このくらいの年頃のほうが、案外残酷なことを考えることがある。それも、ある程度正常な成長過程の一つだ。

「ちがいます」

　これまでにない大きな声だ。顔も少し紅潮している。

「えっ、ちがう？　何がちがうんですか」

「あの人、自殺じゃない、と思う」

「ちがうというのは、記事の内容が間違っているってことですか」

「そんな感じじゃなかったから」

　春来はお腹を抱えるように背を丸めた。

「どうしたんですか」

「お腹が」

　春来の手のひらが鳩尾(みぞおち)あたりを押さえている。胃が痛むのかもしれない。その上、浅い息をしていた。

「深呼吸してみましょうか。それでも治まらなかったら、お薬を出します。気を楽にして、まずは大きく息を吐き出しましょう」

春来は言った通り、大きく息を吐き出し、そして吸う。ボートを漕ぐように体が前後した。

顔を上げた春来に慶太郎が声をかける。

「大丈夫ですか。痛みが治まったら今日はこれくらいにしましょうか」

「ううん。ご飯、食べられるようになりたいし」

さらに赤みを帯びた顔で春来が言った。

「分かりました。では続けましょう。どこまで話しましたっけ?」

「自殺する感じじゃなかった」

「そうでした。なぜそう感じたのか、先生に話してくれますか」

春来はゆっくりだけど、しっかりうなずいた。眼球運動で、彼女の思考がめまぐるしく働いていることが分かる。

患者の最も気になっていることを引き出し、そこから問題点を探る。問題点が明らかになれば回復への糸口を見つけることができるのだ。

「いつもとちがったんです。私、実は」

春来がうつむいた。そして自分の左足を見つめる。

「左足が、すこし悪いんです」

入り口からの数歩だったが、母親が春来の右側から支えていた。その力の入り具合が強いと感じた。母親が左利きでない限り、普通なら春来の左側に立って右手で支える。初診カードへの記入は右手だった。そのカードの病歴には、小児麻痺の後遺症とだけ記されていた。

「普段、足を補助するものは？」

「杖、あるけど使いたくない」

「痛みはあるの？」

「全然。でも力を入れてないとよろける。ぴょこってなって、たぶん力が弱いから」

春来は筋力をつけることと、バランスが取れるようにするためにわざと電車では座席に座らないのだと言った。

「揺れるのを利用して鍛えようとしているんですね。素晴らしいじゃないですか」

慶太郎の投げた笑顔に応えるように、春来が顔をほころばせた。照れ笑いでも、口角が上がると気持ちはほぐれるものだ。

「で、毎日ドアの前に立ち、外を眺めていると小倉さんが立っていた」

整理して話しやすくする。

「その日、その日だけなんです。小倉さんが手を振ってくれたのは。嬉しくて私も振り返したら、笑ってくれた」

「これまでは立ってて、電車を見てるだけだった？」

「そうです。手を振ったのその日が初めてです」

「うーん、それはお別れの印だったのかもしれませんよ」

「手を振って、ぐっと握り拳をつくったんですよ。さよならとは思えないです」

「死ぬ決心をしたのかも」

意地悪に聞こえるかもしれないけれど、自発的に何が問題なのかを考え始めているときには必要な問いかけだった。自己解決へのプロセスだ。

「私、とても悩んでいたんです」

話がいろいろな方向へ飛ぶのも、悪い傾向ではない。自分をさらけ出してもいい、気を許してもいいと思っているのだ。

「悩みって？」

「ダンス教室に通うかどうか。私ダンスが大好きなんですけど、足のせいで諦めてて。足首が歪んでるし、ちゃんと伸びないし、左足だけできれいに立てないから……。でも坂東玉三郎さんも私と同じように足に後遺症があるってテレビで観て、できるかもって。私は日舞じゃなくブレイクダンスなんですけど」

「激しい動きのものですね。ストリートダンスかな」

「そう。足技も多いし。でも何かパッと気が晴れる感じがして、好き」

「ダンスが本当に好きそうですね。素晴らしいことだ」

「でもお母さんは……」

「お母さんは？」

「分かってくれてない」

「あなたがダンスをすること？」

「何でも反対はしない。だけど、できっこないって思い込んでる。それが見え見え」

ダンスに興味をもつ前に、チアリーディングをやってみたいと思ったことがあって、それを母親に話したときの顔が、春来は気になったのだと言った。

　ハンディを負った人に共通する猜疑心だ。

「頭ごなしに無理って言われるのもいやでしょう？」

「そうだけど、何でもチャレンジはいいことだって言いながら、どうせ無理よ、なんて思われてるのも、やだ」

「なるほど。そういう気持ちだったんだ」

「そしたら、駅でダンス教室のチラシ配ってて。それ見たらやっぱりやりたいって思った。いつお母さんに教室へ通わせてって言おうかとずっと悩んでた。今日は言おう、くれた」

絶対明日は打ち明けるって。そのとき、小倉さんが手を振ってガッツポーズを送って

「ガッツポーズか」

「私、嬉しくて」

春来はその日の夜、母親にダンス教室のことを切り出せたのだと言った。

「背中を押してくれた。そう思ったんですね」

偶然と思い込みの産物であることは明らかだ。しかしそれは言えない。

「感じるものでしょう?」

春来が上目遣いで訊いてきた。

「何を、ですか」

「どう言ったらいいのか分からないけど、嫌な感じかいい感じか。嫌な感じだったら、私、お母さんに言えなかったと思う」

「感じ方がよかったから、前向きになれた。元気、いや勇気を与えてくれたってことかな」

「これから自殺しようとしてる人に、私、励まされたりしない、です」

真剣な目で春来はこちらを見た。

聡明な言葉だ、と慶太郎は思った。

「小倉さんが自殺するはずない、と思ったんですね」

「なのにこれには自殺の可能性が高いって。嘘です。嘘が書かれているんです。私、どうしたらいいんですか」

泣きそうな表情になった。

いま、春来は強い無力感にさいなまれているようだ。自分の背中を押してくれた人に、何もしてあげられないことで、自分を責めている。食事を摂らないのは自傷行為だ。

「どうしても小倉さんが自殺したとは思えないんですね」

「だって、ほとんど毎日顔を合わせてて、初めて手を振ってくれて、私も振り返した。凄く嬉しくて、胸が熱くなって、力が湧いて」

春来は早口で言いながら、とうとう泣いてしまった。

慶太郎はティッシュペーパーの箱を春来に差し出し、泣き止むまでしばらく待って、

「気持ちがつながったようだった。そんな感覚ですね」

と言葉をかけた。

「先生は信じてくれるんですか。自殺じゃないって」

「あなたの話を聞いて、先生も小倉さんが自殺する気でいたとは思えません。でもね、すぐに結論は出せない。それは分かりますね？」

「うん」

「真実を知っているのに、何もできないもどかしさを春来さんは感じている。それなら、あなたにできることを先生と一緒に探していきましょう。そしてできることが見つかったとき、あなたの力が必要になる。だから、いまあなたに体を壊してほしくないんです。食べないと、健康を損なう。先生の言いたいことも分かりますね」

ある意味、食事をしない原因ははっきりしている。うまく対処しないと本当に摂食障害へと進行してしまいかねない。

「……あの人を助けてあげられるんですか」

「ええ、大丈夫」

と、春来の目を見た。嘘も方便で成り立っている医療なのだとつくづく思う瞬間だ。薬物療法より問診を重視すればするほど、医者が嘘をつかなくていい治療はないものなのかといつも考えてしまう。

「今日はこれくらいにしましょう。この用紙に身長や体重、好き嫌い、得意なことや興味をもっていることを書いてください。受付で次の予約をとって帰ってね」

慶太郎は立ち上がり、ドアまで春来を誘導した。

3

　その後、軽度認知症の高齢者と、転職をきっかけにヒステリー球にかかった四十代のサラリーマンの二人の患者を診察した。ヒステリー球とは咽喉頭異常感症と呼ばれ、主にストレスによって喉が詰まったように感じたり、違和感を覚える疾患だ。

　閉院の午後八時まで、小一時間あった。

「ねえ、慶さん、気になったんだけど」

　コーヒーカップを載せた盆を持って、診察室に入ってきた澄子が、ソファーに座った。慶太郎もデスクから移動する。

　澄子は夜の予約状況を見計らって、慶太郎の食事を用意しておき、実家の家政婦さんに面倒を見てもらっている長男、尊（たける）と食事をする。それを済ませ、コーヒーを淹れて再びクリニックに戻ってきたようだ。

「分かってるよ、棚辺春来さんのことだろう？」

「多感な時期だから、思い込みってこともあるわよ」

「それは否定できないけれど、『これから自殺しようとしてる人に、私、励まされたりしない』という彼女の言葉が気になってね」

小倉由那の行動から勇気を得たと感じたのを、勘違いや思い込みだと断じるのはたやすい。多感な年頃なら、そんなこともあるだろうし、澄子の意見も間違いだと言い切れない。しかし実際に、春来は母親にダンス教室の件を切り出している。

「死にたいと思っている人間に、だよ。それを無視できないんだよな」

「勘違いからでも、人は動かされるわよ。私たちの結婚のように」

「きついな」

「だって慶さん、僕が目指しているのは単なる医師じゃない、心を癒す詩人なんだって言ったんだからね」

初めて会った合コンの席上で、慶太郎が澄子に職業を聞かれて言った言葉だ。合コンは友人の恭一が主催したもので、場所は神戸のしゃれたホテルラウンジだった。当時研修医で、何科の医師になるか模索する中、悶々とした気持ちを紛らわせようと草野心平や吉野弘、石垣りんなどの詩集を読みあさっていた。店の雰囲気に合わせ格好つけようとして、つい口が滑った。

「だから付き合ったわけでもないだろう」

「ううん、ポイント高かったわ。他の人はみな現実主義な研修医ばかりだったもの。六つも年下の世間知らずをかどわかすには十分な台詞だった。二十六歳と二十歳だからそんなに年齢差を感じないけど、小学校六年と高校三年生なら、大変なことだわ」

「それはこっちに置いとけよ。いまは棚辺さんの話をしてるんだ」

「警察が自殺の可能性が高いって思ってるのに、それをちがうって言ってもね」

「まずは共感してあげないと治療にならない。何といっても、患者さんとの信頼関係が大事なんだから」

「それは分かるわ。でもね、あの子の心はすでに亡くなった小倉さんとシンクロしてしまってる気がする」

「そうだな」

「自殺じゃないのに、自殺にされてしまった小倉さんの気持ちになって、悔しがってる」

「分かってるよ。だから順を追って治療をしていくんじゃないか」

「そうかしら。順を追ってって感じじゃなかった。約束したのと同じよ、あれは。小倉さんが自殺か、そうじゃないかを調べるって。自殺じゃないって言った春来さんの言葉を証明するって大見得きったようなもの。思春期の女の子なのよ、先生の言うことだもの、信じ込んでるわ。それにあの子、感性が鋭い。どうする気？」

　澄子は突き放した言い方をした。

「それはまずかったな。うーん、警察関係者に知り合いはいないし、どうすればいいんだ」

澄子の指摘はもっともだ。

治療方法に間違いがあるとは思えないが、警察でもない自分が小倉由那の死因を調べられるはずもない。

「沢渡さんにでも訊けば」

「守秘義務がある」

「何も治療の一環だなんて言わなくてもいいじゃない」

澄子はさっさと席を立った。

澄子が診察室を出て行くのを確かめてから、慶太郎は恭一に電話した。

警察に自殺だと判断された女性がいるのだが、疑問をもっている。真相を調べたいので知恵を貸せと話した。

すると恭一は、なぜか嬉しげに午後十時にそっちに寄らせてもらうと言った。

恭一の顔を見たらまず、人が亡くなっているのに不謹慎だ、と注意してやろう。

「駅前はいいけど、そこからの道が暗いな」

平気で三十分ほど遅れてきた恭一が、文句を言いながらクリニックの玄関を入ってきた。

「アンバランスな都市開発だって言いたいんだろう」

受付カウンターから、スリッパに履き替える恭一に言葉をかけた。

「せめて院内だけでも明るくしておいてくれよ。この薄暗さ、節約か」

「節約しないといけないんだよ、誰かさんの口車に乗ってしまったから。こっちはマジでバイトの求人サイトを閲覧してるんだ」

「愚痴はその辺にして、話を聞こうじゃないか」

恭一は丸眼鏡をハンカチで拭きながら、待合室を通り過ぎて診察室のドアを開く。

「おい、勝手に入るなよ」

慶太郎も慌てて彼の後を追う。

恭一が応接セットの奥に座り、

「どうぞ」

と、慶太郎を促す。

「カウンセリングでもする気か」

「だってお前の診断ミスで女性クライエントが自殺したんだろう？　女房の尻に敷かれた気が弱い慶太郎先生のことだ、心的外傷後ストレス障害だっけ、そんなのになってるんじゃないか？」

恭一は、ネクタイを緩めてソファーにもたれた。

「勘違いすんな。そんなんじゃない」

慶太郎もソファーの背に身を委ねた。

「まあ、言いたくないのは分かる。阪神・淡路大震災のときに助手としてかり出されて以来、お前はずっと自分の無力さを責め続けているんだ。それを分かってるのは、俺だけだ」

恭一はしたり顔を見せ、一人でうなずいている。

内科医か外科医、どちらに進むべきかを悩んでいたが、大震災がその方向を決めたことは確かだ。傷が癒えても、心が元気でないと人は前に進もうとしない。本当の意味で、立ち上がれないと感じた。だから心を診る精神医学に惹かれたのだ。

「無力さは痛感してるけど、自分を責めてなんていない。元来、お前は思い込みが激しいんだよ。とにかく俺のクライエントが自殺をしたんじゃない。亡くなったのは面識のない女性なんだ」

慶太郎は春来から預かった新聞記事のコピーをデスクに取りに行き、ソファーに戻ると恭一に手渡した。

「小さな記事だな」

「まあいいから読めよ」

と再び立ち上がり、コーヒーメーカーのスイッチを入れた。

コーヒーを入れたカップを両手で持ち、応接テーブルに戻る。

「おうサンキュー。なんでこの女性の自殺に疑問がある？」

　恭一はカップに手を伸ばしてコーヒーを啜る。

「自殺したと思われる日に、その小倉由那って人を目撃した女性がいるんだ」

　診察で知り得た情報を他言するわけにいかないから、ところどころ誤魔化しながら、春来から聞いた由那の様子を恭一に話した。

「おいおい、お前大丈夫か。理系の人間とも思えないな。すべては見たって言う女性の思い込みだろう。むしろそっちを疑問視すべきだ」

「死のうとしている人間に励まされないって台詞、何か心に響かないか」

「お前って、やっぱり詩人だな」

「ダメ元で調べたい」

　背もたれから体を起こし、

「力を貸してくれ」

　慶太郎は膝に手を置いて頭を下げた。

「その女とお前、何かあるのか」

「アホか、そんなんじゃない」

「澄子さんのいるところでは話せない、女だな」

　いつになく真剣な顔で恭一は身を乗り出す。

「いいや、あいつも知ってる」

「事態はそこまで深刻な状態ってわけか」

「怒るぞ、ゲスの勘ぐりはよせ」

　診察室に慶太郎の声が妙に響く。

「お前の頭の中は、三流週刊誌か、ワイドショーネタしかないのか。しょうがない、白状する。患者だ」

「あっちゃ、掟破りだな」

「もちろん誰だかは言わん。その患者は、自分に手を振った後に自殺した小倉さんの心にシンクロしてしまって、摂食障害の初期症状が出てる」

　一気に喋った。

「自殺じゃないってことになれば、その患者の病状が改善するのか」

「それは分からない。ただ、自殺じゃないのにそうだと断じられて無念だろう、と彼女は思っている。その無念さを知っているのは自分だけだ。なのに何もできないと責任を感じているんだ。摂食障害は無力な自分を責める、自傷行為なんだよ、沢渡」

　慶太郎は恭一の丸眼鏡、その奥の瞳に訴えるように言った。

「なるほど、無力感を払拭(ふっしょく)できれば自責の念は軽減されるってことだ」

「ごく単純に言えば、な。乱暴だけど」

できることはしたんだ、という感触をもってもらえれば改善の余地はあると、慶太郎は信じたかった。

　足の不具合を乗り越えようとしている春来が、せっかくダンスへの挑戦を決めたのに、由那の事件でつまずくのはやるせない。いや由那こそが、春来の一歩踏み出すきっかけをつくった人間だったのだから。

「世間知らずのエリートちゃんが、俺を頼るのは必然ってことだな」

「言ってろ」

　慶太郎は苦笑した。

「ただ警察は苦手だ。別に悪いことをしてるわけじゃないけど、俺だってお近づきにはなりたくないからな」

「目が笑ってるぞ」

　恭一は深刻そうな顔をつくっているが、目だけは正直だ。腹案があるにちがいない。

「かなわねえな、心療内科医には。この間、宅配便を使った振り込み詐欺で、お金の送付先に空き家が使われたのを知ってるか」

　慶太郎はうなずいた。ニュースで聞いたことがあったからだ。

「俺がコンサルで関わっていた不動産会社がその被害にあった」

　お金を空き家の住所に宅配便で送らせるのだが、指定時間に受け子がいないといけない。しかし下手に借りると足が付くので、賊は勝手に空き家に入り込んで荷物を待つ。

これは一つの物件を複数の不動産屋が仲介するシステムによって可能になったものだ。部屋を見せるために仲介業者はさまざまな物件を案内する。それらすべてのマスターキーを持ち歩くことはセキュリティ上よくないし管理が大変だ。だから部屋を開ける鍵を仲介業者間で共有することになる。

見学者が来る前に、その隠し場所から鍵を持ち出す。そのほうが急な見学要請に応えることができるという。鍵は暗証番号を入力すると開くケースに入れて管理していた。賊はそこに防犯カメラを設置して暗証番号を盗み見る。そして鍵を入手すると部屋に潜入、住人の顔をしてまんまとお金の入った荷物を受け取るのだ。

「京都府長岡京市のマンションがその被害にあったんだ。幸い宅配業者に流してた空き家情報のお陰で、詐欺グループの未遂に終わったけどな」

「仲介物件ってのも、気をつけなきゃならんな」

「そこに目を付ける詐欺グループが凄いよ。いまはきちんと手を打ってある。そのとき京都府警のサツ回りの記者と知り合った。確か光田、光田洋平っていうんだ」

「情報を仕入れるのには打ってつけだけど、そう簡単に協力してくれるかな」

「毎読新聞の若い記者だ。毎読には大学時代の後輩がいる」

「話が見えんな」

「大阪本社で、かなり上のポストに就いてるって言えば、分かるだろう？」

「パワハラになるようなことはするなよ」

慶太郎は釘を刺した。無茶をされては何にもならない。

「もちろん、上手くやるさ。海千山千の沢渡さんに任せておけ。それにな、ハッピーショッピーってのに興味がある」

「お前が？　郊外によくあるタイプのスーパーマーケットだよ。昔はよろず屋さんだったんだろうなって感じの。俺はあまり知らないけど、澄子は何度か行ったことがあるんじゃないか」

「いや、駅前に大型スーパーができてるだろう？　一駅先にはもっと母体が大手の店もある。そんな中で、俺も聞いたことのないハッピーショッピーなんて店の経営が上手くいっているとは思えない。いや、もし大型店の煽りを受けていないとすれば、それこそそこに何か経営ノウハウがあるんじゃないか」

「何だ、コンサルとしての興味か」

と言ってみたが、恭一のことだ、おおかた儲け話が転がっていないか探るにちがいなかった。慶太郎のクリニック開設の失敗を除き、彼はその方面に鼻が利く。

「あまり目立った動きは困るぞ」

「リサーチしに行くだけだよ」

恭一が眼鏡の縁を持ち左右に調整しながら微笑む。

「あくまでここだけの話だからな」

「お前を困らせるようなことはしない。俺を信頼してるから相談したんじゃないのか」

「もちろん、そうだ」

慶太郎は、コーヒーを啜ると、

「ただ、うっかり八兵衛のところがあるからな」

と付け加えたが、譬えの古さに噴き出してしまった。

4

名田正太(なだしょうた)はハッピーショッピーのバックヤードを通って、裏口から外へ出た。きちんと駐車スペースの線を引けば、乗用車なら三〇台は駐められるだだっ広い駐車場を見渡す。今は七、八台の車しかなく、その向こうは田園風景が広がっていた。田んぼは水抜きされ稲刈りの準備に入っている。豊かに実った稲の金色と路傍に咲く彼岸花の赤が美しかった。

熊井哲治（くまいてつじ）の軽自動車はなかった。腕時計を見ると午後四時少し前だ。正太は胸を撫で下ろし、煙草に火をつけた。

歩きながら、快晴の空に向かって思いっきり煙を吐く。秋の風が一気に紫煙を空に舞い上げた。

側面に青い文字で「熊井産業」と書かれた白い軽自動車が、ゆっくりと駐車場に入ってくる。乗っているのはカトンボのような痩軀の熊井哲治だ。やはりきっちり午後四時だった。

正太は煙草を捨てて靴で踏み、会釈をしながら車に駆け寄る。また体重が増えたようで、体が重い。

「わざわざすみません」

正太が頭を下げた。

「乗ってんか」

正太が助手席に座ると、軽自動車が揺れて軋んだ。

「あきませんな」

「このところ運動不足で。さらにメタボが進んでしまいました」

自分の胴回りを見た。

「そんなことやのうて煙草ですがな」

「煙草をやめるともっと太りそうで、なかなか」

「そうやのうて、ポイ捨てですがな。吸い殻は小さいけれど、環境汚染にはちがいおません。自分のお店を自分で汚してどないしますねん」

熊井がぎょろ目を向けてきた。六十前の小さな男なのに、睨まれると言い知れぬ威圧感があった。普段は優しげな表情でむしろ剽軽（ひょうきん）な「おっちゃん」に見えるだけに、毎度ビクッとする。

正太は三十九になる今まで、これほどものをはっきり言ってくれる人間に出会わなかった。いちいちうるさく小言をもらうのに、なぜか腹が立たないのだ。鋭い視線は怖いけれど、温かな笑顔に魅力を感じている。それも父親に抱いたことのない感情だった。

正太は謝り、吸い殻を拾いに出ようと車のドアに手をかけた。

「あとでよろしいで、ぼん」

熊井は前を向いたまま言った。

親父がハッピーショッピーの経営をしているため、一人息子の正太のことを「ぼん」と熊井は呼んだ。

いかにも半人前だと言わんばかりの呼び名で、馬鹿にされているような気がする。

しかし、そう感じさせないのは、熊井と「惣菜部のおばあちゃん」こと井東（いとう）サワだけだ。

「ビジネスの話が先や。味付けのことやけど、私は大満足してる。残りもんであそこまでできるのは、ぼんとこの惣菜部だけや。試しに回してもらってる加工品をフクスケホールディングスのチェーン店で販売してるんやが、大評判や。他の商品より高いのに、完売する時間がダントツやと言うてました」

「それでは？」

狭い助手席で姿勢を正す。

「ぼんとこと商売したいと思てます」

熊井がこちらを見て顔をほころばせた。

「ありがとうございます」

これで親父の鼻を明かせる。いつもかつかつで、ため息ばかりをつく経営とはおさらばだ。熊井の始める食品加工会社と提携すれば、おばあちゃんの味を全国に発信してやれるし、さらに多くの従業員を雇用できる。停滞したこの地域に活力を与えられるのだ。

「私も嬉しい。あとはお父上をぼんがきっちり説得できるかにかかってまっせ」

「熊井さんの理想を話せば、親父もアホやないさかい」

「これこれ、実の父親にそないな言い方したらあかんな。すべては孝行のためや。その孝行が、日本人の食の安全を守ることにつながることを忘れたらあきまへん」

「そうですね、気をつけます」

「言っときます。お身内を説得できないようなお人、誰も信用しまへん。やろうとしていることの哲学が理解できてないか、熱意が足りないか、それとも肉親の信頼すらないか、いずれにしても同じ船には乗りとうない」

「分かってます」

自然に体に力が入る。

「よろしい。まあお気張りやす。ただ、ちょっと心配なことが起こりましたな」

熊井が横目で正太を見る。

「ああ、あれには僕もびっくりしてます。まさか彼女が自殺するなんて」

「事情は分かりまへんが、ぼんとこは、今世間で騒いでるブラックなんとかやないやろね」

「うちの店に限って、それはないと思います」

「まあ、ハッピーショッピーの惣菜が、味以外で話題にのぼることは感心しまへん。大事な時期やから、一日も早く収束させなはれや」

小倉由那の死が、万が一ハッピーショッピーに関わるようなことだとしたら、誰よりも早く自分に報告するよう熊井は言った。

「それが原因で提携の話がダメになることもあるんですか」

熊井のほうを向く。少なくなった髪が側頭部に張り付いている。

「そないに狭量やおまへん。ぼんにやる気さえあったら、このビジネスは必ず成功するんですさかいな。そのためやったら、困難を乗り越える知恵を貸したげます」

「店は無関係やと思いますけど、すぐ確かめます」

「よっしゃ、それでよろしい。で、いつものは？」

「惣菜の売り上げは相変わらず多いんですけど、売れ残りは出ます。それにフードコートの残飯はいつものように」

「そしたら残飯は普段通り回収車でもらいにきます。惣菜のほうは三日分を冷蔵しといてください。再加工はあの方に任せます、ええ腕やから」

熊井の目が急に優しくなる。

正太は嬉しくなって、

「僕もあの味で育ったようなもんです。安心してください」

と胸を張った。

「じゃあ頼みましたよ。私の名前は出さんと、あんじょう説得しなはれや」

再度礼を述べて正太は車から降りた。

ゆっくりと立ち去る軽自動車をその場に佇んで見送る。小さかった車がさらに小さくなり見えなくなった。

熊井の会社は奈良県生駒市にある。元々は京都市内の商社に勤めていたが、日本社会の食品ロス現象に疑問を感じ、せめて食べ残しは飼料や肥料へとリサイクルを徹底させるべきだと訴え、一九年前、四十歳のときに退社して食品リサイクル会社「熊井産業」を創った。大阪出身で、国立大学を卒業する間際にインドなどを放浪して見聞きしたことが頭から離れず、後の起業に結びついたと聞いている。現在、熊井産業は近畿地方で七つの営業所を展開し、自社プラントを木津川市内に持っていた。

正太も食品ロスのニュースを見聞きするたび心を痛めていた。子供の頃、よく母からものを大切にするよう言われた。なのにお店では傷んでもいない食品を廃棄している。幼心にずっと矛盾を感じていた。

十歳くらいのとき、回収車へと放り込まれる食べ物を見た。そのときの悲しい気持ちが、棘のようにいまだに正太の胸に刺さっている。

「もったいない」というのではない。毎日遊んでいたお気に入りのおもちゃを捨てられたような感覚だった。この痛みは、大好きな「惣菜部のおばあちゃん」、井東サワが一所懸命に作ったものだと思い込んでいたからだ。

正太の味覚は、忙しい両親の代わりにまかないを食べさせてくれたサワばあちゃんの惣菜によって育まれたといってもいい。学校で友達が嫌いだと言って食べないピーマンやほうれん草、セロリやニンジンも正太の好物だ。ちょっと苦手だなと思っても、正太の表情を見て、すぐに作り替えてくれる料理は皆美味しかった。次に口に運んだときには、好きな野菜の一つになっていた。

正太には骨の髄までサワの味が染み込んでいる。店を継ぐと決められていたことに反発し、わざと東京の大学に進学したが、サワの料理の味だけはどうしても忘れられなかったほどだ。

後になって実際に廃棄されていたのはサワの惣菜ではなく、フードコートなどで使っている取引業者が納品した料理の売れ残りだと知ったけれど、刺さったままの棘は消えない。

そんな正太に二年前のある日、「もったいないでっしゃろ」という言葉を投げかけてきたのが熊井本人だ。廃棄を担う会社の代表とも思えない台詞に興味を抱き、話を聞くうち熊井の魅力に引き込まれた。

「ぼんは将来お店を継がはるんでしょう？」

すでに熊井は正太を経営者の息子だと知っていた。

「いや、それはまだ」

他人に本心など言わなくてもよかったのに、つい口を突いて出た。

「あれ、親不孝なことをおっしゃる。まあ、このまま継いでも、親孝行やとは思えまへんけど」

「どういうことです？」

店を継ぎたくなかったのは、青息吐息の自転車操業、そんな経営状態を知っていたからだ。それを熊井は見透かしていた。

「ここは地元では頼りにされてるお店です。なくてはならん。そやのに周辺に大型店ができてきてるから、大変や。ほんまの孝行は、ぼんの手で店長を、いやご両親を楽にさせてあげるこっちゃな。けど、単に儲けるいうのは他の大型店の経営者と同じですわ。存在意義、存在価値を高めて銭儲けもせな」

その意味を問うと、熊井は食品業界の暗黙の慣習である三分の一ルールの批判を口にした。

どの業界にも独特の慣例があって、それが常識化していることがある。食品業界には、製造日から賞味期限までのうち、最初の三分の一が小売店に届ける「納品期限」で、次の三分の一が店頭に並べられる「販売期限」だという商習慣があった。つまり納品期限を一日でも過ぎると小売店は商品を受け取らず、販売期限を越すと値引きの対象となるか店頭から排除されるかだ。

そもそもこのルールの基準になっている賞味期限は品質保持が目的で、それを過ぎていても傷んだり腐ったりしているわけではなく、十分美味しく食べられる。ことに日本の賞味期限は短く設定されているのだ。

暗黙のルールや消費者の意識によって、日本の食品ロスは年間六五〇万トンとも、その倍とも言われるほど膨大になっている。

「そやから私ら廃棄業者は、リサイクルのお手伝いをしてるんです。けどまだまだ考えが足りまへん」

食品ロスを少しでも減らすために、スーパーの店舗で発生した販売期限切れ商品を飼料や肥料などに加工してリサイクルすることが、さらに大きな環境問題を引き起こしていると熊井は言った。

「食べられるものをそのまま捨ててしまうより、悪いこととは思えないんですけど」

正太は半信半疑で言った。

「そら、リサイクルはしたほうが、せんよりましや。けどな、ぼん、考えが足りないって言うてますのや。私の会社でも飼料にするためのプラントを持ってます。そこに運び込む廃棄食品はスーパーとかコンビニのお弁当におにぎり、惣菜類やパン類というところです。ぼんとこの惣菜は添加物入れてないけど、他のところが扱ってるもんにはぎょうさん使てはる。それは処理できひんさかい、餌となって豚や鶏の体にそのまま入りよる。これ、ええと思いなはるか？」

「あまりいいとは思えないですけど、元々人が食べるものだから、そんなに悪いようには」

「ピンとこない。それは正直な感想ですな。ほなこれはどうです？　おにぎりとかお弁当は、たいがいプラスチックの包装容器に入ってます。惣菜を入れてある容器は発泡スチロールでできてますな。それを廃棄するとき、いちいち分別できると思いますか」

「えっ、分別されてないんですか」

驚きの声を出したことを覚えている。

「廃棄することを前提での処分機ですさかいな。どんだけの量やと思てなはる。容器のまま放り込むしかしょうがない。熱処理して熱風で吹き飛ばしますけど、完全に除去することは不可能や。つまりプラスチックの成分が残留したままの飼料ができてますんや。そんな化学物質の混入した餌を食べた家畜が健康ですやろか。もっと突っ込んで言うたら、立派な環境ホルモンです。立派言うのは変やけど」

「それを食べた鶏の産む卵は？」

「環境ホルモンが巡っていくんやおまへんか。これは飼料となった場合や」

「肥料とされるものでも問題が？」

「リサイクルで作った肥料にかて、環境ホルモンは含まれてます。それで何を作るか。

牛が食べる牧草、豚とか鶏が食べるトウモロコシですわ」

「巡り巡って人間の食べ物……」

「農業は土やって言いますやろ。リサイクル肥料で作った米や野菜を想像してみなはれ。ゾッとします」

そのとき、熊井がリサイクルを否定した意味が飲み込めたのだった。

それからというもの、三分の一ルールが廃棄処分の量を増やしていることの虚しさを感じている。

フードコートで出すものは、食品加工業者から仕入れた調理済みのものがほとんどだ。その売れ残りを惣菜部で再調理して売ることが事実上の横流しになり、廃棄物処理法に抵触することは分かっている。しかし、まだ食べることができる食品を廃棄したくないし、熊井が言うようにリサイクルすることが必ずしもいいこととも思えない。

熊井はいま、環境ホルモンを軽減するプラントの研究中だ。万事、彼についていけば間違いない、と正太は確信している。

とにかくハッピーショッピーの存在価値を高めるために、食品ロスをゼロに近づける取り組みに協力しながら、惣菜部の力を最大限に発揮させる。熊井の裏方を務めて、しかるべき時期がくれば、サワの味の惣菜や弁当を売る店を全国展開するつもりだ。

ようやく俺の時代だ。そう考えるだけで胸が高鳴り、自然と笑みがこぼれた。

正太はバックヤードから店舗の二階にある事務所へ上がる。

するとと中央にある長机に、親父と見知らぬ若い男性とが向き合っていた。二人とも深刻そうな顔つきだ。

「おう、正太か」

親父が気づいてこっちを向く。

「こちらは？」

と、男性に一瞥をくれると親父に尋ねた。

親父が紹介しようとしたが、男性は素早く立ち上がり、

「息子さんですか。私はこういう者です」

と濃いブルーのスーツの内ポケットから名刺を出した。どうやら店のことを調べているようだ。

受け取った名刺には「毎読新聞京都支社　社会部記者　光田洋平」とあった。

由那のことならうまく沈静化する方向で対応しないといけない。名刺を持つ手に力が入る。

「京都府警記者クラブに常駐している駆け出しです。よろしくお願いします」

光田は、店に面接を受けに来るアルバイト学生のようにハキハキした言葉遣いでお

辞儀をした。後頭部の髪の毛が寝癖で突っ立っているのが見えた。将棋の羽生善治を思い浮かべ、そういえば何となく似ていると思ったのは眼鏡のせいだけではないだろう。

「小倉さんのことですね？」

正太は近くにあるパイプ椅子を片手で引き寄せ腰をかける。少し遅れて光田も元の椅子に座った。

「ええ、いま名田店長さんから話を聞こうとしていたところです。木津署は自殺に間違いはないと見てるようですが、その理由に現場にあったメモの文章が遺書めいていることをあげています。ええっと、ちょっと待ってください」

光田は長机の上に置いていた大学ノートのページを繰る。

「あった、ありました。『もう限界です。これ以上は耐えられません。ただ自分が楽になりたいだけじゃなく、支えてくれた人たちのために決心したんです。覚悟を決めて今日のうちに行動に移します。迷惑をおかけすることになるかもしれませんが、私の気持ちを分かってください　ゆな』」

光田のコンピュータ音声のような抑揚のない読み方は、意味が取りづらい。

「親父、いや店長は実物を見たんだよね」

「うん」

親父は辛そうな表情でうなずき、

「細かいことは覚えてへんけどな。そんなに思い詰めてたんやなって思うと、可哀想で」

と深いため息をつく。ため息は親父の癖になっている。

「遺体発見時のことを伺ってたんですけど、小倉さんの家の卓袱台（ちゃぶだい）の上にあったんだそうですね」

「卓袱台の端っこに、ぽんと置いてありました」

「そのことで確認したいことがありまして」

「どういったことですか」

「警察への取材では、お店のチラシをハガキ大くらいに切ったものの裏の白い部分に、鉛筆で書かれてあったということでした。この点も間違いないですね」

「そうです」

親父がしわがれた声で答える。ひよこマークのエプロンをつけるには無理があるほど親父の顔には皺が刻まれ、頭髪は真っ白だった。

親父は、もう昔のように反発のしがいもない相手になっていた。

「遺書にしてはチラシの裏というのが妙だなと思ったんですよ。それに四つ折りにたたまれていたとも聞いてます。それはどうでした？」

「見つけて取り上げたときはたたまれてはいませんでしたけど、半開きでくっきりと折り目がついてました。それも普通の四つ折りやのうて縦に」

「確かこんな感じの折り方でしたよね」

光田は大学ノートを一枚引きちぎり、縦折りにして見せた。

「そうです、そうです。私が選挙で投票箱に入れるときにそうします。大きさも投票用紙くらいやったから、メモを手に持ったとき選挙を連想したんやと思います」

「私は警察でそれを見るまでは、もうちょっときちんとしたものを想像していたんです。でも実際は、店長さんもおっしゃるように投票用紙を折りたたんだようなもんでした。なんだか慌てて書いたような気がした。だから小倉さんに何があったのかが気になりましてね」

「それが私にはさっぱり。お前はどうだ？」

親父がこっちを向いた。

「僕も心当たりはないです」

と首を振る正太を補足するように、

「惣菜部では大変よくやってくれていたし、なくてはならない人材でした」

親父が言った。

「しかしアルバイトだったんですよね」

「それは……」

親父が目をしょぼしょぼさせ始めた。都合が悪くなると、いつもそんな顔になる。

「この頃は景気が悪くて、なかなか正社員にはできないんです。周りを見てもらえば分かると思いますが、大手のスーパーマーケットが進出していますから」

今度は親父の代わりに正太が答えた。

「お店の事情ですか」

「ええ。でも貴重な戦力であったことは間違いないです。本人もやり甲斐を感じているように言ってました。なんなら、惣菜部の主任に話を聞いてもらってもいいですよ」

と正太は、惣菜部の主任、平岡真理子（ひらおかまりこ）の名前を告げた。

「紹介していただければありがたいです。一緒に仕事をしている方に取材するのが本当は一番いいんです。きちんと現場取材しないと上の人間がうるさいもんで」

光田は苦笑いしてノートを閉じる。もう真理子に会う気でいるようだ。

「あの、その前に教えてほしいことがあるんですが」

正太が光田の動きを止め、

「毒物を飲んだってことしか聞いてないんですけど、いったい何を飲んだんですか」

と訊いた。素人が手に入れられるものといえば、この辺では農薬くらいだろう。ただ、それなら農薬だったとすぐに分かるはずだ。何も伝えられていないことが引っかかっていた。

「それについてはまだ警察からは発表されてないんです。記者発表の通り毒物だとしか我々も聞いてません。それも疑問の一つです」

「そうですか。平岡さんですが、いま仕込み時間ですから手短にお願いします。それと、僕が立ち会います。いいですか」

少し間が空いて、光田はうなずき、

「では店長さん、また後で遺体発見時の様子を伺いたいのでよろしく」

と、言った。

「構いませんが、店内をうろうろされるのはちょっと」

親父が白髪をかき上げながら言いよどむ。

「ご迷惑はおかけしません」

「いや、光田さん、すべての取材は僕を通してもらいます」

曖昧な態度の親父を尻目に、正太がきっぱりと言った。下手に嗅ぎ回られて熊井との取引を知られては一大事だ。

5

本宮慶太郎は初対面の人の顔を見ると、つい分析してしまう。診察以外はもう少し気楽に人付き合いしたほうがいいと妻は言うが、職業病だから仕方ない。

クリニックにやってきた光田洋平の第一印象は、クレッチマー的に言えば細長型だ。愛想笑いも見せず、雑談もしない非社交性。スーツは上手く着こなしているのに、ちょんと立った寝癖の髪を見ると、興味のあることには鋭敏な反応を示すが、それ以外は無頓着な分裂気質に当てはまるかもしれない。

先入観は禁物だけれど、詰まるところ、由那の自死に疑問を持ちさえすれば精力的に取材してくれるだろう。

光田は、慶太郎が出したコーヒーを一口飲んで、黒縁の眼鏡を直すと大学ノートをめくる。

「デスクから、急にハッピーショッピーの小倉由那が自殺した件を調べてくれ、と言われてこの数日動きました。その上で本宮心療内科クリニックの本宮先生に会えとのことですが、僕には状況が飲み込めません」

光田の言葉は、文句を言っているようには聞こえなかった。しゃべり方に抑揚がなく、感情が表れないためだ。

「何が何だか分からないという感じでしょうね。これには訳があります。光田さんは不本意だと思われるかもしれませんが、私にとっては重要なことなんです」

慶太郎は口外しないことを前提に、ある患者の治療に由那の自殺の真相が絡んでいると話した。電車の窓に向かって手を振って励ましてくれた相手が、その日に自殺した事実を受け入れられないでいることを説明した。

「小倉さんが手を振った？」

光田は顔を慶太郎に向けたまま、ノートを見ないでボールペンを走らせた。

「ええ、ガッツポーズもしたんだそうです。ここにくる患者の多くは神経が他の人よりも過敏です。感受性が強過ぎる人は微妙な変化を見逃しません。そこに特別な意味を持たせてしまうことが病の原因になっているケースもあります。その患者もそうではないと言い切れませんが、いまは事実が知りたい」

と言ってから、患者の話を鵜呑みにしている訳ではない、と付け加えた。

「直観力を信じるということですか」

「ええ。新聞記者にも不可欠な能力ですよね」

「私も警察で小倉さんの遺書を見たとき、違和感を覚えたんです」

「遺書をご覧になったんですか。その内容を教えてもらえないですか」

「先生に守秘義務があるように、我々記者にも当然それはあります。特に警察からの情報は慎重に扱わないといろいろ問題もありますから」

と光田は開いた大学ノートに目を落とし、

「もう事件性なしということで処理される案件ですから、いいでしょう。コピー等はダメですので、読みます」

と、顔を上げた。

光田が読み始めた瞬間に、慶太郎はICレコーダーのスイッチを入れた。

読み終えた光田は、コーヒーを口に運んで続けた。

「さらに、遺書がチラシの裏に書かれていたことと、名田さん曰く、投票用紙のような折り方だったという点にひっかかりました」

「名田さんというのは？」

「これは失礼しました、ハッピーショッピーの店長で、経営者です。記者のイロハのイ、5W1Hができてないって、しょっちゅうデスクから注意されるんですよ」

光田は声を出さずに肩を震わせて笑った。

「そ、そうですか。新聞では店長が遺体の第一発見者となっていましたね。そのときの様子もお訊きになっているんでしょう？」

「ええ、一通りは。はじめはよく覚えていないって言ってたんですが、何とか断片をつなぎ合わせて思い出してもらったという感じです。亡くなった小倉さんは、惣菜部に所属してました。アルバイトだったんですが、主任の平岡真理子さんの右腕で、頼りにされているんだそうです。ところが夕方四時からの調理が終わり休憩に入ると、そのまま六時の売り出しの時間になっても現れなかった」

ハッピーショッピーの惣菜部は昼食用、そして夕食用、さらに夜食用の三回、商品の補充と入れ替えをする。したがって仕込みと調理は朝七時、午後の調理は四時と八時に行うことになっていた。

「頼りの小倉さんがいなくて、大変だったんじゃないですか」

「平岡さんの話では、調理は終わっていたので何とかなったそうです。六時の売り出しが一段落した時点で、平岡さんは小倉さんが休んでいることを店長に報告しました。それを受けて名田さんは小倉さんの家に電話をかけたが出なかった。八時の作業まで待ったけれどやっぱり電話に出ないので、自宅アパートに様子を見に行ったというわけです」

アパートの部屋のブザーを押したが返答がなかった。ドアには鍵がかかっていたので、管理人に事情を話し、一緒に本鍵でドアを開いた。

「そして遺体と対面したんですね」

「まず目に入ったのは、苦しんだであろう小倉さんの顔だったと言ってました。なんでもよくテレビや映画で見る、喉を掻きむしるような格好だったんだそうです。細身の女性だったのに顔が腫れている感じで、一瞬ですが誰だか分からなかったと言ってました」

「可哀想に、苦しかったんだ」

「とっさに駆け寄り名前を呼んではみたものの、返事がない。そうする一方で、もう息がないというのは分かっていて、体には触れないようにしたと言ってました。刑事ドラマなんかで現場保全が大事だって言っているのを思い出したそうです。で、自分の携帯から一一〇番に電話した。そのとき卓袱台の上にある紙片を見つけたんです」

せっかく現場をそのままにしておこうとしたのに、気になって手に取ってしまった名田は文章を読み、これは遺書だと思い、慌てて卓袱台に戻した。警察が到着したとき、開口一番遺書に触れたと申告したそうだ。

「うーん。チラシの裏だから、ふと手に取ったんでしょう」

それほど粗末なものに見えたということだ。

「それも、A4サイズのチラシを四等分したものを縦に四つ折り」

「珍しいですね。そうする習慣でもあったのかな」

慶太郎は製薬会社のロゴの入った卓上メモを一枚手に取って四つ折りにしてみた。大きさからすれば、ポチ袋にでも入れようとしていたかのような形状になる。

「実は惣菜部の調理場で、材料のチェックとか調味料の分量とかを書き込むのに使用してたメモだったんです。調理場に置いてあった2Bの鉛筆と僕が警察で見た遺書の鉛筆文字の太さ、濃さは似ていると思いました。直感ですがね」

と、また光田は声を押し殺して笑った。

「それは小倉さんの部屋を確認しないとなんとも言えないですね。自宅でもチラシをメモにしていたかもしれないし、鉛筆だって同じものはいくらでもありますから」

「それはそうです。ただ先生に伺いたいんですけれど、自殺者の心理というか、精神状態と言えばいいのか、もう我慢の限界に達して自殺をしようと考えた人間が遺書を書くのに、チラシの裏を選びますか」

眼鏡の奥から真剣なまなざしを向けてきた。

興味を持っている者の目だった。

「発作的に行動を起こす場合、手近なものに殴り書きをすることはあり得ます。ただ妙だなと思ったのは、やっぱりそれを折りたたんだ点です。もう死ぬからこれだけは書き残さないといけないと思って鉛筆を手にする。慌てているから改めて便箋やノートなどを用意できず目についた紙に書き留めた。だとすると折る行為は余分です。縦に小さくしてどうしようとしたのか」

「確かに、名田さんの言うように投票箱にでも入れるなら分かりますがね」

「小倉さんの普段の暮らしぶりが分かれば、その辺も」

「惣菜部の方の何人かには話を聞きました」

「それは興味深い」

「まずは簡単なプロフィールから。年齢は三十四歳、独身。結婚歴はなし。出身は京都府の北部の綾部(あやべ)市です。地元の高校を卒業して京都市内の飲食チェーン店に就職。同じような食品関係のお店を何軒か経て、三年前にハッピーショッピーにアルバイトとして勤め始めたということです。実家の両親はすでに他界しており、肉親は姉だけで綾部に住んでいるらしいです。お店での評判はいいですよ。大人しくて控え目なんですが仕事はてきぱきこなす。特に味覚が鋭いんだそうで、味見を担当してました。毎日同じ味にするためには欠かせない存在だったみたいです」

正社員にしないのは経営上の問題だと名田は言ったが、由那本人はいまの立場で満足してると周りに漏らしていたそうだ。

「ただ最近、相当悩んでいたことがあるんだと主任さんは言ってました」

「悩みを抱えていたんですか」

「平岡さんはある男性のことではないかと」

三十四歳の独身女性が、男性とのトラブルを抱えて一時的な感情で死を選ぶケースは残念ながらある。

「深刻なものだったんですかね」

「裏を取る必要があるでしょうが、そのようです」

「それをその平岡さんに相談していたんですか」

「いえ、具体的にはなかったようです」

「じゃあ、誰なんだろう？」

「どういうことですか」

「さっき読んでもらった遺書に、自分が楽になりたいだけじゃなく、支えてくれた人たちのために決心したという文言があったでしょう。あれは誰のことなのか」

支えてくれた人がいて、その人は由那の悩みを知っていた。そして自分の決心はその人のためにもなるんだと言っているようにとれる文面だ。

「納得いかないって顔ですね」

光田が慶太郎の顔を覗き込む。

「『私の気持ちを分かってください』と結んでいるのがね」

慶太郎にはそれが、問題を共有している特定の相手に向けた言葉に思えて仕方ない。

「さらに調べろとおっしゃりたいんですか」

「ええ、でも光田さんも仕事があるでしょうから、無理にとは言えません。ただ、警察が自殺で処理するとなれば、これ以上の真相は分からないままになります。人が命をかけて言おうとしたことを、あなたも知りたくないですか」

「記者としての好奇心をくすぐりますね。ですが、ボランティアではちょっと」

光田の目は微笑んでいる。

「どういうことです。金銭的なことですか」

真意を探るように、今度は慶太郎が光田の目を窺う。

「そんなこと求めてません。そうではなく、真相が見えたとき、先生にインタビューしたいんです。読者の共感をよぶ、いいものにしたいんで」

「この事件を記事にしたいと思っておられるということですね」

新聞記者に話を持って行ったときから、事件の顛末を公にするかもしれないと懸念していた。問題はどこまで明らかにするのか、いつ公表するのかだ。

「先生がさっきおっしゃったように、故郷を後にした小倉由那という女性が、流れ着いた地方都市で、ひっそりと死んでいった。自殺にしても、あるいは他殺だったとしても、悲しいかな現代日本ではさほど大きなニュースになりません。特集記事を書こうと思う記者だって少ない。いや、いないでしょう。私もその一人でした、実際に遺書を目にするまでは」

「じゃあ、インタビューに応じることを約束すれば、これからも調べていただけるんですね」

「ええ。記事にまとめる際には、小倉さんの精神状態の解説が必要になる予感がするんです」

単なる勘ですが、と笑いながら光田はカップを手にする。

「実際に診察をしていない人の精神状態を解説するなんて、難問だ」

と言ったが、ここで光田に抜けられれば真相に迫る道も閉ざされてしまう。慶太郎は断るのを思いとどまって、

「しかし、類推はできるでしょう。私なんかが記事に花を添えられるのかどうか分かりませんが、そのときになったら訊いてください。ただ、患者のプライバシーと医者としての守秘義務は守らせていただきます」

と言った。

「もちろん。交渉成立ですね。ではこれまでの警察への取材内容をお話ししましょう。実は警察署にちょっとばかりできる刑事さんがいまして、その人に食らいついてるんです。今後も、その垣内（かきうち）という五十がらみの刑事から情報を仕入れたいと思ってます」

疑問点を見つけ出し、その刑事にぶつけていけば、捜査を完全に打ち切れなくなるかもしれない。自殺で処理してしまっては寝覚めが悪いとね、と光田が微笑む。

「つまりは、その刑事さん以外は、自殺で終わりにしようとしてるってことですか」

「それは否定しません。遺体は解剖後すんなり実家に帰してますし」

由那の遺体は、九月二十九日の午後八時過ぎに発見され、変死扱いで司法解剖に回された。ただ解剖が行われたのは翌三十日で、十月三日には姉の麻那（まな）に連絡が行き、夫の大槻紀夫（おおつきのりお）が葬祭業者の専用車で遺体を引き取りにきた。

検体の分析で、死因が特定されたのは一昨日の十月六日だ、と光田はこれまでの捜査情況を話した。

奇しくも、由那の自殺に疑問を抱く春来がクリニックを受診した日に、由那の亡骸（なきがら）が生まれ故郷へと帰っていったことになる。

「結局、死因は何だったんですか」

報道された記憶はない。

「胃の中からリコリンが検出されました。植物に含まれている毒なんだそうです」

「アルカロイドの一種ですね」

慶太郎は、学生時代受けた法医学分野の授業を思い出した。

「そうです。あっそうか、私なんかより先生のほうがお詳しいですよね」

と、言った。

光田が笑いながら、さらにノートをめくり、

「ただし、量は多くなかったみたいです。そもそもリコリンの毒性はそれほど強くな

いんですよね？」

光田の話を聞きながら、慶太郎はタブレットでリコリンを検索した。

「ヒトの致死量は、体重によって違いますけど、六〇キログらいの人で、約一〇グラムですね」

「一〇グラムということは、だいたいティースプーンで二杯くらいか。素人からすれば、十分恐ろしい毒ですよ」

「リコリンを含む植物の代表的なものとしては、彼岸花があります。多くは球根に含まれているんですけど、彼岸花の球根一つからとれるのはせいぜい一五ミリグラム。一〇グラムは一万ミリグラムですので、単純計算でいくと球根が六六〇個以上も必要になりますからね。そう考えると、それほど怖くない」

「いくら田んぼや川辺の土手にたくさん咲いている花だといっても、致死量まで集めるなんて無理ですね。そういうことでしたか」

光田はノートに何やら書き込んだ。

「そういうことでした、とは？」

「死因はリコリンを含むデンプン質でのアナフィラキシーショックだというんです」

「それは変だ。自らアナフィラキシーショックを起こして死のうなんて、おかしい」

大きな声を出してしまった。

アナフィラキシーとは即時型アレルギーの中で最も重いものを指し、皮膚や粘膜、呼吸器、循環器、消化器、さらに神経などさまざまな場所に症状が現れた状態のことをいう。そしてアナフィラキシーショックに陥ると、急激な血圧低下や循環不全による意識障害、気道が狭くなることによる呼吸困難、気道狭窄（きょうさく）による窒息を起こすことがある。とはいえ、何度かアナフィラキシーを経験しないと、どこまでの症状が出るのか予測がつかないし、もしその苦しさを身をもって知っていたなら、自殺の方法として選ぶだろうか。

「いや、警察はむしろ正反対のことを言ってました。他殺だと考えるとあまりに不確実過ぎると」

「昔読んだ海外のミステリー小説にアナフィラキシーショックをトリックに使ったものもありましたけど。それはキプロス蜂の毒を使ったものですが」

「キプロスって地中海の島ですね」

「そこは養蜂が盛んで、島土着のミツバチがいる。その蜂の毒を使ったものです」

蜂の毒にはアミンやアセチルコリンなどが含まれていて、それが痛みやかゆみを引き起こす。つまりアナフィラキシーショックを起こすアレルゲンとなる。

「やっぱり小説の中のことですね。現実には意図的にアナフィラキシーショックで殺害するのは難しそうだ」

「でも、あらかじめその人間にアレルギーがあると知っていれば、例えば蕎麦なんかは重症化することがありますから、可能です」

「先生、蕎麦と彼岸花はちょっとちがいませんか。彼岸花のどこでしたっけ、毒のあるのは」

「葉っぱにもありますが、多いのは球根です」

「それを日常的に食べます？」

「いや、それはないです。戦後、食べ物のない時代に、無毒化したものを焼いて食べたというのを聞いたことはあるけど」

「確かにない、ですね。相手が彼岸花にアレルギーがあるなんて知る機会、ないですよ」

「自分がそうだと知る機会のほうが、まだあるとおっしゃるんですか」

「ええ」

光田は体を背もたれから起こしてコーヒーを飲み干した。自信に満ちた顔つきだ。

「何か情報を得てるんですね」

「分析するような目で見ないでください、白状しますから。昨日、垣内刑事から聞いたんです。ハッピーショッピーでは小さな畑や菜園を持ってましてね」

ハッピーショッピーは、駐車場近くに田畑を所有し、減農薬で少しの米と野菜を栽培しているそうで、近所の農家の作物と一緒に店内の地産品販売コーナーに並べていた。畑の周囲には、積極的に彼岸花を植えているという。

「彼岸花があるだけでもイノシシやモグラ、野ネズミ、その他害虫除けになるんだそうです」

「イノシシにどこまで有効かは分かりませんけど、毒性が弱いといっても小動物除けには十分なるでしょうね」

「小倉さんは菜園の管理の係をしていました」

彼岸花は植えておくだけでも効果はあるが、球根をすり潰して液体状にして撒けば、天然の除虫剤にもなる。それを作る作業のときに、由那の手が真っ赤に腫れたそうだ。

「それで、自分が彼岸花に合わない体質だと知ったっていうんですか」

だからといってそれで死のうと企てるのには無理がある、と慶太郎は首をかしげる。

「新聞には、カップに薬物が混入していてと書いてありましたが、小倉さんの遺体の側に瓶容器に入った除虫剤があったんです」

「それなら、誤って飲んだのかもしれない」

「当初は事故と自殺、事件を視野に入れて捜査してました。でもメモの存在が、事故の可能性を低くしていったんです」

「事故の線がまず消えた。そして部屋には内側から鍵がかかっていたと店長は証言していて、他殺が消えた。だから警察が、自殺だと言いたいのも分かりますが、アナフィラキシーショックで自殺だなんて、そのほうが無理な気がします。小倉さんの実家は京都府の……綾部でしたね」

「ええ、繊維メーカーのグンゼの発祥の地だそうです」

「そうですか。小倉由那さんのこと、もっと知らないとダメだな」

慶太郎はつぶやいた。

「知りたいというのは、生い立ちとかですか」

「ええ、そうです。もし、私のクライエントだったら、と考え始めてます。さっきは実際に診察をしていない人の精神状態を解説できないと言いましたけれど」

「いや、それはありがたい」

「小倉さんが自殺を考えるほどの悩みを持っていたとすれば、何が彼女を追い詰めていたのかを探る。そのために現在の生活がどうだったか、これまでどのような人生を歩んできたのかを調べるんです」

どんな風に生きてきたのか、どんな暮らしをしてきたのか、その中で味わった患者の苦痛を知ることから、治療は始まる。そして調査対象は患者本人だけに留まらないことも少なくない。人間関係におけるストレスは、案外当人も気づいていないことがあるからだ。

「苦痛の正体を見つけるってことですね」

「まだその前段階に過ぎません。それに正体を見つけて終わりじゃない。往々にして正体というか、原因というか、ストレスをかけている犯人は取り除けないですからね。完全に消し去ることは無理ですから、向き合い方を変える」

「そうすれば苦痛は和らぐ」

「よほど重篤でない場合は。それが私の仕事ですから」

慶太郎の理想に反するが、重い精神疾患の場合、投薬治療をせざるを得ない。

「なるほど、いまはもう存在しない小倉さんを先生は診察するんだ。協力させていただきます。ハッピーショッピーの内部でもいろいろあるみたいですよ。跡取り息子、これが妙に警戒心が強い」

「跡取り息子が。パワハラとか、いじめとかが小倉さんを苦しめていた可能性もありますね」

「まあ、任せてください。上手くやりますよ」

光田はノートを勢いよく閉じた。

第二章　否　認

1

慶太郎はルーティーンにしている素振りを終え、木刀をしまう。それでも落ち着かなかった彼は、緊張をほぐすために深呼吸した。

内線で澄子が、棚辺春来が診察室に入ることを告げた。

ドアが開くと、澄子に連れられて不安げな春来の姿があった。母親には待合室で待機してもらい、春来だけで診察を受けるよう、受付時に澄子が伝えていた。

春来はゆっくり足を引きずりながらソファーに近づき、何も言わず腰を下ろした。スカートの裾を直すと、おへその辺りで両腕をクロスさせる。恐怖から自分を守る姿勢だ。

初診から一週間だが、顎の線が鋭くなっているように思う。肌つやも悪く、髪もぱさついていた。

さらに、初診のときよりも怯えた様子が見て取れる。

一度の問診で信頼関係を築けるほど、人は単純ではない。三歩進んで二歩下がるのが、ちょうどいいくらいなのだ。こちらが焦っては信頼されるどころか、さらに心を閉ざされてしまう。

ある意味で、二度目は初診以上の慎重さが求められる。通院する意欲を失わせては元も子もない。

「どうかな、やっぱりお腹は減らない？」

母親の春美に記入してもらった書類には、この一週間で食べたものがシリアルをほんの少しと、バナナ、ヨーグルト、ゼリー類とあった。通常の食事を前にすると、気持ちが悪いと顔を背けるのだそうだ。

「私、ちゃんと食べてるから」

風邪でもひいたようなガラガラ声だ。食事をしていないことによるのだろうが、うつの症状が出た患者は、風邪症候群を発症する率が高い。体の不調がさらに気持ちを落ち込ませ、どんどん悪いスパイラルに陥りがちになる。

「そうか、食べているから、お腹が空かないんだね」

どうあれクライエントの主張は否認してはいけない。

「そうです。なのにママが」

「お母さんがうるさく言うのは、仕方ないよ。どこの親も子供にはたくさん食べてほしいんだから」

「うるさすぎ」

まだ視線を合わせようとしないけれど、愚痴を吐き出させることに成功した。

「そうかもしれないけど許してあげましょう。ところで、ちょっと尋ねます。これまで、太り過ぎたって思ったことはない？」

「えっ？」

と、テーブルに目を落としたまま反応した。

「食べ過ぎたって思ったり、体重が増えちゃったなって感じたり。どう？」

「あったかも」

ちらっと目が合った。

「そのときはどうしました？　ダイエットした？」

「少しだけ」

自らの腰を抱きしめるようにさらに深く両腕を交差する。警戒心が強いというよりも、自分の体型を確認しているようなしぐさだ。

「ダイエットの方法もいろいろあるけど、どんなやり方をしたか覚えてる？　例えばプチ断食とか」

食べないことで自分を傷つける行為をする女性は、自己評価が低い。評価基準の一つがスタイルの良し悪しで、モデルのような痩身こそがきれいな体だと思い込んでいて、標準的な体型では不満が残る。そのため極端なダイエットを体験していることが多いのだ。

精神的なショックが引き金とはいえ、現れた問題行動は、過去の自分に対して行った仕打ちを繰り返している可能性がある。本人は気づいていないが、無力な今の自分への戒めが、再び食べ物を拒絶する行為となって現れている。

「ううん、食べてました。こんにゃくゼリーとか」

「で、成果が出たんだね」

「あんまり」

「いま、お母さんが出してくれたご飯を、前のように食べたくないのは、やっぱり小倉さんのことが気になるからかな」

「分からないけど、胃がキューってなる」

春来が胃の辺りを押す。

「痛むの？」

「かな。先生、思い出すんです」

やっと慶太郎の目を見て話した。

「小倉さんのこと？」

「どんどん色が濃くなる感じ」

折に触れて思い浮かぶ由那の顔や服装、背景の田畑、空の色までが鮮明になっていくのだ、と春来は言った。

「頻繁に思い出すの？」

「うん」

短い間隔でフラッシュバックしているようだ。

母親からの事前申告では、電車に乗れず、学校には車で送り迎えしていると言っていた。一週間の加療休暇の診断書を書こうかと、慶太郎が申し出たが、母親は断った。心療内科に通っていることを、学校に知られたくないのだろう。

「それが怖いんですか」

「怖い？　そうじゃなくて、自分で記憶を確かめようとしてるんです」

苛立ちがあるのか、口調が強くなった。

「確かめるって、何をですか」

想像はつくが、あえて春来に言語化させる。

「そんなの決まってます。私に手を振った小倉さん、死ぬ決心をしたんじゃないってことをです。こないだも先生に言ったけど、そんなの絶対あり得ないし」

春来の目つきが険しくなった。

これ以上、由那の死に関して責任を感じると、摂食障害だけでは済まなくなり、本当の自傷行為へと悪化しかねない。

見たはずもない由那の死の、具体的なシーンを想像して、あたかも自分が加害者のように受け止めてしまう危険性がある。いまの症状に、加害者としての心的外傷後ストレス障害が加わると治療はいっそう長引く。

「先生、この間春来さんと約束したね。だからいま、一所懸命小倉さんのこと調査しているんですよ」

春来が顔を上げた。こぼれ落ちそうな眼で慶太郎の顔を見つめる。慶太郎が嘘を言っていないかを探る行為だ。

やはり一から信頼関係を築く必要がありそうだ。

「ほんと？」

「約束を実行してます」

春来は固まったように慶太郎を見ている。

「先生が？」

「うん、いろいろな方法でね。春来さんが言ったように、きちんと調べないと小倉さんの死を自殺だと決めつけられてしまうから」

慶太郎は、このままでは警察の捜査も終わってしまうかもしれないと言った。理由は、やはり遺書だと思われるものが発見されたからだと説明した。

「遺書なんか書くわけない」

掠(かす)れているけれど、しっかり聞き取れる声だった。

「遺書めいたものだった、と言ったほうがいいかな」

「ちがう、ちがう。そんなはずない」

激しく首を振る。でんでん太鼓のように髪が両頬を叩いた。

「それを調べてるんだよ。先生はその文面をある人から口頭で聞いたけれど、遺書だとも、そうじゃないとも判断がつかなかった。それが正直な印象です」

「でも、みんな小倉さんが自殺したと思ってるんでしょう？」

「そうだね。だけど、春来さんと僕は、自殺で済ませようとしていない。真実を突き止めようと動き始めたってことだけは、春来さんに知っていてもらいたい」

「先生、その文章覚えているんですか」

絞り出すような声で春来が訊いてきた。

「ところどころね」

ＩＣレコーダーで録音したものを、全文ワープロで文字に起こしてある。しかし、春来に由那の自殺シーンを想像する材料を与えるわけにはいかない。

「教えて、ください」

「正確じゃないから、よしましょう」

「どうして？　知りたいんだけど」

むっとした顔つきだ。

「正確なものを手に入れたら、見せます。でもうろ覚えのものを伝えるのはよくない。それが小倉さんへの優しさじゃないかな。春来さんも、自分の書いたものをいい加減に人に伝えてほしくないでしょう？」

「遺書なんて、そんなもの書く意味ないし、わけ分かんない」

それは独り言なのか、慶太郎への反発なのか、きつい口調だった。

小休止をとろう、と慶太郎は春来に飲み物を勧める。診察室の外の待合室に自動販売機があって、そこにあるジュース類を書いたメニューを見せた。

春来は予想通りダイエットコーラを指さした。それを内線で受付の澄子に伝えると、厚みのあるガラスのコップとコーラを運んできてくれた。

コーラを注いでやり、自分はサーバーからコーヒーを注いでソファーに戻る。ただ、慶太郎は診察中にコーヒーを飲むことはない。そうしないと、クライエントが遠慮して飲みにくいからだ。あくまで雰囲気作りの小道具だった。

慶太郎はカップに口を付けるふりをして尋ねる。

「書く意味がない、と言いましたが、なぜそう思うんですか」

春来が考えていることを吐き出させたかった。

「遺書って、これは自殺ですって言うために書くんでしょう」

「そうだね」

「なのに、先生は遺書かどうか分からないって言ったでしょ。それっておかしくない？」

「メモのようなものだったらしいから、発作的な走り書きだったかもしれないけどね」

「発作的って、それも変」

春来が頬を膨らませた。

「どうして？」

「だって、それだったら私の見た小倉さんは何？　もしあれが死ぬ決心をしたんだっていうなら、もう何時間も前から死のうとしてたんでしょう？」

春来は感性が鋭いだけではなく、理性的な頭脳も持ち合わせていた。

「メモみたいなものじゃなく、きちんとした遺書を用意する時間があったってことになるね」

時間があったのにチラシの裏に書いた遺書。はっきりと遺書だとは認識できない文面。なのに鍵のかかった部屋。アナフィラキシーショックでの死。次々と湧いてくる由那の自殺への疑問に、慶太郎は鼓動が早くなるのを感じた。

この子の勘が正しいのかもしれないと、じっと春来の顔を見る。

慶太郎は、午前中を休診にして山陰本線の特急に乗った。朝七時台にもかかわらず城崎(きのさき)温泉行きの列車ということもあってか、車内は混んでいた。

京都縦貫道が整備され、車のほうが便利だと思ったけれど、光田のある言葉で鉄道を使うことにした。

「実家の住所が分かりましたんで、地図を付けてメールで送ります。京都から行きますと、綾部駅直前の線路脇辺りですから分かりやすいです。やっぱりお祖父さんの代から鉄道マンだったからなんでしょうかね。ほんとうに線路に近い場所ですよ」

電話の後、メールを開いた慶太郎も、光田と同じ感想を持った。鉄道マンの家に育った由那は、仕事の休憩時に線路を走る列車を見ていた。そして手を振った。

由那にとっての走る列車は、瞬時にして故郷に、幼い時代に戻ることができる原風景だったのだろう。

姉にも話を訊くべきだと思い家を出たが、由那の原風景を無性に見たくなった。

亀岡(かめおか)駅を過ぎた頃、車窓からの景色は紅葉前の緑と黄色の織りなす山を背に田畑と町並みが交互に現れ、時折、線路に併走する国道のまばらな車列が垣間見えた。

列車は京都駅から約一時間で綾部駅に着く。五〇分が経過したとき、慶太郎はバッグからタブレットを取り出し、光田が送ってくれた地図を表示した。

駅の手前の線路脇に由那の実家がある。駅に近づくにつれ列車は速度を落とし始め、どの家だろうと眺めるが、家並みは後方へ流れていった。

由那の実家を見つけられないまま、慶太郎を乗せた列車はほどなく綾部駅に着いた。

ホームに降り立つと、十月の半ばとは思えないほど風が冷たかった。綾部市も山に囲まれているが、精華町よりも気温が低いようだ。真冬ともなれば、底冷えするにちがいない。

慶太郎が降りた列車は、山陰本線をそのまま福知山駅、そして城崎温泉駅へと向かって走り去った。

それを見送り駅舎を出て、再び地図を見る。ここからは住所検索で位置を確認したほうがいいだろう。ナビゲーションアプリのルート案内のボタンを押す。

由那の実家、すなわち小倉家の住所へのルートを示す黄色いラインが画面上に表れた。

小倉家への道は、山陰本線を京都方面に引き返すように伸びていた。慶太郎はルート案内に従い、線路沿いの道を歩く。

一つ目の踏切で、線路が二手に分かれているのが分かった。山陰本線と併走しているのは舞鶴(まいづる)線だ。

小倉家が隣接している線路は舞鶴線のほうで、慶太郎が乗っていた列車からは見えるはずはなかった。

時折強く吹く寒風にコートの襟を合わせ、二つ目の踏切を右折した。その辺りで、タブレットを鞄にしまう。

路地を曲がって小倉家の表札を探しながら路地の奥へと向かうと、三軒目がそうだった。コートを脱ぎネクタイを直して名刺入れを手にした。

門があり、二メートルほどの前庭の先に玄関があった。典型的な日本家屋で、豪邸とまではいかないけれど立派な屋敷だ。

腕時計を見ると、まだ九時半にもなっていない。初めて訪問するのには少し早い時間だと思ったが、思い切って呼び鈴を鳴らした。返事はなかった。

電話番号が分からず、事前に連絡していないのだから仕方ない。慶太郎は近所を歩き、由那が目にしていたであろう風景を見て回ることにした。

路地の奥へと向かうとさらに道幅が狭くなっていく。小倉家から六、七軒ばかり行くと小さな畑があった。

畑の向こうに線路が見えた。つまり家並みの裏手に舞鶴線が走っているということになる。

小倉家の間取りは分からないけれど、裏窓があれば列車が見えるだろう。

由那は、子供の頃から走る列車を間近で見て、レールの響きを聞いて育ったはずだ。ハッピーショッピーに勤めてから、休憩時間に電車を眺めていたのは郷愁だったのかもしれない。

そんなことを考えていると、列車が舞鶴方面から近づいてきた。右手から緩やかにレールが湾曲しているせいで、自分に迫ってくるかのようにして列車が左手に通り過ぎて行く。それほど列車を近くに感じることができた。轟音も、車輪の軋みも、耳というより体全体に伝わってきた。

この振動の中で、由那の心身はつくられていったのだ。それを体感できただけでも、彼女を知る上で大きな収穫だ。

由那が通っていたであろう小学校や中学校まで足を伸ばそうと、再び小倉家の前を通って踏切まで戻ろうとしたとき、腰の曲がった高齢の男性とすれ違った。

路地に入ってきたところをみると近所の住人かもしれない。

「あの、すみません。ちょっと伺いたいのですが」

と声をかけた。

「はあ？」

「小倉由那さんに、お線香をと思って参りましたが、お留守のようなんです。ご挨拶だけでもさせていただきたいと思っているんですけれど、おうちの方はどちらにおいでか、ご存じないですか」

「ああ、由那ちゃんのお知り合いですか」

男性は微笑んだ。

「ええ、そうです」

「まんだ若いのにな、可哀想に。大人しい、ええ娘さんやった。由弘さんの自慢の娘さんでなあ」

「ご両親とも亡くなっているので、お姉さんの麻那さんがこちらに、ご実家におられるとお聞きしたんですが」

「そうです。お姉ちゃんもえろうショックを受けてな。ほんでも今日からお店を開ける言うとったで」

「お店?」

「ご主人と喫茶店をしとんやけど、知らんか。西町商店街にある『とちのき』いうんやが。行ったらすぐ分かりますで」

「そうですか。行ってみます。どうもありがとうございました」

深々とお辞儀をして、タブレットで西町商店街を検索した。

線路が二手に分岐していた踏切を渡ったところから、商店街のアーケードが見えた。商店街を南へ進むと、左手に木製の看板が現れた。木彫りの文字で「とちのき」と読めた。

L字型のカウンターと、テーブルが四脚のこぢんまりとした店だった。テーブル席も空いていたがカウンターに座った。

四十ばかりの大柄なマスターにホットコーヒーを注文する。

ほどなくエプロン姿の女性がカウンターから出てきて、コーヒーカップを慶太郎の前に置いた。スプーンとミルク、スティックシュガーの他に、小さなクッキーが添えてある。

「とちの実のクッキーです」

と、よく通る声質の、小柄で細面の女性が言った。ショートヘアに素朴な布製のイヤリングが揺れていた。

「あの失礼ですが、小倉由那さんのお姉さんでしょうか」

慶太郎は立ち上がり名刺を差し出して、続けた。

「由那さんのお勤めだったハッピーショッピーの近くで、クリニックを開いています医師の、本宮慶太郎と申します」

「お医者さん。由那の……先生ですか」

彼女は慌ててカウンターの中のマスターに名刺を手渡した。二人とも名刺にある〃心療内科クリニック〃という文字に驚いたようだった。

「義理の兄の大槻です。由那が病院に通っていたなんて、全然知りませんでした」

その言い方に、刺々しいものを感じた。心療内科の医者がついていながら、自殺を食い止められなかったのかと、訝る目に思えた。

「由那さんは、うちのクリニックの患者さんではありません」

「えっ、どういうことですか」

そう訊いてきたのは麻那だった。

「すみません、ここでは、ちょっと」

慶太郎は、窓際のテーブル席にいた二人連れの客のほうへ目をやった。

「では、こちらへ。むさくるしいところですが」

と麻那が案内する。

一旦カウンターをくぐり、狭い調理台の前を通って奥へ行く。土間の先に四畳半ほどの居間があった。

麻那はサンダルを脱いで居間に上がり、座布団を出した。

「こんなところですみません」

「いえ、こちらこそ突然お邪魔して申し訳ありません」

慶太郎は座布団に腰を下ろした。

「由那さんのこと、ご愁傷様でした」

慶太郎は改めて頭を下げた。

「まだ信じられなくて……」

麻那は涙声だった。

「お察しします。先ほど、由那さんは私の患者ではない、と言いました。実は面識もありません。奇妙に思われるでしょうけれど、本当です」

「はあ」

麻那はきょとんとした目を向けてきた。

「じゃあなぜ、とお思いでしょう？　今日お邪魔したのには理由があります。実は私の患者さんが、由那さんが亡くなった日に、由那さんの姿を見ていました。それで新聞報道にあるようなことは絶対にない、つまり自殺ではない、と主張しているんです」

自殺報道で傷つき、心のバランスを崩しているその患者の治療のために、由那さんのことを調べているのだと、慶太郎は言った。

「由那は自殺じゃないって、おっしゃるんですか」

麻那は身を乗り出した。

「驚かれるのも無理はないです。ご遺族のお気持ちを乱すつもりはありません。お辛いでしょうが、私の話を聞いてください。私の患者さんは、以前から由那さんの姿を見ていて、その日だけ自分に手を振って、ガッツポーズのような格好をしてみせたと言っています。それを自分への励ましだととらえました。だから由那さんは自殺じゃないと信じています。私は医師として、患者さんを治療するために、由那さんが本当に自殺したのかを調べています」

「由那が、その人に手を？」

麻那は落ち着きをなくしていた。それは「手を振った」と慶太郎が言ったときからだった。

「ええ、ガッツポーズも」

と慶太郎が付け加えた。

「それは本当に、由那が亡くなった日のことなんですか」

麻那は硬い表情で訊いてきた。

「そう、聞いています」

「その方はどなたです？　由那の知り合いなんですか」

「患者さん個人のことは、申し上げられませんが、二人は知り合いではありません。

ですが、利用する電車の車窓から、毎日のように由那さんの姿を見かけていたそうです」

「その方から由那の姿が見えたということは、由那はいつも線路の近くにいたということですね」

「表情も窺えるほどの距離に立っていたようです」

「手を振ったのは、その日だけ……」

麻那は、由那の行動に心当たりがあるという顔つきだ。

「先ほど小倉さんのお宅を訪ねました。ご近所の方にこのお店のことも教えてもらったんです。あなたも由那さんもあの家でお育ちになったんですか」

と念を押すように訊いた。

「ええ、そうです」

「線路が近く、列車がすぐそこを通過する家で」

まるで体の中を走り抜けるような迫力があったと、慶太郎が言った。

「父がＪＲに勤めていた関係で、できるだけ駅に近い場所に家を建てたと言ってました。生まれたときから列車の音を聞いてますから、慣れっこになってて、旅行なんかでよそに行くと静かすぎて、調子が狂うこともありました」

その感覚は由那も一緒だったという。

「私は、由那さんが自殺したとすれば、彼女が抱えていた問題を医師として知りたい。そのためには幼少期、由那さんが見たもの、感じたこと、また考えていたであろうことを知る必要があります。仕事の休憩時間に通り過ぎる列車を眺めていた。幼少期の原風景、故郷を思い出していたのではないでしょうか」

「あの子、本当に列車が好きでした。慣れているとはいえ、私は学校のテスト前とか、受験勉強の際は耳栓をしたこともあります。そんな私をあの子は神経質だって笑ってました。それどころか、わざわざ窓を開けて通過する列車を見るんです」

「それほど好きだったんですね」

鉄道は、由那の暮らしにあって当たり前のものだった。いや、なくてはならない存在だったのだろう。

「私も本当は由那が自殺したなんて信じられません。でももしそうなら、その理由、知りたいです。由那が何に苦しんでいたのか知りたい。先生は、由那が自殺ではないと思っておられるんですか」

麻那は確かめるような口調だ。

「自殺だと決めるには、違和感があります。特にメモ書きのような遺書に疑問を持っています」

「遺書とされたメモもご存じなんですね」

遺体を引き取ったとき、亡くなったときに身につけていたものと一緒に、遺書のコピーだといって渡されたそうだ。

「コピーがあるんですか」

声をあげてしまった。

「遺書だと聞いたとき、私も変だと思いました。あの子らしくないと」

「らしくない、というのは？」

「紙、です」

「確かに、遺書として残すのにチラシの裏はおかしいですね。私もひっかかってます」

「綾部には黒谷（くろたに）というところがあって」

「黒谷和紙ですか」

澄子の母から聞いたことがある。

平家の落ち武者が綾部市の北部にある黒谷町で始めたと伝えられ、そこで漉（す）かれた和紙はとても丈夫で、千年は劣化しないという。趣味で書道をしている義母に言わせると、墨との相性は他のものとは比較にならないそうだ。

「昔ながらの手漉きの和紙は由那のお気に入りでした。なんて言ったらいいのか、文房具の中では一番気にしてるんです。紙とかノートとか。私に送ってくる手紙でも、便箋をいろいろ変えて」

「紙そのものを大事に思っていたんですね」

「はい、そうです。紙でできたものが好きでした」

麻那が何度もうなずいた。

「初対面の私を信用しろというのは厚かましいことですが、遺書のコピーを拝見できないでしょうか」

由那の書いた文字が見てみたい。筆跡には書いたときの心理状態が投影するものだ。

「本宮心療内科クリニックのホームページで、私の顔を確認してもらっても結構です。電話していただければ、看護師で私の妻の本宮澄子が出ますから」

「いえ、そんなこと。先生がどうして由那のことを調べておられるのかはよく分かりましたし。それにやっぱり自殺とは思えません。でも、もし自殺じゃないとすればどうして……」

言葉を切った麻那が、体を縮こまらせるのが分かった。

「とても恐ろしいことですが、誰かが、由那さんを殺害した可能性が出てきます。これは放置できません。きちんと警察に捜査をしてもらわないといけない」

証拠が集まれば、それを警察に提供する準備はできている旨を伝えた。

「分かりました。ここでお待ちください。家から持ってきますので」

「それともう一つお願いがあります。お姉さんがこれは他人に見せても差し支えないと判断されたものでいいんですが、由那さんの性格が分かるようなもの、例えば子供時代に描いた絵とか、作文とかがあれば拝見したいんです」

「探してみます」

「精華町の由那さんの部屋はどうなってます？」

「十月いっぱいはそのままにしてもらってますが、今週末にでも、私が整理に行って引き払うつもりです」

「整理をされるとき、私に一報していただけないでしょうか。見ておきたいんです。もちろんできれば、で結構です」

「分かりました」

　と麻那は言うと、慶太郎と店内に戻った。そして、家に帰って由那の私物をとってくると夫に説明し、外へ出て行った。

　慶太郎はカウンターの上の冷めたコーヒーで口を湿らせ、とちの実クッキーを食べた。独特の木の実の風味が口の中に広がり、素朴な甘さにほっと息をついた。

2

午後二時半を過ぎるのを待って、名田正太はいつものように一服すると、ハッピーショッピーのバックヤードへと入って行った。

その一角に惣菜部の調理部屋がある。そこでは五名の女性が調理作業を行っていた。正社員は平岡真理子のみで、あとの四名はパートタイマーかアルバイトだった。それでも惣菜の味が均一なのは、亡くなった由那が他の女性を上手く動かしていたからだと、真理子は言っていた。

「平岡さん、そろそろ休憩ですよね」

正太は、調理器具に肥満した体が当たらないようにしながら声をかけた。

「はい、すぐに」

調理帽を取り、エプロンを脱ぎながら小走りでこちらにやってきた。

「ちょっと教えてほしいんやけど、小倉さん、男性関係で悩んでいたことがあったの？」

正太が店の責任として、由那の自殺の原因を調査していることは皆が知っていた。この機会に、よりよい店作りをしようと思う。そのための取り組みだ、と表だっては言ってある。

　実際いじめやハラスメントがあっては困るが、目的は新聞記者の光田に妙なことを漏らさないよう釘を刺して回ることだ。

「もしかして、のりさん情報ですか」

　ハッピーショッピーの中にあるパン屋の代表小川紀正（おがわのりまさ）のことを、店の人間は「のりさん」と呼んだ。バツイチの四十四歳で独身、正太ほどではないがあんパンのような体型をした腕のいいパン職人だ。

「うん。自殺の原因は、嫌な男に言い寄られてたからだって言ってる」

「お客さんに、由那さんの大ファンがいたのは事実です。たぶんその人のことを言っているんだと思いますけど」

「ちがうんか」

「いえ、その人は確かにちょっと問題があったんです。でものりさんも……」

　真理子が目を伏せた。

「のりさんに何か問題でも？」

　紀正は、明るく、多くの主婦に好かれている印象だ。誰からも彼の悪口を聞いたことはない。

「名田さん、本当にご存じなかったんですか」

従業員は、親父のことを社長とか店長と言い、正太を名田さんと呼ぶ。

「何も、聞いてないよ」

「のりさん、由那さんにプロポーズしたんです」

「あののりさんが？」

パン作りに熱心なあまり、妻をほったらかしにしたことが離婚の原因だと、親父から聞いている。四六時中パンのことを考えているような男が、由那に心を寄せていたとは。

「で、結果は？」

「由那さん、やりたいことがあるから、いま結婚なんて考えられないと」

「断ったってことか」

「ええ。だからのりさんの言うことは」

「全面的に信用できない。しかし小倉さんモテるんだな」

「あの子、お化粧とか服装とか地味にしてるから目立たないんですけど、整った顔立ちのべっぴんさんですよ。あの歳まで独身なのが不思議なくらい。まっすぐな性格やし、ただ、生真面目すぎるんやと思います」

「まさかその後、のりさんと揉めていたなんてこと、ないよね」

「どうかな。けど私の知る限りでは、それはないと思います」

普通に挨拶し、冗談も言い合っており、ギクシャクしているようには見えなかったと真理子は言った。

「そう。平岡さん、その小倉さんの大ファンだった人の名前とか知ってる？」

「ええ。由那さん、手紙受け取ってましたから。尾藤（びとう）という方です」

「手紙？」

「惣菜リクエスト箱に、由那さん宛で」

新メニューの参考にするために、惣菜販売コーナーにリクエストを書いて入れる箱が設置してある。

「リクエスト箱にラブレターか。ずいぶん昭和だな。いくつくらいの人？」

「四十歳です」

真理子は、由那からどうすればいいか、と相談を受けた際、手紙の中身を見た。そこにはまるで釣書のように写真と履歴書まで添えられていたという。

「冷やかしじゃなかったんだ」

「本人は至って真面目やったと思います」

真理子が由那に代わって、何度か言葉を交わしたのだそうだ。勤め先も大企業だから、もし相手が本気なら真剣に考えてもいいのではないかと、アドバイスするほど誠実そうに見えた。

「大企業って？」

「東松電工です。そこの学研都市研究所に勤務されてます」

「それは凄いな。研究員かな？」

「経理部だって言ってました。銀行マンみたいにきっちりした感じでしたよ」

「じゃあよさそうな話じゃないか。交際というか、進展はしなかったの？」

「それが……」

真理子が言葉を濁し、辺りを気にした。

検品の人間が数人いたけれど、話が聞こえる距離ではない。

それでも、念のため正太は声をひそめて訊いた。

「何か問題があったのか」

「ずっと見てるんです」

「見てるって、尾藤って人が小倉さんを？」

「会社にいるとき以外は、お店にきていたようです」

「ストーカーなのか。あながち、のりさんの言うことも的外れじゃないってことか」

「のりさんが言うみたいに、自殺の原因とまではいかないと思いますけど。別に危害を加えるわけじゃなく、ただじっと見てるだけですから」

「気味悪いなあ」

　真理子は大きくうなずいた。

　正太がパンコーナーを訪ねたとき、午後四時前にもかかわらず陳列台にパンはほとんどなかった。

「のりさん、繁盛してますね」

「まあ、当然です。全品、自信作なんやから」

　いつもは豪快に口を開けて笑うのに、少し唇の両端が上がっただけだった。実は由那が死んでから、品数が減っていると、客からの苦情を聞いている。

「残ったパン一袋にしてもらえますか。夜食にするんで」

「毎度あり。美味いからって食べ過ぎはあきませんよ。我々肥満児は気ぃつかわないと」

　と紀正は手袋をはめた手で残った菓子パンを袋につめる。

「ねえ、のりさん、ちょっと話せますか」

「また、由那ちゃんのことですか」

「のりさんは、こないだ自殺の原因は男性関係じゃないかって言ってましたよね」

「おかしな目つきのお客がいたんですよ。あれ見てください」

　紀正が顔を向けた先に、惣菜コーナーがあった。

「よく見えますね」

うまい具合に棚の間から、惣菜を陳列する台が見通せた。

「ガラス越しやけど、厨房も見えるんですわ」

「本当だ」

ガラスの向こうに仕込みをする真理子の後ろ姿があった。

「いつもうちの店の前に立って、あっち向いている男がいたんです。ほんで由那ちゃんに確かめたら、あの子黙ってしもて。これは何かあるなと、平岡さんに聞いた。けどあの人、口堅いからね。そやけど、こう言うたんです。常連さんやからいらんことせんときやって。それで付きまとわれてるってピンときました。こう見えても勘はええんです」

「で、どうしたんですか。まさか」

「何もしてません。いや、もっとちゃんと対処してたらよかったんです。ずっと後悔してるんですわ」

「のりさんは、小倉さんのこと……」

「お耳に入ってしもたか。ええ、好きでした。結婚を申し込むほど。結果も聞いてはりますでしょう、見事玉砕です」

紀正が苦笑した。

「そのことで揉めるようなことは？」

「なるほど、由那ちゃんの自殺の原因が、ストーカー野郎ではなく、私のせいやったと思てはるんですね」

「悪くとらないでください、のりさん。店としては、新聞記者がいらんことを書く前に、本当のことを知っておきたいんです。マスコミは小さなことでも、大きくしてしまうんでね」

「ああ、マスコミね。家に帰ろうと店を出たら駐車場のところで、新聞記者に声をかけられました」

「黒縁眼鏡の痩せっぽち、寝癖男？」

正太は自分の髪の毛をつまみ上げた。店内では正太の許可を得るように言ってあるので、駐車場で従業員が出てくるのを待っていたのだろう。

「痩せっぽちって言っても、私らが太りすぎなだけでしょ。確かに黒縁の寝癖頭ではありましたけど」

「私がこうして調べているのも、あの記者にあることないこと書かれたくないからなんです。のりさん、あのこと喋ったりしてませんよね」

「ストーカーのことですか」

「いや、のりさんが……フラれたことのほうです」

「そんなこと言えませんよ、恥ずかしくて」

「そうですよね、自分の恥になることだから」

「名田さん、それ言いすぎや」

紀正は怖い目で睨んだ。

「ごめん、ごめん。でも本当に、小倉さんとは揉めたりしてないでしょうね」

「揉めはせんかったけど、未練がましくてしつこいと思われていたかもしれへん。ほんまに好きやったから」

「私が訊いているのは……言いにくいんですが、彼女に嫌がらせみたいなことをしたかどうかなんです」

強い口調で言った。

「あほなこと言わんといて。そんなこと絶対せぇへん。パン持って行ってあげたり、ちょっとでも気持ちが変わってくれへんかと、話しかけたりはしたさかい、とりようによっては女々しい男やと思われてたかもしれへんっちゅうことや」

「のりさん、断られた理由は何やったんです？」

真理子から聞いているが、やはり本人に確かめたほうがいいだろう。

「自分にはやりたいことがある、夢があるからって言われたけど、ほんまのところは分からへん。というか、俺のこと好きやないだけやろ」

投げやりな言い方をして小さく息を吐く。

「恨み言とか、言ってないですよね」

さらに念を押す。

紀正は床を見て、うなずいた。

「じゃあ、のりさんが小倉さんのことを見てて変わったことはなかったですか」

「思い悩むほどのことは、なかったんとちがうかな」

そう言ってから、

「あっ、紫（むらさき）さん」

と、紀正がつぶらな目を向けてきた。

「あの婆さんと」

紫と呼ばれているのは、万城目絹（まきめきぬ）という近所の女性だ。七十四歳ながら派手な服装をして、何色かのウイッグを使い分けていた。白と黒、茶までは分かるが、紫の髪の毛で現れたときは、さすがに目を引いた。

そんな格好だから目立つにもかかわらず、絹は妙な悪戯をする。例えば日用品が陳列されている場所に、惣菜や和菓子、焼き魚のパックを置いたり、レジ周りにある乾電池などを豆腐やあげなど大豆製品の棚に紛れ込ませたりする。

月に一度依頼している万引きGメンが、それを発見して注意した。万引き常習犯が、めぼしい品をバスケット（レジカゴ）に入れずに手に持っていて、隙を見て自分が持参したエコバッグに投入することがある。その途中で監視の目に気づくと、手にしていた商品をところ構わず置いていくからだ。場違いな商品は、万引き犯が店をうろうろしているサインのようなものだ、とＧメンはいう。

みんなで「紫さん」と呼んで、絹の来店を知ると、注意を払っていたけれど、いまだ万引きの尻尾をつかんではいなかった。

「ひと月ほど前くらいやったかな、由那ちゃんと、ちょっと揉めたことがありました」

「紫さんが、また悪戯したか」

「酢豚の横に、食器洗いのスポンジを置いていったみたいです」

「相変わらず迷惑だな」

「ほんまですわ。それを見た由那ちゃんが飛び出してきて、注意した」

「あの大人しい小倉さんが」

「そうです。『すみません！　お客さん』って呼び止める声がしたから、店から覗いたんです。年寄りでも、最近は気ぃつけんと刃物でも持ってたら大変やから、心配で近寄っていった」

絹の背丈は由那と変わりはなかったけれど、小太りで体重には相当な開きがある。

暴れられたら、いくら若い由那でも押さえられないだろうと、紀正は絹に手が届くくらいまで近づいて、惣菜を見るような態度をしながら聞き耳を立てていた。

「ほな紫さんが、言いがかりやというて、食ってかかった。由那ちゃんは、いま奥さんが置かれるのを見てましたって、言ったんですわ、優しくね。そしたら今度は、証拠を出せと、詰め寄って……由那ちゃんが黙ってしもた」

これはいけない、助け船を出そうと紀正がさらに一歩絹に近づいたとき、

「ああ恐ろし。こんな店、惣菜に何入れられてるか分からへん。あんた、覚えときよし」

と捨て台詞を吐いて、紀正の脇を通り抜けて行ったという。

「何てことを言うんだ」

店の人間からすれば、一番言われたくない言葉だ。

「ひどいですやろ？　由那ちゃんがもの凄く悲しい目で、紫さんの行ったほうを見てたんを思い出しますわ」

と紀正は半分泣きべそになって、惣菜部に目をやった。

「そんなことがあったんですか」

警備員の桑山三郎(くわやまさぶろう)からの報告書にはなかった。

「いつもの悪戯やし、由那ちゃんに危害を加えたわけやないからね。警備員さんにも

言わへんかったんです」

「でも覚えておけっていうのはひっかかります」

「私らの知らんところで、イケズされたかも。あの婆さんやったらやりかねへん」

紀正は悔しげに顔をしかめた。

「その後、紫さんは？」

「そう言えば、見てませんね。由那ちゃんが亡くなって、ちょっとくらい反省してんのかな」

「逆恨みで嫌がらせをしていたかもしれませんね。それにそのことを小倉さんが気に病んでいたってこともあるかも」

みんなの話から、彼女の真面目な性格が分かってくる。そんな彼女が絹の言葉を受け流すことができたかどうか疑問だ。

何入れられているか分からない——。

食品を扱っている人間にとって、これほど辛辣で嫌な言葉はないからだ。正太自身も、紀正の口からそれを聞いたとき、ドキッとした。同時に、いちいち反応してどうするんだという熊井の叱責が聞こえてくる気がする。

「あの婆さんが何かしたんやったら、許せへん」

紀正が奥歯を噛むのが分かった。

「妙なこと考えないでくださいね。今回の件は、私のほうで警察と連携して調べますから。お願いしますよ」

と念を押したが、無論、警察に報告することなどない。とにかくできるだけ早く、由那の死が店と関係なかったとはっきりさせたいのだ。長引けば、それだけ店の評判にも響くし、光田の興味も引いてしまう。マスコミが出入りすれば、熊井との提携が滞ってしまいかねない。いや、熊井に見捨てられる恐れがあった。

零細スーパーマーケットから脱皮して、親父に自分のやり方が正解だったと認めさせるチャンスを失いたくない。

正太は紀正と別れると、二階の事務所に戻り、四畳半ほどの警備員室にいる三郎を訪ねた。

「サブちゃん、ちょっといいかな」

「由那さんのことでしょう?」

「どうして分かったの」

「モニターで、名田さんがのりさんと話してるの見てたんで、ピンときました」

と四台の防犯カメラモニターの前に座る三郎が微笑んだ。

三郎は、親父の大阪に住む友人の息子で、今年二十六歳になる。テレビドラマのシナリオライターになりたいと勉強中だった。大学時代に応募したドラマシナリオが佳作に入ってその気になったが、仕事の依頼はこなかった。執筆に打ち込むために就職もせずぶらぶらしているということで、父親がうちの親父に泣きついてきた。

住むところと食事があれば、時給アルバイトの待遇でいい、という条件で働いてもらっていた。若いし飲み込みも早く、バックヤードの搬入作業や店内陳列など警備以外の仕事も手伝ってくれるので、従業員からも信頼されている。そう言えば、三郎も由那と同じアパートに住んでいる。確か向かいの部屋だったはずだ。

「サブちゃんも、のりさんが小倉さんに思いを寄せていたこと、知ってたんだ」

椅子に座りながら言った。

「警備してれば分かりますよ。のりさんの惣菜部への視線、熱いっすから」

「そうか、じゃあ小倉さんのストーカーのことも？」

「もちろん。悩んでたのも」

三郎は、アパートの外に男の人がいないか見てほしい、と由那から頼まれたことがあったと言った。

「休みの日に俺がアパートに戻ってきたら、仕込みの間の休憩で部屋にいた由那さんがドアから顔出して、これから店に戻るんだけど、外の様子を見てほしいって。そしたら、いたんですよ、あのおっさんが。俺、惣菜を買いにくるあいつの顔知ってたから」

「で、どうした？」

「私服だったんだけど、これに着替えて」

三郎は制服のエンブレムをつまんで、

「睨んでやったら、自転車に乗って行っちゃいましたよ。気の弱いおっさんだから、何もできないと思うって、由那さんには言ったんだけど」

と続けた。

「自宅を知っていたんだ」

「後をつけてきたんじゃないですか」

「いやね、のりさんが、小倉さんはそのストーカーのことで悩んでたって言うんだよ」

「そんで自殺って、どうかな。由那さん優しすぎて相手のことを思って気を病むところありますけど……。夢を持ってたのに、ストーカーくらいで自殺するとは思えないな。いざとなったらこんな……ここを辞めて、引っ越せばいいんですから」

こんな店、と言いかけたのが分かった。

「夢か。のりさんもそんなこと言ってたな。何をやりたかったのか聞いてたの？」

由那は三郎より八つも年上だけれど、店では歳が近いほうだ。同じように夢を持っている三郎には話しやすかったかもしれない。

「料理研究家になって、名前を売ってから、自分の店を出すって言ってました。俺の脚本家の夢とどっちが大それた夢か、なんて冗談言ってたのに」

「研究家に、自分の店か。といっても、このご時世だからな」

「俺の夢のほうがハードル低いでしょう?」

苦笑する三郎には答えず、

「小倉さんと紫さんが揉めたのは知ってる?」

と正太は訊いた。

「いや、知らないです。あのお婆ちゃん、また何かやったんですか」

「いつものことだ。また勝手に商品を移動させてね。ちょっと防犯カメラの映像確認したいんだけど、付き合ってくれ」

尾藤がどんな風貌なのか、絹がどんな態度をとったのか、光田に知られる前に把握しておきたかった。

3

「尾藤さん、尾藤博(ひろし)さん。どうぞ中へお入りください」

慶太郎が診察室で待ち構えていると、澄子の声が聞こえた。棚辺春来以来の新患だ。

ドアを開き、澄子と共に小柄な男性が入ってきた。顎が細く、輪郭は逆三角形で、眼鏡の奥の目が怯えているように見えた。

「よく来てくださいました、本宮慶太郎と申します。さあ、どうぞお掛けください。さて、いま一番お困りなのは何でしょう?」

慶太郎はいつものようにタブレットを用意する。

尾藤は初診アンケートに名前と年齢四十歳としか書いていない。腱鞘炎が痛み、文字が書けない、と訴えたようだ。

「眠れないんです、一睡もできない」

「それはどれくらい続いていますか」

「二週間になります」

「長いですね」

驚かずに言った。眠っていないと主張するクライエントは多くいる。そしてそのほとんどが患者の勘違いであることを知っていた。知らないうちに眠っているものだ。

そもそも断眠は五日程度が限界で、世界記録と言われているものでさえ一一日間だと聞いたことがある。いずれしても一四日間、眠らなかった人間がここまで歩いてこられるはずはない。ただ、気分障害、いわゆるうつ病の患者の多くに睡眠障害の症状があるから注意が必要だ。

「仕事にも行けず、有給をとってますが、それも今日までなんです。自転車には乗ったんですが、駅前を一回りするのがやっとで……何度かこの前を通ってまして、きれいなクリニックだなと。僕、何を言っているんでしょう？　とにかく何もかもが限界なんです。先生、助けてください！」

尾藤はテーブルに手を突いた。

「尾藤さん、勇気を出してよくここまで来られました。一歩前進していますよ。まずは、あせらず、ゆっくり最善の方法を私と一緒に考えていきましょう。眠れないという他に、何かお困りのことはありますか」

「手首、腱鞘炎がひどくなったのと、腰が痛くて、自転車に跨がるのも一苦労です。それと急に耳鳴りがしたり、めまいも起こります」

うつ病の身体症状と合致していた。

「食事はどうですか」

「食欲は、まったく湧きません。このところは菓子パンばかりをかじってます」

「ご家族は？」

「一人暮らしです」

尾藤は東京出身で独身、大阪を経由して三年前に精華町の研究所へ転勤してきたという。

「お仕事は何をされているんですか」

「学研都市研究所にある東松電工で経理を担当しています。学校を出てから経理畑一筋です」

「東松電工で経理、ですか。これまで相当な努力をされてきましたね」

会社での過剰ストレスが原因かもしれない。ただ決めつけては判断が鈍ってしまう。

「先生、僕は会社に不満はありません」

尾藤は、慶太郎の考えを読み取ったようだ。常に相手の出方を探ろうとして、神経をすり減らしているタイプかもしれない。他者配慮性、対人過敏性あり、とタブレットに記入した。

「病歴を伺いたいのですが」

診察前に澄子が行ったデータは血圧が上一五三、下九七、心拍数八〇、呼吸数二〇。体重が標準よりも約一〇キログラムほど足りない。血圧は高血圧の範囲に入るが、寝不足を考えれば心配するほどでもない。

「特に持病はないです」

「入院歴もないですか」

「ないです。風邪とかインフルエンザで近所の医院に行ったくらいしか」

「心臓病や糖尿病、けいれん発作、精神疾患を患った血縁者はいらっしゃいますか」

遺伝性の身体疾患、精神疾患がないかを確かめておく。

「父親が糖尿です。その他の病気に罹ったという話は聞いたことないです」

「眠れなくなったのは、二週間前ですね」

クライエントが口にした数字には根拠がある。

「大切な人が……、大事な人が、亡くなりました」

尾藤は途中から涙声になり、語尾はほとんど聞き取れなかった。

「それはお辛かったでしょう」

重大な喪失があった場合、強い悲哀によって、尾藤のような症状が出ることがある。必ずしも病気とは言えないけれど、その引き金になることもある。

「それも先生、自殺だっていうじゃないですか。僕のせいなんだ、僕が悪いんです。僕なんんか」

尾藤は、テーブル越しに慶太郎の腕をとって大きな声を出した。

「尾藤さん、ご自分を責める気持ちは分かりますが、いまはそのときではありませんん」

自己否定は「自殺念慮」に直結してしまい、自殺の連鎖を生む。できるだけ早い段階で、その危険性だけは取り除かねばならない。

「思い込みなんかじゃないんですよ。本当に僕が……」

「尾藤さん、深呼吸してみましょう」

慶太郎は、自分と一緒に大きく息を吐くよう促す。それを何度か繰り返すと尾藤も深呼吸し始めた。それを確認して、

「そのように思う方が多いんです。でも自分を責めても何も始まらない。大切な人が亡くなったら、誰でも、悲しくて眠れなくなりますし、体のあちこちに痛みが出るものです。自然な反応なんですよ」

と言った。

「先生、僕は、自分の体や心を治したくてここに来たんじゃないんです。彼女のために何をしてあげればいいのかが聞きたいんです。それを終えれば僕なんてどうなってもいい。ただ、会社にも迷惑をかけたくないから。すみません、支離滅裂で」

と髪の毛を掻きむしった尾藤の側頭部に円形脱毛症ができていた。彼の苦しみがひしひしと伝わってくる。

「亡くなった方のことを話せますか」

いまはＩＣレコーダーは使用しない。

「結婚を考えてました」

「婚約者ですか」

「まだそこまではいってません。彼女はやりたいことがあるんです。しばらく時間が

必要だった」

尾藤がその女性と会ったのは三カ月ほど前だった。経理の仕事はミスが許されない。いつも神経を尖らせていなければならなかった。嫌いな仕事ではないけれど、疲れが溜まって出勤したくない朝もある。

「そんなときです、彼女の姿を見たのは。自転車で会社に向かうんですが、出勤せずこのままどこかへ行ってしまおうかって、いつもは通らない道をうろうろしてたんです。そしたら、田んぼの畦道に彼女が立っていた。言葉を交わしたわけでもなく、不思議なんですが姿を見ただけでパッと心が晴れたんです」

尾藤は笑いながら、目に涙を溜めている。

「ほう、それは素敵な人だったんですね」

「そうです、素晴らしい女性なんです。そのとき思ったんです。この女性が自分の側にいてくれれば、どんなに毎日が楽しいだろうって」

「一目惚れ、ですね」

「そんな軽いものじゃない。ずっとずっと昔から、つながっているような存在です」

「運命的な出会いだったんですね。それからどうされました？」

一度悲しみを吐き出してしまわないと、「喪失の反芻」といって、何度も失ったことを繰り返し思い出しては悲嘆にくれることになる。そうすることでうつ病を誘発する危険があるのだ。最大の喪失感を抱いたときは、目の前に理解者がいることを体験してもらう必要があった。

「ええ、結婚を申し込みました」

出会ってから三カ月でプロポーズは性急すぎるが、そんな例がないわけではない。

「交際を申し込んだのではなく、結婚を？」

「ちゃんとプロセスを踏みましたよ。何度も手紙を出しました。そして何度目かの封書に、私の略歴と住所、氏名、年齢を記し、正式に結婚を申し込んだんです」

「文通の後にプロポーズされた」

「文通なんて僕たちには必要なかった。ほとんど毎日会ってましたから」

「会っていた？　デートを重ねていたということですね」

「デート……そうかもしれません。顔を合わせて言葉を交わしていたんですから。どちらにしても僕には些末なことです。会うたびにこの女性を幸せにしなければ、という気持ちが大きくなっていきました。だから思い切って結婚を申し込んだんです」

「しかし、彼女にはやりたいことがあった？」

「こんなことになる前に、やはり結婚しておくべきだった」

尾藤は膝を拳で何度も叩く。

「ちょっと待ってください。やりたいことがあると言って結婚を先延ばししたのに、どうして亡くなったんでしょうね」

「職場のいじめです」

と尾藤が断言した。

その口調に違和感をもった慶太郎は、

「いじめられていると、彼女が言っていたんですか」

と確かめないではいられなかった。

「彼女は、そんなことをはっきり言うような人じゃありません。だけど職場の人たちの彼女への接し方を見てれば分かるじゃないですか、そんなこと」

尾藤は泣き声を出していた人間とは思えないほど、物知り顔のしっかりとした口調で言った。

「彼女の職場の様子をご覧になったんですか」

「ええ、毎日」

屈託のない笑顔で答えた。

「彼女はどういった仕事をされていたんですか」

「お店で調理をしているんです。夕方の決まった時間には、こしらえたものを販売もするんですよ」

「調理して販売ということは、お弁当屋さんか何か？」

「いえ、おかずだけですね。これがなかなか旨いんです。僕の夕飯はいつも……彼女が亡くなる前までは」

「彼女の死が自分の責任だと思うのはなぜです？　何か心当たりがあるんですか」

「それは僕に強引さがなかった結果、仕事を続けることになったからです。やりたいことは僕の妻になってからでも実現できるんだから、無理矢理にでも結婚すべきだった。彼女の意志を尊重し過ぎたんです。なんて馬鹿だったのか。悔やんでも悔やみきれない」

　尾藤の言っていることは、相手のことを慮（おもんぱか）っているようで、実は自己中心的な解釈だ。ストーカーによく見受けられる症状だった。

　ある精神科医は、ストーカーを「執着型」「求愛型」「一方型」という呼び方で分類した。その分け方でいけば、尾藤はあきらかに求愛型に入る。この型のストーカーは、自分の気持ちを伝えれば必ず相手は理解してくれると思い込む。だから自分の気持ちを伝えさえすれば上手くいくと勘違いするのだ。フラれたとしても、誤解しているだけ、必ず分かってくれると信じているから、何度でも告白する。そこから付きまといが始まっていく。

　つまり最初にきっぱりと断らない限り、ストーカー行為は続くということだ。尾藤は思い込みが激しいようだ。女性は断ったつもりだったかもしれないが、「やりたいことがある」という曖昧な言い方をしたせいで、尾藤はストーカーの加害者となったにちがいない。その上いまは、うつ病の症状が出ている。難しい治療となりそうだ。

「彼女を幸せにするはずだったのに、それができなかったことを後悔しているんですね」

「職場から引きずり出せばよかったんです」

「大人の女性です。そういうわけにもいかないでしょう」

「いじめを注意しなかったことも悔やまれる」

「あなたは外部の人間です。それも難しかった。また、いじめによって自殺することを予見するのは困難です」

できることはやった、それ以上はできなかったと思わせることで、自責の念を弱めていく。

「私の申し出を断ったのは、あの女のせいかも。それ自体がいじめだったんですよ」

「あの女というのは、彼女の職場にいる方ということですか」

「そうです。なんやかやと指示を出してました。二言目には由那さん、由那さんって」

「由那さん！」

慶太郎は声を上げて、尾藤を見た。

「先生、先生は由那さんのこと？」

「由那……小倉由那さんですか」

珍しい名前だ、そんなに多くあるとは思えない。

「やっぱり知ってるんだ」

「ええ、まあ」

慶太郎はわざとゆっくりとうなずく。ひとりの女性の死が二人のクライエントをここに引き寄せたことに驚いていた。

「そうか、そうですよね」

尾藤が納得したように、

「先生もハッピーショッピーを利用されているんですね」

と目を細めて言った。

「いや、新聞で」

慶太郎は右手で、自分の左手首をつかんだ。学生時代から試験の前にこうすると、不思議に気持ちが落ち着いた。

「新聞か、彼女のことはみんな知っているんだ。可哀想な由那さん」

泣きそうな顔で尾藤がつぶやいた。

情緒不安定ではあるけれど、死別反応の範囲内だ。睡眠障害は睡眠薬、気分障害は軽めの抗うつ薬で様子を見ればいい。しかし、由那への偏った思いは人格障害の可能性を物語っている。

尾藤は、いまその対象を失った。そしてその死を受け入れられないでいる。それが心身にさまざまな形で出てきている状態だと見ていいだろう。

由那の死の原因をあれこれと考え、彼女の職場環境の中に見いだそうとしているようだ。そして由那はいじめられていたと信じている。

最も危険なのは、すべての責任が由那をいじめていた相手にあると思い込み、異常な行動に出ることだ。ストーカーの対象が由那から、その女性になることも考えられる。

現在の精神医学では、残念ながらストーカー加害者の人格障害を根治させる方法はない。危険性のない方向へと軌道を変えるしかないのだ。

尾藤の場合、ひたすら由那に向いていた興味を、まずは彼自身の内面へと転換させなければならない。

尾藤がこれまで生きてきた過程、母親や父親、そして兄弟や友人との関わりを話してもらうのだ。その人たちから、してもらったこと、それに対して自分が返したこと、さらに迷惑をかけたことを繰り返し思い出すことで、自分と他者との関わり合いを確認していく。尾藤の場合は、自分の妄想が他者をいかに蔑ろ(ないがし)にしていたかを自覚させることで、改善の余地が生まれるかもしれない。

「小倉さんと面識はありませんが、とても残念な気持ちです。またあなたが小倉さんのことを大切に思っていたこともよく分かりました。小倉さんは自ら命を絶ったのではないかと報道されていますね。その原因が職場にあったとお考えなんですか」

「絶対、そうなんです。いじめを苦に自殺したんです。こんなこと許されるはず、ありません」

「先ほど、小倉さんが、職場の女性に指示をされていたとおっしゃいましたが、その場面をあなたは見たんですか」

「もちろんです。僕は、毎日彼女を見守っていたんですから」

尾藤が胸を張ったように見えた。

「毎日、ですか」

「ええ、そうです。会社で仕事をしている時間以外は、ハッピーショッピーにいるようにしていました」

「どうしてです？　いじめられていると思ったからですか」

「いえ、きれいな花にはつきものだからです、変な虫」

自分の妻に相応しいことははじめから分かっていたので、あとは由那に言い寄る男がどれだけいるのか確かめたかったという。

思い込みが激しく、やはり妄想的だ。自分の中でストーリーができあがっていて、そこに客観性は見られない。妄想を吐き出させるためには、ここで否定してはならない。

「それで、結果はどうでした？」

「まずパン屋が怪しい」

彼は即答した。

「パン屋さんと言いますと？」

「ハッピーショッピーの中にある『オガワ』という手作りパンの店です。そこの店主の小川が、由那さんを狙っています。それだけではありませんよ、警備員の桑山三郎は由那さんのアパートの向かいに住んでいる。間違いなくストーカーです、あの若造は」

尾藤の口からストーカーという言葉が出た。

「ストーカーと思ったのには理由があるんですね」

「僕に、由那さんに近づくなという意思表示をしたんです」

「その桑山さんと由那さんは親しい様子でしたか」

「由那さんは歯牙にもかけないって感じでしょう、あんなチャラチャラした男」

「では、桑山さんに嫉妬はしていないんですね」

「嫉妬？　由那さんは僕を選ぶに決まってるのに、ですか。あり得ない。ただ乱暴を働かないかと心配なだけです。だから早く店を辞めて、僕のマンションに引っ越してきたほうがよかったんだ」

「パン屋の小川さん、警備員の桑山さんから由那さんを守りたかったんですか」

「二人からだけじゃない。惣菜を買う男のほとんどは由那さんに下心を抱いていると言ってもいい。その上、同僚からもいじめを受けていた。先生、自分の愛する人が、そんな状態に置かれていて黙っていられますか」

救い出すためにはプロポーズが最善の方法だったと、尾藤は睨むような目つきをした。

「確認させてください。あなたが小倉さんにプロポーズしたのはいつですか」

「彼女が亡くなる一週間ほど前です」

「そのときの様子は？」

「さっきも言いましたけど、手紙の返事をもらおうとしたら、同僚の平岡って女がしゃしゃり出てきて」

値踏みでもするかのように自分を見たそうだ。

「ということは、小倉さんと直接話したのではないんですか」

「いえ、彼女の仕事帰りに店の駐車場で……由那さんは謝るばかりで、やりたいことがあるからって。僕は分からず屋ではありません。分別のある大人として、彼女の言葉を理解したつもりです」

　由那は怯えていたのかもしれない。

「小倉さんの気持ちを汲んで、潔く結婚を延期されたのは立派です。でも諦めたわけではなかったんですね」

「当然です。だから見守りは続けていました。でも、あの平岡って女は、僕と由那さんの間に入ってくる。邪魔なんですよ、いつも前に立ちはだかって」

「立ちはだかる？」

「僕のいる場所から、ちゃんと由那さんが見えないんです」

　その言葉で状況が分かってきた。おそらく彼が言った通り、声をかけるでもなくじっと由那を見守っていたのだろう。いや見守るというより、じっと見ていた。プロポーズする前も、接触はせず、まだ初期のストーカー行為だったようだ。だから警察の捜査線上にあがってこなかったのかもしれない。

　少し安堵すると、別の興味が湧いてきた。それが、医師として倫理違反になってしまいかねない質問をさせた。

「由那さんのことをよく知る、尾藤さんにお尋ねします」

「何ですか、先生」

尾藤は目を輝かせ、身を乗り出す。

彼の表情に戸惑いながら、

「小倉さんという女性は、自殺をするような人ですか」

と訊いた。

「……それは、明るい女性だったから……自殺なんて、考えられないです。いや、いじめに耐えられなくなっていたのかもしれない」

尾藤が頭を抱えた。

「その平岡さんからの、ですか」

「たぶん」

「やりたいことがあるとおっしゃってたんですから、それなら思い切ってお店を辞めればよかったんじゃないですか」

「そうだ。店を辞めて、僕の申し出を受け入れて結婚すればよかったんです」

「本当にいじめが原因でしょうか」

「ええ、いじめです」

そう言ってから尾藤は小さく首を振りながら、

「いや、それだけなら、先生の言うように辞めればいいんですよね」

と慶太郎を見る。

「死ぬ必要はない、と思いませんか」

「いいや、やっぱりいじめだ。店ぐるみで彼女を追い詰めていたんだ」

何かを思いついたように舌打ちして、顔をしかめた。

「なぜ、そう思うんです？」

「店長に息子がいるんです。太っている体を表現したのだろう。こんな」

と尾藤は両手を広げた。太っている体を表現したのだろう。

光田からの報告に登場したハッピーショッピーの後継者、名田正太のことだとすぐ分かった。由那の事件取材では自分を通すように釘を刺したそうだ。店に新聞記者がやってきたことに苛ついている様子が、光田の話からも伝わった。

「その息子さんが、どうしたんです？」

「店の裏口があるんです。駐車場のほうです。そこにそいつが、煙草休憩に出てくることがあります。その場所で平岡と何やら話しているのを何度も見ました」

「そこにあなたも？」

「休憩時間になると裏口から由那さんが出てきて、五分ほど行った田んぼの畦道でおにぎりを食べるんです、いつも同じ缶コーヒーと一緒に。そう、僕たちが出会った畦道。だから、時間が合うときは、僕は少し離れた場所にいる」

むろん由那の休憩している姿を見るのは、自分が休日か、金融機関に出かけるときだけだと言った。

「話しかけるんですか」

「とんでもない。彼女の大切な休憩時間を壊すわけにはいきませんよ。僕は由那さんを束縛するつもりなどありません。ただ眺めていれば、幸せなんです。だって、焦らずとも将来は僕と結婚する人なんですから」

むやみにパーソナルスペースに侵入するような、そこらの俗物と一緒にしないでほしい、と憤然とした声を出した。

「なるほど。しかし五分も歩いて田んぼに」

そこから電車が見えるに違いない。由那の様子を確かめたいと思い、

「そこに何か目的でもあったんでしょうか。好きな花が咲いているとか、落ち着く風景を見ることができるとか」

と慶太郎はとぼけて訊いた。

「理由は簡単です。近鉄ですよ」

「鉄道が目的ですか」

「それほど大きくはない、いつも腰を下ろす石があるんです。でも電車が通ると、さっと立ち上がって通り過ぎるまでじっと見てました。よほど好きだったんでしょうね」

思い出しているのか、尾藤はクリニックの窓のほうを見やる。

「ただ見てるだけ？」

「そうです。ただ電車を見送っている感じです」

「例えば、携帯で写真を撮るといったようなこともない？」

「彼女はたぶん毎日見てるんですよ。いまさら写真もないんじゃないですか」

「そうですね。眺めているだけ、か。飽きないんでしょうかね」

　率直な感想だった。

「習慣になってたんじゃないですか」

「手を振ったりもしないんですね」

「そんなことしないです」

　やはり春来の言う通り、手を振ったのには意味があるということか。また「死のうとしている人間に励まされない」という春来の声を思い出した。

「話を戻します。先ほど言われた店主の息子という人も責任ある立場でしょうから、従業員と話すことは普通のことだと思うんですが」

「うちの会社でもそうですが、秘密裏の会話って雰囲気で分かるもんです。あの二人は、ひそひそ話でこそこそした感じです」

　店の人間や搬入業者が現れると、目をそらすのが白々しかったと尾藤は言った。

「店の人には聞かせたくない話かもしれませんが、由那さんに関することだとは限りませんよ」

「ここ最近は頻繁だった気がするんです。あれはきっと悪巧みです。由那さんはあの二人に殺された……」

「待ってください、尾藤さん。決めつけてはいけません。由那さんを失ったことで感情のコントロールが難しい状態なんです。受け入れがたい悲しみは、次の段階として、怒りに変わっていくことが多い。いまは事実だけを積み重ねていきましょう」

「わ、分かりました」

「彼女に最後に会った、いえ、最後に見たのはいつですか」

「二十九日の夜です」

「それじゃ、亡くなった夜に小倉さんを見てたとおっしゃるんですか」

医者とも思えない素っ頓狂な声を出してしまった。

「正確には、部屋にいる気配ですけど」

尾藤は慶太郎の反応に驚いたのだろう、言い訳した。

「気配というのは？」

慶太郎は咳払いをして、元の落ち着いた声で尋ねる。

「あのアパートは陽当たりがよくないのか、暗いようで、昼間でも電気を点けているんです。だからなのかカーテンも開きません。気配だけが頼りなんですよ。確かに気配があったと思ったんですけど。だって電気がともっていたんですから」

「それは何時頃ですか」

由那のその日の行動を知る証言だ。

「五時半くらいだったと思います」

由那は四時の調理を終えた後、たびたび自宅に戻ることを知っていた。尾藤は、五時過ぎに会社を出て、そのまま由那のアパートへ向かった。その時間帯ならば警備員の三郎は店にいて邪魔されないからだ。

「由那さんは、必ず六時には店に戻るから、それまで見守るんです。上手くすれば一緒に店に同行できる。いまは日が長いから、まだ明るいけど、この辺りは夕方急に寂しくなるんです。物騒だから僕が気をつけてないと」

「五時過ぎからアパートの前にいたんですか」

「ええ、五時半くらいから、彼女が出てくるのを待ってました」

「それで部屋の電気を見ていた？」

「でも、なかなか電気が消えない。六時にお店に戻るには、遅くとも五時五十分には出かけなきゃいけませんから、部屋の電気が消えるのを待ちました」

電気を消し忘れて、部屋を出たのだと思った尾藤は、六時前そのまま店へ向かった。

しかし、売り場に由那の姿はなかったのだという。

「休憩に入って、自宅に戻って電気を点けた。しかし店に戻る時間になっても電気が消えなかった……」

「僕が踏み込めばよかったんです」

「いや、それは」

「その前の日、由那さんが平岡に何か言われているのを見ました。それだ、それが引き金になって彼女は死んだ。そうだ、先生、新聞報道では遺書らしきものがあったように書いてありました。それを見れば分かるんじゃないですか」

「そうかもしれません。しかし、それは警察に任せませんか。そんなことを考えるより、尾藤さんの気持ちの改善を優先しましょう。本当に今日は、よく話してくれました。自責の念があなたを苦しめているのがよく分かりました。喪失の痛みを和らげるために抗うつ剤を処方します。今後の治療ですが、尾藤さんが安心して暮らせるために一つ約束してください。今後、何か思いついて行動を起こすときは、真っ先に私に連絡すると」

　慶太郎が薬を処方することは珍しいことだった。由那が自殺でないとすれば、誰かの関与を疑わなければならない。尾藤が犯行を隠していることもある。彼の話が事実でも、これ以上思い詰めて過激な行動に出られては困る。

「分かりました。先生にご連絡いたします」

「そうしてください。また有給休暇がなくなるとのことですが、もし病欠の申請をされるなら、診断書を書きます。遠慮なくおっしゃってください」

と言って、家族カードを記入してもらい、尾藤の初診を終えた。

4

慶太郎のクリニックに大槻麻那がやってきた。由那が暮らしていたアパートの部屋を整理する前に、訪問したいと麻那から連絡があったのだ。

綾部の大槻夫妻が経営している喫茶店「とちのき」を訪問したとき、由那の性格を知るために子供時代に描いた絵とか、作文とかがあれば見たいと頼んだ。その申し出に応じて家に取りに行った麻那だったが、戻ってきたとき手には何も持っていなかった。

由那が十八歳で実家を出たときのままにしてある部屋に入った瞬間、体に力が入らなくなり、その場に泣き伏してしまったと言った。

由那を思い出すものを今はまだ探すことができないと、麻那は頭を下げた。死別の悲しみは、断続的に続く。思い出は、折に触れてフラッシュバックし、そのたびに悲嘆がこみ上げるものだ。

　そのメカニズムを熟知しているはずの自分が、配慮を欠いていたと慶太郎は謝り、「とちのき」を後にしたのだった。

　それからわずか三日で麻那が連絡をくれたことに、慶太郎は驚いていた。

「よく来てくださいました。本当に感謝します」

　クリニックの診察室に通してソファーに座るよう促し、綾部で世話になったことも含めて礼を述べた。

「こちらこそ、何もお渡しできずすみませんでした」

「無理もないことです。今日は、同行させていただいてもよろしいんですね？」

「先生にご一緒いただきたいんです。私、あの子の部屋に入るのが怖いんです。亡くなった部屋に……」

　麻那はハンカチで顔を覆った。

「日を改めても」

「いえ、大丈夫です。もし自殺でなかったら、あの子は自分の部屋で……そうしたら、少しでも早くその手がかりを見つけてもらったほうがいいと、主人が言いまして」

「そうですが、すでに警察が調べた後ですから」

　過剰な期待を抱かせてはいけない。

「その警察ですが、荷物の整理のときには声をかけてくれと言っておられたんで、担当の刑事さんに連絡したんです。そしたら遺書などの現物を渡すから立ち寄ってほしいと言われて」

麻那は不安げな表情を向けてきた。

「私も一緒に話を伺いましょうか？」

「ご迷惑では？」

「いいえ、捜査の進捗状況も気になりますし」

遺書の返却は、たぶん捜査の打ち切りを意味するのだろう。一般人が口を挟んでどうなるものでもないだろうが、自殺と断じるには疑問点が多いと訴えるいい機会だ。

「実は心細くて仕方なかったんです。先生、すみませんがよろしくお願いします」

「大槻さん、眠れてますか」

三日前より痩けた頰が気になって尋ねた。

「日が経てば少しはましになるかと思っていたんですけど、ダメみたいです。昼間はいいんですが、夜になるといろいろ思い出して」

麻那が声を詰まらせた。

「いまは仕方ないと思います。でも、体を壊してしまっては誰も喜びませんよ。夜眠れなくても、気にせず、昼間眠れるときがあれば一〇分でもいいから仮眠をとってください。それと食事を摂ること。食べるのも由那さんへの供養だと思ってください」

「分かりました。あの、先生、今日は由那の書いたものを持ってきたんです」

麻那はバッグから大学ノートを取り出した。中学一年生くらいから日記を付けていたはずだけれど、まだ探すのは無理だった。ふと目についたノートにいろいろ書いてあるのが分かり、持参したという。日付から、高校三年生の夏休み以降に書いたものだそうだ。

「拝見していいんですか」

そう断って、麻那がうなずくのを確かめてから慶太郎はノートを受け取った。表紙には鳴門の渦のようにデザイン化された線路が描かれていた。

「他の日記は、きちんとした日記帳だったんですけど、それは大学ノートなんで授業用のノートだと思っていました」

ざっと中身を見た。日付は飛び飛びで、日記というよりも自分の考えをまとめるメモに近い印象の文面だ。

友達が進学のための勉強に取り組みだし、部活で実績を上げた者はその方面へ進むことを決めているのに、自分はやりたいことが見つからない、焦っているという内容が多かった。

好きなことを書き連ねているページもあった。

「電車」「プリン」「ミルキー」「チョコエッグの中の動物」「古畑任三郎」「宇多田ヒカル」「おじゃる丸」「レターセット」と脈絡はない。

中には一八年ほど前に流行ったものがあり、慶太郎も懐かしかった。とりあえず書いてみて、それの何に惹かれるのかを考えようとしていたようだ。

しかしそれと将来の仕事とが結びつかず、もがいている。もがきの中で、何度も出てくる言葉、それは「綾部という町から出たい」というものだった。

「由那さんは、故郷が嫌いだったんですか」

慶太郎がノートから麻那へ目を移した。

「綾部がというより、田舎暮らしを嫌ってました。私もそうですが、思春期って都会に憧れるでしょう？　ただ、だからといって東京とか大阪のような都市に憧れていたんでもないんです。あの子大阪の短大に進学したんですけど、テンポが合わないから、よう暮らしていけへんって漏らしてました」

「そうですか。で、そのまま、戻らなかったんですか」

麻那はうなずいた。

「田舎のどんなところが嫌だったんでしょう」

「しがらみがきついからです。実は、親戚とウマが合いませんでした」

市内に父方の親戚がいて、母親に辛く当たるのを見て暮らしたのだと、麻那は言った。

「人間関係ですか。かなり精神的に影響しますすね。それはお姉さんも同じですか」

「ええ、私も親戚は好きではありません」

麻那が少し顔をしかめた。

「でもあなたは綾部に残った？」

「私も進学してたら……そのまま出て行っていたでしょう」

「いまも上手くいってないんですか」

「……もう、諦めてます。由那の通夜でも揉めました。自殺者を出すなんて家の恥だとか、情けないとか言って、由那の死を悼むこともなかったんです。そんなのを目にすると、この人たちには何を言っても無駄だって気持ちが強くなります」

通夜や告別式をお酒が飲める場だと思っているような親戚すらいて、腹が立ったようだ。

「お辛かったですね」

「先生、自殺やないんですよね、由那は。私、去年の暮れにあの子に意地悪なことを言うてしまったんです」

また麻那は目頭を押さえた。

「意地悪なこと、ですか。それを私に話してみてくれませんか」

「由那が、お正月には帰らないって言ったんです。職場の先輩のお宅で料理を教わるからって」

年末からお正月にかけて、普段付き合いのない親戚が、父の兄の家に集まることになっていた。酒宴のとき女性たちはまるで召し使いのようにこき使われるのだそうだ。

「だから一人でも人手が必要なんです。私、カチンときて、自分は小倉家と関係ないって思ってるんやろけど、絶対逃れられへんよ。ずるいことばかり考えとったらバチが当たるさかい、と電話を切ったんです」

麻那は、由那が死んでから、ずっとそのことが頭から離れないと言った。

「なんでバチなんて言葉を使ったのか、分からへんのです。つい口をついて出てしもた……」

麻那が声を上げて泣き出した。

麻那の泣き声は高く響いて、待合室まで届いているだろう。幸い順番を待つクライエントはいなかった。

人の感情は、まるで波のように伝播する。赤ん坊が一人泣き出せば、それにつられて側にいる子が次々と泣き始めるのに似ている。診察室から漏れる泣き声は、他のクライエントの精神状態を不安にさせてしまう。待合室にＢＧＭを流していたり、ドアに簡易の防音設備を施したりしても完全ではない。

慶太郎はしばらく黙って、ハンカチで顔を覆ったままの麻那を見守っていた。かける言葉がないのではなく、自分を責めようとしている彼女の胸に、いまは何を言っても届かないと思ったからだ。

慶太郎は内線で澄子に水を頼み、しばらく待つ。診察室に響く泣き声が徐々に小さくなり、すすり泣きへと変わっていったのを見ると、ティッシュペーパーの箱を麻那の前に置いた。すでにハンカチは役に立たなくなっていた。

診察室は気楽に話ができるよう工夫をしている。観葉植物や壁の絵画、書棚もサロンをイメージした落ち着きのあるもので統一していた。クライエントはそんな部屋に少なからず影響され、他の環境にいるときよりも感情を鎮めやすくなるはずだ。

タイミングを見計らって澄子が、診察室に入ってきた。コップに注いだハーブ入りの水をテーブルの上に置くと、麻那が顔を上げた。

澄子が麻那に会釈を返し、部屋を出て行ったのをきっかけに、慶太郎が口を開いた。

「いま妹さんのことを思い出すと、自分が彼女に言ったりしたりした悪いことばかりが浮かんでくるでしょう。後悔が自分を責める方向にしか働かないからです。それが自然なんですよ、大槻さん。ただ、あなたの言動と由那さんが亡くなったことは関係ないんです。無理に結びつけて、自分を傷つけることをわざと選んでいる」

「でも私、ひどい姉でした。自分の中の嫌な面が出てきたんです。たぶんあの子がうらやましかったんやと思います」

「田舎を出て行った、それがうらやましかった？」

「あの子が自由で楽しそうで、夢が持てて……夢なんて、私は持ってない。それが悔しくて」

「正直でいいですね。人をうらやむのも悪いことばかりじゃない。うらやましいという感情が、向上心につながることもある」

「向上心、ですか……夢、そうあの子には夢があった。なのに自殺なんてするはずないです。そうですよね、先生」

麻那は何かに気づいたように視線を慶太郎に向けた。その真剣な視線が痛かった。

「事件でも事故でも、また自殺だとしても人が亡くなる理由は単純ではありません。ですから、それを私は調べているんです」

と麻那に言いながら、その言葉を自分も嚙みしめた。

自殺への疑念があっても、証明するには相当な証拠が必要だ。その代わり自殺でないことを証せば、春来への治療は進むし、何より目の前にいる麻那の心も軽くしてやれる。

麻那がもう少し落ち着くのを待ち、由那の遺品を引き取りに行くために木津署に向かうことにした。

クリニックを出る前に、麻那が木津署に連絡を取ると、担当刑事が現場である由那の部屋まで出向くということで、そこで落ち合うことになった。

麻那が連絡を取った相手、垣内という名に慶太郎は聞き覚えがあった。ちょっとばかりキレ者の五十がらみの刑事で、その人物に食らいつく、と確か光田が言っていたはずだ。

クリニックの軽自動車、つまり慶太郎の車で十分とかからず、由那のアパートに着いた。荷物を引き取ることをハッピーショッピーの店長に電話で伝えると、専務の名田が立ち会うから部屋の前で待っていてほしいと言ってきた。

光田が言っていた店長の息子、名田正太だ。彼は由那のこととなると、どうも神経質になるようだ。光田も煙たがっていたのを思い出した。

「そうですか。ここで待てと」

廊下までやってきた慶太郎は、由那の部屋のドアに目をやってため息をついた。向かいの部屋にかかる手書きのプレートには「桑山」とあった。尾藤が敵視している中の一人で、ハッピーショッピーの警備員の男性だ。

「社員用の部屋や言うても、今月いっぱいは由那の部屋です。自由に入ったらあかんのでしょうか……鍵だって預かってるのに」

麻那が手にした鍵を見せた。赤い小さな鈴がつけられている。

「店の人も戸惑っているのかもしれません」

「申し訳ないとは思てます」

「気にしなくていいですよ。由那さんも麻那さんも何も悪くないんですから」

安普請(やすぶしん)の廊下が軋む音がした。振り向いて廊下の端を見ると、背広姿の巨漢が会釈しながら歩いてくる。

「お待たせしてしまって」

麻那に近づくと正太は頭を下げ、そのまま続けた。

「先日はお疲れ様でした」

「いえ、こちらこそご迷惑をおかけして」

どうやら遺体引き取りのときに二人は会っているようだ。

「あの、こちらは」

麻那が慶太郎を紹介しようとして言葉に詰まった。

「私は、由那さんの友人の医師です」

と嘘を言った。あれこれ説明しても、誤解を与えるし、理解できないと思ったからだ。

「お医者さん、ですか」

　正太は探るような目付きを向けてきた。

「ええ、駅の近くでクリニックを開業しています。本宮慶太郎と申します」

　慶太郎は名刺を差し出すと、正太も名刺を出した。

「心療内科のお医者さんなんですね。そしたら小倉さんは先生の？」

　正太は名刺から慶太郎に目を移す。

「患者さんではありません。先ほど申しましたように友人です。大槻さんとも懇意にしてるもんで、今日は手伝いにきました」

「そうですか、ご友人」

「ええ。とても辛くて、いまだに信じられない」

「私も驚いています。あの本宮先生」

　正太が巨体を寄せてきた。背は慶太郎と同じくらいだったけれど、圧力を感じ後ずさりした。

「何でしょう？」

「いや、お医者さんの友人がいるなんて知りませんでしたので、ちょっと伺いたいことがありまして。自殺の原因について、です」

　正太は、背後にいる麻那に聞かせたくないのか、さらに慶太郎に近づき声をひそめた。もう後ろには下がれない。

「いえ、特には」

「そうですか。お店のことで何か言ってませんでしたか」

「何も聞いてません。まあ強いて言えば、指導が……」

と言葉を濁した。あえて言葉を割愛させると、相手は勝手に想像して自分の知っていることで補う習性を持っている。自動的に潜在意識が補完するのだ。

「ああ、平岡さん。彼女は惣菜部の責任者ですから、ときには厳しいことを言ったかもしれないですが、二人は師弟関係といいますか、上手くいってましたよ。それは店の者がみんな知っています。うちは個人経営のこぢんまりした店ですから、チームワークが売りなんですよ」

正太は店に由那の自殺の種などない、と言いたげな口調で言った。今日ここに来たのも、由那の部屋に店でのトラブルを示すようなものが出てきやしないかを、心配してのことにちがいない。

「何かとアドバイスをもらっていたようです」

慶太郎は適当なことを言って、麻那に目をやる。彼女はうつむき由那の部屋を見つめていた。

平岡は、由那に言い寄る尾藤のことを知っていた。つまり仕事だけでなく私生活においても話ができる間柄だったということだ。あるいは若い由那が失敗しないように防波堤の役目もしていたのかもしれない。師弟という関係かどうかは分からないが、尾藤が言うほど悪い関係ではなさそうだ。

「とにかく私どもも貴重な人材を失ったことが残念で」

「そろそろ小倉さんの部屋に入ってもいいですか」

「そうですね。すみません」

慶太郎が麻那に目配せすると、彼女はドアに鍵を差し込んだ。

麻那は部屋へ入り素早く靴を脱いで、居間のカーテンと窓を開けた。部屋のどこか湿気った空気が、吹き込んだ秋風に入れ替わった気がした。

「警察が調べた後、何も触ってません」

正太が玄関先から麻那に言った。

麻那は押し入れを開けて、荷物の全体像をつかもうとしていた。布団を数え、四つあった収納ボックスの蓋を順に開けては中を点検する。

慶太郎は、由那の暮らしの一端を見ようと部屋を見回した。

玄関を入るとフローリングの部屋で、そこにミニキッチンと奥にトイレと風呂。さらに奥が六畳ほどの居間だ。キッチンの足下には殺虫剤のスプレー缶があった。それが殺虫成分の含まれていない冷凍ガスを噴射するタイプのものだったのを見て、化学物質に対しても神経を使っていたのではと思った。台所洗剤も無添加の天然成分のものばかりだ。

部屋の真ん中に卓袱台、壁際に書棚、窓際には文机（ふづくえ）があって、その他の家具はなかった。壁には和菓子の写真のカレンダー、柱には布製の状差しがかかっていて、手紙と光熱費の請求書とが分けて入れられている。

書棚は、やはり料理本と栄養学の本がほとんどだった。文庫は小説でいわゆる旅情ミステリーが多いようだ。

麻那が押し入れを閉め、文机の前に座った。出ていたノートを手にし、

「由那……」

とつぶやき、ページをめくる手がひどく震えている。泣くまいとこらえているのだろう。

「大槻さん、大丈夫ですか」

慶太郎は麻那の横に片膝をつくと背中に手を当てた。

「これを」

麻那がノートの開いたページを慶太郎に向けた。

そこにはこう書いてあった。

『本当の勇気とは自分の弱い心に打ち勝つことだよ。包み隠さず本当のことを正々堂々と言える者こそ本当の勇気のある強い者なんだ。スナフキン』

「スナフキンって、あのスナフキンですか」

　慶太郎はフィンランドの作家トーベ・ヤンソンの小説ムーミン・シリーズに出てくるキャラクターが思い浮かんだ。

「そうです、ムーミンに出てくる旅人です。あの子ムーミン・シリーズの絵本をよく読んでいました」

「好きだったんですね……」

　由那が日記に書き並べた好きなものの中にムーミンはなかった。書き漏らしたのかもしれない。

　慶太郎はノートの他のページを見て、もう一度スナフキンの言葉に戻る。前のページまではテレビの料理番組で気になったレシピを、イラストを交えて書き綴ってあった。よく見ると前ページの下のほうに、事件の前日である九月二十八日付で料理番組名が小さく書き記されていた。

　スナフキンの言葉は間違いなく亡くなった日に書いたものだ。ノートの中央に文章のみというのは、このページだけで、筆跡鑑定の専門家ではないが、文字の特徴から由那本人の手によるものと思われた。

「これは事件の日に書いた公算が高いですね。でもどうして、急にこの言葉を書いたか。何か意味があるように思います」

言葉もそうだったが、ボールペンの筆圧の強さが気になった。書く内容に強い意志が働くとき、指に力がこもって筆圧はどうしても強くなる。

春来がガッツポーズだと感じた由那の拳とペンを握る手が、慶太郎の頭の中で重なった。

〝本当の勇気〟〝包み隠さず本当のことを正々堂々と言える者〟

由那はいったい何をしようとしていたのか。そのことが、彼女の死につながったのか。

「それが何か、重要なもんなんですか」

手暗がりになったと思い頭を上げると、正太がノートを覗き込んでいた。

「何か気になることでも？」

「いや、気に入ったキャラクターの言葉を書き写しただけですね。ムーミンってご存じでしょう？　それに登場するスナフキンの言葉です」

と慶太郎が言うと、正太は半信半疑の表情を浮かべてうなずいた。

「小倉さんはパソコンを持っていなかったんですか」

慶太郎は正太がノートに興味を持つ前に尋ねた。

「さあ、ここになければ持ってなかったんでしょう。いまはスマホでなんでも済ませられるさかいにね」

「いや、小倉さんはスマホではなく、古い型の携帯電話しか所持してなかったようですよ」

開けたままのドアの外から声がした。ずんぐりとした体軀で短髪の中年男性が顔を覗かせている。光田の言う通り五十歳代だろう。深く刻まれた眉間の皺が、刑事らしい強面だ。

「失礼しました。木津署刑事課、垣内と言います」

垣内は部屋に入ってくると、慶太郎に向かってバッジを示した。正太も麻那も一度は垣内と会っているからだろう。

「私は小倉由那さんの友人で、本宮と言います」

慶太郎は名刺を渡した。

「ご友人？　心療内科医ですか。交友関係の中に先生のお名前は上がってきませんでしたね」

垣内の目は慶太郎を凝視する。値踏みされているようで気持ちのいいものではなかった。

「直接の友人というのでもないですから」

「ほう、ますます気になりますね。詳しく伺う必要があるようだ。まずはこれをお返ししましょう」

と垣内は、茶封筒を麻那に手渡した。

「由那は、自殺だと決まったんでしょうか」

麻那は、封筒を胸の前で抱きしめる。

「署が出した結論は、自死です」

その言葉を聞いて慶太郎が口を出した。

「個人的には、その結論に疑問符をつけている、と取れる発言ですね」

「かないませんね、心療内科の先生にかかっては」

「なのにもうこれを返してもらってもいいんですか」

麻那が持っている封筒を見た。

「一連の捜査は終了していますんで」

「刑事さん、お姉さんも私も自殺では納得できない。だからいろいろ調べました」

慶太郎は、自分の考えを告げるチャンスだと思った。

「ほう。新たな関係者からご意見をお聞かせいただけるんですか」

嫌みな言い方だった。

「あくまで私の考えですが」

慶太郎が話し出すと、誰が言うともなしに卓袱台を囲むように四人が畳に座った。

正太がいることが気になったけれど、彼にとっても店の評判を考えれば知る権利はあるだろう。

「まず由那さんが飲んだとされる毒です」

慶太郎は毒で亡くなったのではなく、アナフィラキシーショックという死因に疑問があると言った。

「自殺者の心理ではできるだけ苦しまない方法を選ぶもんです。毒物なら即効性のあるものを使う。けれど入手が困難なので、練炭の一酸化炭素中毒とか、硫化水素なんかで代用されるんです。致死率の低い毒物によるアナフィラキシーショックなんて不確実で、なおかつ……」

麻那がいるため「苦しむ」という言葉を使うのをためらった。

「つまり自死に適さない毒だということですね。それは解剖に当たった医師も言ってました。気道が塞がれて窒息した。そんな方法は誰も選択しないと」

「由那さんがそのアレルギーを持っていたとしても、それを飲んでどんな反応が出るか医者でも分かりません。さらに、いま発見したこれを見てください、書かれた言葉を」

事件の日に書かれた可能性があると慶太郎は補足した。

「スナフキンですね」

「ご存じだったんですか」

「さっきお渡しした封筒の中を見てください」

垣内の言葉に、麻那は封筒を覗き込んだ。

「ビニール袋が二つあるでしょう。一つは遺書のメモ、もう一つもメモなんですが、取り出してください」

言われるままに麻那は、卓袱台の上に二つを並べ、その一つを取り上げると、

「あっ、スナフキン」

と声を上げた。

「それ、職場のエプロンの中に入っていました。ノートと同じ言葉だ。紙が少し古いようなんで自死とは無関係だと思っていたんですが。いや自死だと決めてかかってたってことか」

垣内は自嘲の笑みを浮かべた。

「はじめから決めていたんですか」

慶太郎には、皮肉を言うつもりはなかった。

「ご本人の書いたメモ、これがあったんでね」

垣内はもう一つの袋に入ったメモを指さした。

「このメモには具体的なことは何も書いてなかったはずです。誰に宛てたものなのかも分かりません」

「先生はその文面をご存じなんですか」

垣内は麻那の顔を一瞥し、慶太郎に向けてきた。

「どこで文面を？」

「大槻さんにコピーを見せてもらったんです」

「そうですか。それなら遺書ととれる文言であることもお分かりでしょう」

「事件当日、それも亡くなったと思われる数時間前に由那さんを目撃した人がいます。由那さんに自殺するような雰囲気はなかったそうです」

「ほう、そんな目撃者がいたとはね。その方に会わせていただきたい」

「それはできません。医師としての守秘義務があります」

「なるほど、先生の患者さんっていうことですね」

垣内はいっそう鋭い目を向けてきた。

「それも答えられません」

慶太郎は首を振った。

「自殺か事件か。事件なら真犯人がいるんですよ。先生は自殺に疑問を抱いている。そして我々が持っていないカードをお持ちのようだ。なのに守秘義務ですか」

垣内は責めるような口調で言った。

「分かりました。それでは目撃者の身元を明かさないことを条件に、私の知り得た情報をお話しします。その代わり刑事さんが由那さんの自殺に疑問を感じている理由を教えてください」

　と垣内の目を見た。

「いいでしょう」

「その人は由那さんを毎日のように見かけていました。由那さんを最後に見たとき、ガッツポーズをしたといいます。それは自分を励ますようだったと。ノートにあった『本当の勇気』とか『弱い心に打ち勝つこと』というスナフキンの言葉も、自分を鼓舞しているように思えませんか」

「なるほど。先生はその方の言ったことを信じているんですね。私には大学生の娘がいます。自殺したいと思ったことくらい、みんな一度や二度はあるもんだなんて言ったんですよ」

　若い女性が自殺するなんてもったいない、と垣内が食卓で漏らしたときの娘の反応だった。

「でもいろいろ考えているうちに実行しないって。例えば、さっき先生が言おうとした苦しい死に方は嫌だとか、醜い死に姿は見られたくないとか。もしいじめや失恋なら、まずは相手に一矢報いたい。そのためにはどうすればいいかなんて考えを巡らせているうちに馬鹿らしくなると言ってた。それを聞いて、小倉さんの死をもう一度考えてみたんです」

　遺書はメモ、内容は曖昧。死後の自分の姿への配慮もない。仕事や人間関係において、これといった問題を抱えているような話も浮上してこない。

「全体に霧がかかったような……もし自分の娘だったらとても納得できないなと」

　垣内の眉間の皺が、さらに深まった。

「なら、捜査を継続してください」

「先生、私もそう主張している。しかし、あることが事件性なしという結論を出させているんです」

「なんですか、それは？」

「鍵、ですよ」

　垣内は、首をひねりドアの取っ手を睨み付けた。

　ドアは古びていたけれど、鍵は新しそうに見えた。

「鍵がかかっていたことは知ってます」

「ええ。ディンプルキーシリンダー錠っていうものなんです。比較的ピッキングに強いタイプのものなんですよ。鍵にゴルフボールみたいなボコボコしたくぼみがあるやつです」

　それを聞いて、麻那が卓袱台の上に鍵を置くと、可愛らしい鈴の音がした。

しました」

「うちの親父、いや店長が女性の一人暮らしは物騒だって言って、二年ほど前に交換しました」

正太が自慢げに説明した。

「施錠されていたことで、由那さんが亡くなったとき、この部屋には他に誰もいなかったと判断しました」

窓にも施錠されていた、と付け加えた後、垣内の唇が固く結ばれたのを慶太郎は見逃さなかった。

由那以外の人間が出入りした形跡があることを望んでいたが、その期待が外れて落胆していると分析した。

「密室やったいうことやね」

正太が馴れ馴れしい口をきいた。

「小説やテレビドラマのような密室トリックなんて、実際はありませんよ。だから、自殺に傾いたんです」

「合鍵を持っていた人物がいたのかもしれません」

「ディンプルキーシリンダー錠でもこのメーカー製は、そう簡単ではないらしいんです。合鍵を作る業者に当たってみたんですが、時間がかかる上に鍵が開かないとか、シリンダーそのものが壊れたとかクレームも多いから、断るんだそうです」

「他の侵入経路、例えばお風呂かトイレの窓はどうです？」

「トイレと風呂は一緒のユニットでして、ジャロジー窓は小さくて侵入した形跡はなかった。キッチンの窓も格子がはめてあって侵入不可能です」

「やっぱり密室だ」

　また正太が嬉しげに言う。

　そんな正太を冷ややかに見て、

「由那さんしかいなかった、としか言いようがないんです」

　と垣内が静かに言った。

「じゃあこの由那さんの鍵で、由那さんを殺害した後ドアに鍵をかけて逃走したというのは？」

　と慶太郎は粘ってみた。

　垣内は卓袱台の上の鍵を持って立ち上がった。そしてフローリングと居間の間にある柱にかかっている状差しの中に鍵を入れた。

「鍵はここに入っていました。先生、ここに戻すのは無理でしょう」

　と、垣内がドアと状差しを交互に見た。

　推理小説で、殺害した死体の背広のポケットにテグスを通し、ドア用郵便受けをくぐらせておく。外から鍵をかけ、そのテグスを操り鍵をポケットに戻すというようなトリックを読んだことがある。

しかし、ドアに郵便受けはないし、鍵が通せるような外に開いた隙間はなさそうだ。何よりこれは小説の世界で起こっている出来事ではない。実際に由那がこの部屋で死んでいるのだ。

もし犯人がいたとして、成功するか失敗に終わるか分からない、一か八かの小細工に頼ったとも考えにくい。

「なるほど、刑事さんがおっしゃることは分かりました」

そう慶太郎が言ったとき、麻那が心細げな表情でこちらを見た。彼は、慌てて言葉を継ぐ。

「そこまで外部からの侵入を否定されているのに、刑事さんは個人的にせよ納得されていないし、わざわざ我々に説明をしにここへ来ている。娘さんの影響だけではないはずです」

「この事件、自殺説を覆す事実なり、証拠が出てこない限り捜査は打ち切りです。私がメモなどを返却しにきたのは、もはや遺留物として調べる価値はないと本部が判断したからに外なりません。明日、完全に捜査は打ち切られる。ですが、自殺じゃないとすれば真犯人がいる。それはどうしても許せんのです。もし、新しい事実が出てくれば捜査の再開にこぎ着けることができるかもしれない。ですから、今後どんなことでも私に情報を提供してほしいんです。今日はそのお願いにきたんです」

　垣内は真剣なまなざしでみんなを見た。

「有力な情報さえあればなんとかなるんですね」

　慶太郎は麻那に希望を持たせたかった。

「先生、事件性があると分かって、警察が動かないことはありません。私もそれを信じている。それに今日は、本宮先生という由那さんのご友人にも会えた。私としては収穫です。今後も協力をお願いします」

　垣内が慶太郎に会釈して、

「そうだ、名田さんにお願いがあるんですよ」

　と正太のほうを向いて言った。

「なんでしょう？」

　名田は垣内の顔を見て、せわしなく耳たぶを引っ張る。話の内容に興味がないか、あまり聞きたくない話であるときに見られるしぐさだ。

「再度、この部屋の本鍵の管理について調べたいんです。管理人さんは隣の家にお住まいですね。その後、事務所に伺って、店長さんにもお話を」

「いまから、ですか」

「ええ、私には時間がないんでね。手間はとらせません」

「うちの人間を疑ってるってことですか」

体型通り、正太は大きな声を出した。

「とんでもない。ただ原点に戻って洗い直そうと思っているだけですよ、名田さん」

疑問を放置しては必ず後悔します、と垣内が自分に言い聞かせるようにつぶやいた。

慶太郎はその言葉を耳にして、垣内の捜査の継続に強い意欲を感じた。同時に、不安な気持ちも抱く。

本鍵が使える人間が犯人だとして、確実に死ぬかどうか分からない毒を使用したのでは密室にする意味がないからだ。

毒物を飲んだ由那が、ただ気分が悪くなる程度で回復すれば、たちまち誰の犯行だったのかバレてしまう。事実、由那は彼岸花の毒で死んだのではなく、アナフィラキシーショックによる窒息だった。

こんな情況を明日までに打開できるとは思えなかった。時間がなさ過ぎる。

「あの刑事さん、疑うんやったら小倉さんを追い回してた男が先だと思いますよ」

正太が、さらに大きな声を張り上げた。

「ストーカーをしていた男性でしょう?」

尾藤のことを垣内は知っていた。

「ご存じでしたら、そいつを何とかしてください。うちの店の人間を疑う前に」

「ある証言を元に、マークはしてます」

マークしている——？　尾藤がクリニックを受診したことも警察は知っているということなのか。垣内は知らないふりをしたことになるのか。

「電機メーカーに勤めてるっていうじゃないですか。鍵の小細工かて得意と違いますか」

正太はドア付近を見た。

「技術系ではないので、それは何とも言えません。しかしきちんと視野に入れてます。こうしている時間がもったいない。名田さんに立ち会ってもらったほうがスムーズにいくと思っただけで、同行してもらわなくても調べは進められます。では、大槻さん、先生、私はこれで失礼します」

と素早く立ち上がって、垣内は玄関へ向かう。

「分かりました。一緒に行きますよ」

ふてくされたように正太は言い、体を揺すって後を追う。

「ご協力、感謝します」

と、垣内は正太と共に部屋を出て行った。

名田の巨体の重圧、それとも垣内の職業柄醸し出す威圧感が消え去ったせいなのか、急に秋の風が窓から入り、ドアへと通り抜けていった気がした。

廊下のほうで正太が何やら言っているが、内容までは分からない。

麻那は卓袱台の前に座り直し、カーディガンの袖を合わせてこすりながら、

「なんか、怖くなってきました」

とつぶやいた。

「怖い？」

「私、由那が自殺するはずないと思っていました。大人しい子ですが、芯はしっかりしてて、安易に逃げ出すようなことはせえへんと。けど、自殺やないということは犯人がいて、ここで由那を殺したんやと思たら……」

「そうですね、ここが現場なんだ」

慶太郎は卓袱台の前に正座し、

「正直に言います、聞いてください。亡くなった日に由那さんが手を振るのを見た人の話を聞いたときは、思い込みか勘違いではないかと思いました。ですが、いまは犯人が存在すると確信しています。そうなると私は無性に憤りを感じるんです。その目撃者も精神的にダメージを負っているし、お姉さんの喪失感も計り知れない。犯人の愚行が、由那さんの尊い命を奪い、多くの人の心まで傷つけていることが許せない。この犯人を野放しにはできません」

と、言った。

「先生、ありがとうございます。心強いです」

「……なんとか犯人逮捕の役に立ちたい」

慶太郎は、そこに出したままになっている由那のノートを手に取り、スナフキンの言葉が記してあるページを開く。

同じ言葉をメモした紙を、エプロンに忍ばせていた。何か意味があるはずだ。

「ムーミンの絵本どれやろ」

そう言いながら、麻那が書棚に近づいた。彼女はこのスナフキンの言葉が載っている本を探しているようだ。ざっと見渡して、

「ここにはないです」

と慶太郎を見た。

慶太郎も書棚を確認したが、ムーミン関係の書籍だけでなく、スナフキンの言葉が載っていそうな本も見当たらなかった。

「気に入った台詞だから、覚えていたんでしょう」

「こんな細かく覚えてるもんでしょうか」

麻那は、妹はどちらかと言えば記憶系の科目が苦手だったと言った。

「好きなものは、また違うものですよ。好き嫌いで動くのが脳なんです」

この言葉に一言一句間違いがなければ、相当お気に入りの台詞だったことになる。

慶太郎は机のブックエンドにあった八冊の大学ノートをすべて確かめてみた。

「毎日書いているんじゃないんで、日付を見るとこれで約三年分になりますね」

いつの間にか隣にいた麻那に言った。

ざっと見た感じでは、スナフキンの言葉も、ムーミンに関する文言もなかった。

「ハッピーショッピーで働き始めたのが、そんなものです。今年で三年」

「それまでは?」

「大阪で就職して、一度転職したのは知ってますが、後は……」

仕事に関しては言いたがらなかったそうだ。

「ハッピーショッピーで働くことは、聞いていたんですね」

「ここに引っ越すのに、保証人が必要だったんです」

「押し入れの中にノート類はなかったですか」

「ありませんでした」

「なら、これだけか」

計九冊のノートに目を落とした。

由那は何かあったら書き留めるのが習慣になっていたと思われる。それを一旦中断していたのか、それとも引っ越しの際に捨ててしまったのか。

いずれにしても人の習慣は、簡単にやめられないものだ。そこには必ず何か理由がある。

カウンセリングでは、クライエントの情報が増えれば増えるほど、問題点が見えてくる。むろんすべてが分かることはないけれど、病巣の輪郭くらいはつかめてくる。

まだまだ由那に関する情報が足りない。

「もっと連絡を取り合っていたらよかったんですけど……」

「違う土地で暮らしているんです。家族といえどもおのずと限界があるもんなんですよ。それより親しい友人はご存じないですか」

「それなら幼稚園から高校までずっと一緒だった福井友紀子（ふくいゆきこ）ちゃん、いまは結婚して白波瀬（しらはせ）さんです」

「白波瀬さんは綾部にいらっしゃるんですか」

「いえ、旦那さんの仕事の関係で、山梨県の石和（いさわ）のほうに住んだはります。お葬式には都合で行けなかったとお線香を送ってきてくれました」

添えられていた手紙には、由那の死を受け入れられない気持ちが綴られていたそうだ。その礼を電話でしたとき、直接お線香を上げにいきたいと思ってはいるが、そちらに向かおうとすると胸が苦しくなって動けなくなると言ったそうだ。

「拒否反応を起こしてるんです。由那さんが亡くなった事実を自分の目で確認したくない、という状態です」

動悸が速くなり胸に痛みが走るようになって、生活に支障が出てくれば、治療が必要だ。

「一緒に大きくなったという感じです。友紀子ちゃんにやったらいろんなことを話してたかもしれません」

「山梨、か。まずは電話で話を聞きましょう」

慶太郎は、自分のことを友紀子に話してくれるよう麻那に頼んだ。

「怪しい者ではないことを示すために、このノートを手にしている写真を白波瀬さんに写メしてもらえますか。こんな顔でも、分かったほうが安心感があるでしょう」

と微笑んでみせた。

由那の文字が見えるよう、開いたノートを持つ慶太郎を、麻那は携帯電話で撮った。

5

「どういうことなんや、正太」

刑事が帰っていった後、親父にしては珍しく大声を出した。

三人の女性事務員と母親が一斉に顔を上げ、親父のデスクの前に立っている正太を見た。それは、まるで先生に叱責されるクラスメートを見るような目だった。

「どうもこうも、あの刑事が言うた通りです」

垣内はアパートの鍵の管理について、しつこく訊いた。隣接する一軒家に住んでいる管理人が本鍵を保管しているが、キーボックスの構造や位置など、その管理の甘さに対して厳重に注意を受けたのだった。

「岡本(おかもと)さんの声、震えてたで」

親父は今年八十一歳になるアパートの管理を任せている男性の名を出した。岡本は、ハッピーショッピー立ち上げ当時に協力してくれた農家だと聞かされている。息子や娘はみんな彼の元を離れ、農家を継ぐ者もおらず、妻にも先立たれた寂しい独居老人だ。親父はこういう人を放っておけない質(たち)なのだ。それが経営を圧迫しているのも知らず。いや分かっているはずで、見て見ぬふりを決め込んでいるのだろう。

「何もあの刑事だって、岡本さんなんか疑ってません。ただ、鍵の管理がずさんやったんやからしょうがないでしょう」

「刑事を連れてくる前に、知らせてほしかったな」

「僕も連絡できるもんやったらしてますよ。ほんまに急やったんです」

「小倉さんは自殺とちがうのか」

「警察はそない思てます。けどあの刑事だけが疑問を持ってるみたいで」

そう言ってから、親父に顔を近づけ、

「犯人が、うちの店と関係がない人やったら、そのほうが都合ええんや」

と家でしゃべる口調で説明した。

「外部の人間に決まってるやろ」

親父も声をひそめた。

「店にマイナスなんは、店内でのトラブルで自殺したということになったときや。これまでみんなへの聞き取り調査では、そんな心配ないんやさかい」

「まあええ。岡本さんにあんじょう説明してあげてくれ。頼むわ」

「分かりました」

正太は大きく息を吐き、事務所から出た。

親父の言いなりになるのももう少しの辛抱だ。熊井産業との事業が動き出せば、この店は代表者も含めてすべて変わる。

真理子が期限切れ食材と惣菜の残り物、さらにフードコートの廃棄食材の中から、セロリとほうれん草、ニンジンをふんだんに使った鰯のつみれをつくった。これを「脳活惣菜」としてフクスケホールディングスに提案していたのだが、食感も味も、ネーミングもいいということで、商品化への色よい返事があったと、いましがた熊井から連絡がきた。受験生の夜食や、高齢者の認知症対策としてのシリーズ化も検討されているという。

あまりの嬉しさに顔がほころび、目の前にいた垣内に変に思われないようにするのに苦労した。親父に呼び止められなければ、一目散に真理子に知らせていたところだ。

検品しながら店内を通って、惣菜部の前までやってきた。

丁寧に頭を下げてきた新しい若いアルバイトに真理子を呼んでほしいと告げると、慌てて調理場に飛んでいった。由那のやっていた仕事は新人二人が分担していた。それでも真理子の片腕には到底なり得ず、残業費が嵩んでいる。

もっと気にかけておくべきだった。

真理子が調理帽と手袋をしたまま、厨房から出てきた。

「すまんな、忙しいときに」

と目配せすると、バックヤードからいつもの駐車場の喫煙場所に出た。

「つみれ、どうでした？」

真理子が眉を寄せ、息を飲んだのが分かった。

「平岡さん、もうサワさんの立派な後継者やな」

「ということは？」

真理子が調理帽を脱ぐと、しまい込んであった髪が頬へと落ちた。シャンプーと除菌液の香りが混ざって、鼻に届く。知り合いのキャバ嬢とはまったく違う香りに、なぜか安堵感を覚えた。

「そうや、もうじき商品化されそうなところまできてる。熊井さんも、フクスケホールディングスも大いに気に入ってる。それだけやない」

「なんですか」

細い目をこれ以上は無理というほど真理子は開いて、正太をじっと見た。彼女は薄い口紅以外化粧をしていない。調理のこと、惣菜のことしか頭にないようだ。しかしブランド化に成功すれば、平岡真理子の平凡な顔立ちがかえって味で勝負している凄みに変わる、と熊井は言っていた。

そう思って彼女を見ると、親しみやすい美人に見えてくるから不思議だ。四つ年上のバツイチ、三人の子持ち。親父もお袋も、反対するだろう——。

「じらさないでください、名田さん」

「すまん、すまん。脳活っちゅうネーミングがよかったようで、シリーズ化も検討してるらしいんや」

「本当ですか……」

「野球でいうたらクリーンヒットや」

「そう、ですか、ヒットですか」

真理子がさっと後ろを向いた。

感極まったようだ。

「もうひと頑張りやで。とにかく平岡さん、あんたにすべてがかかってる」

「名田さん、私、頑張ります」

「小倉さんがいなくなったけど、いけるか」

「ひとりなんで、時間が……」

熊井のプラントで行う調理は、ハッピーショッピーでの仕事を終えてからとなるため、由那がいなくなって以降、帰宅は朝方になっていた。送り迎えは、できる限り正太がしている。

「そやろな。けど、にわか調理人ではどうもならんし。お子さんのほうは大丈夫か」

「高一の娘が、気張ってお兄ちゃんと弟の面倒みてくれてますんで」

娘が料理に目覚めたみたいで、結構味もいいのだと微笑む真理子の顔が、みるみるうちに母になる。

「お兄ちゃんは確か受験生やな」

「そうですけど、ちゃんと勉強してるんかどうか」

経済的なことを考えれば国公立に入ってもらわないと、と真理子が真顔になった。

「辛抱や、もうちょっとだけ。お兄ちゃんもお嬢ちゃんも弟くんも、みんな大学に行かせられるようになるさかい」

「名田さん、ありがとうございます」

「いまあんたに倒れられたらどんならんさかいな。新人はともかく、レギュラーの四人の中からあんたの助手になるもんおらんか」

真理子は考える間もなく、首を振った。

「ほな、これはどうや。……僕のことちょっと知ってるやろ、お兄ちゃんは」

「真一は、よう知ってます。中学生の頃相撲とってもろたこともありますし」

「四年前や。親睦会で久美浜のキャンプ場へ行ったときにな」

これを最後に親睦会は行っていない。如実に経営が悪化していたからだ。そもそも赤字に転じたのは七年前だった。日用雑貨がまったくといっていいほど売れなくなった。次いで豆腐や卵、牛乳など「日配」と呼ばれる生鮮品が動かなくなり、鮮魚、青果、精肉は日和見で売り上げのばらつきが大きくなっていく。百円ショップや大手スーパーの値引き競争に勝てるはずもないから、惣菜で勝負をかけるべきだと何度も親父に進言した。

「地域の人に頼られるよろず屋がモットーなんや」

と、親父は惣菜以外の売り場を縮小することに反対した。

従業員の親睦会もどんどんやって、働くみんながハッピーになる会社、それを自分の手で実現する。

「また、行けるようにする」

「えっ」

「親睦会の話や。あのとき結構、力があった。いや、もう一回相撲とろうという話と違うて、僕が勉強みたろか、と思て」

「名田さんが？」

「東京六大学や。受験してから二〇年も経ってるさかい、だいぶん忘れてるけど教科書見たら思い出すやろ」

「立教出たはることは知ってます。そんなこと心配してるんやありません。お店以外でお手を煩わせるなんて、とんでもないです」

真理子が調理手袋の手を激しく振ると、カサカサと鳴った。

「僕はかまへんねん。真一くんに訊いてみてくれるか。こんなおっちゃんでもよかったら、ちょっとくらい役に立つよって。それくらいさせてもらう、事業を成功させなあかんのやから」

「はあ……ありがとうございます。ええ料理つくって、期待にそえるよう頑張ります。私、料理が生きがいやから」

「真剣に訊いといてや、真一くんに」

そう念を押して、正太はバックヤードへと入った。これ以上は照れくさく、真理子の顔を見ていられなかった。

正太はまた警備員室に三郎を訪ねた。ストーカーの尾藤の情報を得るためだ。

「アパートにも現れたと言ってたけど、岡本さんの家のほうには行ってへんかったか」

尾藤が管理人の家を探り当て、そこに本鍵があることを知っていたとすれば、彼の犯行の確率は高くなる。

ストーカー行為の末、殺害したとなれば、店の評判を落とすことはない。

アパートの鍵をピッキングしにくいタイプに交換しておいてよかった。セキュリティに神経を使っていても防げなかった事件だと印象づけられる。

「岡本さんとこですか……あそこが管理人の家だと分かりますか」

思案しながら、三郎が言った。

「例えば、サブちゃんが岡本さんになんかのメンテナンスを頼んだりとか、小倉さん本人が岡本さんちを訪ねたところを見てたってことも考えられるやろ?」

「なるほど、それはあり得ます。あのおっさん、ようアパートの周りに出没してたみたいやから。訊いてみたんですよ、あいつのこと」

三郎は、正太と話してから尾藤がますます怪しいと思えてきて、アパートの他の住人から話を訊いて回ったのだそうだ。気の弱そうな細身の男だと言うと、だいたいの人が自転車に乗った男ではないか、と思い出してくれたと言った。

「岡本さん、アパートの廊下とか階段の掃除してくれてるから、少なくともそれ見たらアパートの関係者やとすぐ分かるな」

　と言いながら、正太は目に付いた椅子に座った。

「それが分かったら何かまずいことでもあるんですか」

デスクの前は二人並ぶと窮屈で、三郎が正面からはずれスペースを空けてくれた。

「刑事がきて、本鍵の管理がずさんやと言いよった」

「警察もあいつが犯人やと思ってるんですね」

三郎が張りのある声で言った。

「それがどうもはっきりせん」

正太は、垣内刑事の話を三郎にした。

「何か証拠がないと、自殺で終わるってことか」

三郎はつぶやき、

「密室だったから自殺だと判断したんなら、誰かが本鍵を使ったことが分かれば、自殺じゃなかったってことになりますよね」

　と訊いてきた。

「なんや刑事みたいなこと言うなぁ。でもその通りや。もしストーカーが本鍵の在り処を知ってたとしたら、サブちゃんもそいつが犯人やと思うやろ？」

「決まりじゃないですか」

「刑事がな、岡本さんにその日のことを訊いたら、いつものように時代劇に夢中やったと言うた」

　午後三時くらいから、時代劇専門チャンネルを観ていた。六時になって、うちの店で昼間買っておいた日替わり弁当と、いつものように日本酒を二合飲んだ。そのまま七時にニュース、その後はまた時代劇を楽しむのが彼の日課だった。

　六時の売り出しに来なかったのだから、由那はそのときもう死んでいたとすると、本鍵を持ち出したのは岡本がテレビを観ている最中だと考えられる。

　キーボックスは、テレビのある居間に続く、玄関の上がり口の柱に設置してあった。ただテレビを観ていると背中を向ける格好になり、岡本に気づかれずボックスに近づくことは可能だ。やや耳が遠くなった岡本は大音量でテレビを観るため、呼び鈴さえ聞こえないことがある。

　キーボックスはアルミ製で、それ自体に鍵は付いていない。横並びの突起に引っ掛けられている鍵は、六部屋分と物置のものの計七本。左から二本は空き部屋で、三本目が三郎、四本目が由那の部屋のものだった。

「それがな、岡本さんが、こう言うた。自分が持ち出すまで、誰も本鍵には触れてないって」

「それは自分が気づかなかったことを隠してるんですよ。ミスを認めたくないから」

「そう思って、何度も確かめた」

岡本は震えながら、絶対に誰も鍵に触れてないと垣内刑事に言い張った。

「刑事が根負けしてしもた。最後は鍵の管理を強化するようにってことで収まったんや」

「岡本さんがそこまで言うのには、何か根拠があるんでしょうね」

三郎は怒ったような顔で言った。

「鍵に付けた紐なんやけど、フックにヒバリ結びで引っ掛けてるそうなんや」

「なんですか、それ」

「牛の鼻輪みたいな結び目や。サブちゃんのケータイ見てみぃ。ストラップを付けるときやってる結び方や」

「スマホなんで、ストラップは付けないです」

「思い出せ、ガラケー時代にけっこう苦労して付けたやろ」

「へえ、あれ、ヒバリ結びっていうんですか。知らなかった。でもそれが？」

「フックからさっと取れるさかい、普通に引っ掛けてあると思うやろ。そんな掛け方してたなんて、誰も気がつかへんって言うんや」

事件の当日、社長から連絡を受けて本鍵を手にしたとき、ちゃんと自分が掛けたようになっていた。いや、いままで一度も違う掛け方になっていたことはない、と岡本は主張したのだった。

「ストーカーのおっさんが、岡本さんの紐の掛け方を知るはずないですよね」

三郎は首をひねり、探偵にでもなったように顎に手をやった。そして大げさに膝を打って、

「こんな推理はどうですか」

と正太の顔を見た。

「サブちゃん、これはドラマのシナリオとはちゃうで。実際の事件なんやからな」

「分かってます。でも、こう考えると何となく可能な気がするんです」

三郎の考えはこうだった。

由那に付きまとっていた尾藤は、隣接する家に住む岡本がアパートの管理をしていることに気づいた。管理人なら本鍵を保管しているはずだと、今度は岡本の生活パターンを観察し始めた。

「それで鍵の在り処を知ったおっさんは、大胆な行動に出たんです」

「岡本さんが鍵の紐をフックに掛けるとこを盗み見たんか」

と正太が訊く。

「いくらなんでも、それは無理ですよ。岡本さんが本鍵を使うことも滅多にないでしょうし。僕は、粘土か何かで象りして複製したんだと思うんです。それならフックから外さなくても、すぐできるんじゃないですか」

時代劇に夢中になる時間帯を狙って、キーボックスに近づいた、と三郎はしたり顔を向けてきた。

「それやったら、掛け方のほうは解決やな。けど残念ながらスペアキーを作るのが」

「なんです？」

「ディンプルのキーで、そう簡単に複製できないんや。刑事もそう言うてた」

「決めつけていいんですかね」

不満げに正太を見る。

「そら分からへん。ストーカーが鍵を作ってて、小倉さんを殺したあと鍵を閉めて逃げたと考えるんが、一番納得できるんやさかい」

「殺しておいて、鍵をかけて自殺に見せかけたってことですよね。計画的で凶悪な犯人だということですよ」

「恐ろしいやっちゃ」

テレビのニュースでは連日殺人事件を報じているが、どこか絵空事のような感覚でいた。殺人犯が身近に存在すると思うだけで背筋が寒い。

「でも、あのおっさん、やっぱりそこまではできないんじゃ」

三郎がつぶやいた。

「あらら、サブちゃん。象ってスペアキーを作ったと言うたんは、誰や。急に弱気になるなよ」

「だってストーカーが相手の部屋に忍び込んで、盗聴器とか盗撮カメラを仕掛けて、暮らしぶりを覗くのと、人殺しをするのとはまったくちがうと思いませんか」

「あのストーカー男が犯人やなかったら、小倉さんの周りに、ストーカーとは別に殺人犯がいたということになるんやで。そんな不運、あんまりやないか」

研究熱心で手際もよく、真面目でいい子だと、ことあるごとに真理子が由那を褒めていた。そんな女性が、なぜこれほどまでの不幸に見舞われなければならなかったのか。

「確かに可哀そ過ぎます、由那さん」

三郎は悲しげな目をした。

「うちの店の社員寮に使ってるアパートで殺人事件があっただけでも人聞き悪いのに、周辺に二人も犯罪者がうろついてるなんてことになったら、社員のなり手がなくなる。そんなこと言わんといてくれ。最近アルバイトの募集にも、なかなか集まらへんのや」

「そうだ、おっさんが犯人だとしても、遺書はどうしたんですか。由那さんの手書きの遺書があったんですよね」

「ああ、あのメモな」

「発見した店長は、文章読まれたんでしょう？」

「うん『もう限界です。これ以上は耐えられません』とあった」

「そんなに悩んでるなら、僕に相談してくれてもよかったのに。やっぱり自殺なのかなぁ。僕なんか頼りにならないと思われてたんでしょうかね」

三郎の表情が陰った。

「そんなこともないやろけど。そうや、小倉さんの部屋の片付けにきたお姉さんと一緒に、心療内科の医者がおったんや。小倉さんの友人やと言うてたけれど、相談は専門家にしてたんとちがうか」

四十代半ばなのに若作りで、長めの髪の毛に鋭角的な顎をした本宮慶太郎の顔を思い浮かべた。

「医者の友人だなんて、そんなこと彼女から聞いたことないです」

三郎はかぶりを振った。

「そうか。友人やないのかもしれへんな」

「診察を受けていたってことですか」

「それは分からへん」

自分が心療内科にかかっていることを、誰彼なしに口にできるとも思えない。

「そうや、そのお医者さんがつかんだ情報がな」

と続ける。

「何でも小倉さんが死んでしまうその日に、彼女を見かけた者がいるっていうもんや。とても自殺するようには見えへんかったみたいやな。それでその医者も自殺に疑問をもって、いろいろ調べてるんやそうや」

「お医者さんがそこまで？」

「何かあるんやろ。その医者が引っかかってるのが、スナフキンの言葉。サブちゃんはムーミンって知ってるか」

正太は、由那のノートとエプロンのポケットにあった、ムーミンに出てくるスナフキンのことを持ち出した。

「それ、知ってます。その、ここで、これを見てたんです、由那さんは」

三郎は、デスクにある黒いノートパソコンに目をやった。

「ここで？」

「ごくごくたまにですよ」

三郎は言いにくそうだった。客が映った防犯カメラ映像があるため、プライバシーの観点から、警備員室には極力出入りしないよう言っているからだ。三郎は警備員室で休憩時間に、自分のパソコンでシナリオを書いていた。女性の気持ちがちゃんと書けているのかを由那に読んでもらうこともあったという。

「困ったもんや。逢い引きしてたんとちゃうやろな」

「ちがいます、絶対そんなことないです」

三郎は真っ赤な顔をして否定した。シナリオのチェックの合間、野菜の栄養価などを調べたいという由那に、パソコンを貸したこともあるそうだ。

「ほんでスナフキンを？」

「ムーミンの話に出てくる料理を調べてるんだと思ってたんですが」

「けど、ちがったんやな」

「見てたのは、台詞ばかりが紹介されているページでした」

「閲覧してたんやったら履歴が残ってるやろ？」

「それは……」

詮索するのは由那に悪い気がする、と三郎が難色を示した。

「無理強いはせんけど、ここでスナフキンの台詞を調べてたんはいつ頃のことや？」

「亡くなる少し前やったと思います」

「それは重要やで。文面、覚えてないけど、強くて前向きなもんやった。自宅のノートにも書かれてたし、店でつけるエプロンにメモしたのを忍ばせてた。調べた台詞がそれやったら、何か意味があるんやないか」

「そうですね、ここでパソコンを見ながらメモしてたかもしれません」

三郎は目を細めて、そのときの由那の様子を思い出そうとしているのが分かった。

「履歴からならアクセスした正確な時間が分かるやろ。それにスナフキンの台詞、知りたくないか」

「うーん」

「自殺やないという情報を刑事はほしがってた。裏を返せば、何もなかったらこのまま捜査は終わるいうことや。殺人犯を野放しにしてしまうんやで、サブちゃん」

この言葉に、三郎は渋々パソコンを引き寄せて開き、メインスイッチを押した。

そのとき正太の携帯が鳴った。親父からだ。

第三章　罪責感

1

慶太郎は、麻那に許しを得て由那の部屋にあった今年の分のノートを、クリニックに持ち帰っていた。

ほとんどのページは創作料理のレシピが占めていたのだけれど、欄外に由那の短い言葉が記されているのを見つけたからだ。

それは日付もなく、いつ書いたものか判然としなかったし、本人しか分からない言葉も少なくなかった。それでも慶太郎は、そこに由那の心の叫びのようなものを感じたのだ。

欄外の言葉だけをホワイトボードに書き出してみた。少し離れてソファーに座り、全体を俯瞰する。

『やっぱり凄いひとだ』

『情熱がちがう』
『あの舌には勝てない』
『また残っちゃったか』
『いたんでないし、美味しいのに捨てる、捨てる』
『よだかのこころ』
『もう分からないよ』
『私のほうがまちがってるのかも』
『おもしろ、おかしく、おろかしく』
『可愛がって、育てて、殺しちゃう』
『夢への一歩だと信じよう』
『もしものことがあったら』
『やっぱり限界だ』

ボードには書き写していないが、『やっぱり限界だ』と記した次のページに、一ページを使って、『本当の勇気とは自分の弱い心に打ち勝つことだよ。包み隠さず本当のことを正々堂々と言える者こそ本当の勇気のある強い者なんだ』というスナフキンの言葉があった。

限界という語句は、遺書とされるメモにもあった。

『もう限界です。これ以上は耐えられません。ただ自分が楽になりたいだけじゃなく、支えてくれた人たちのために決心したんです。覚悟を決めて今日のうちに行動に移します。迷惑をおかけすることになるかもしれませんが、私の気持ちを分かってください　ゆな』

慶太郎はテーブルにメモのコピーを置いて、ソファーの背にもたれた。

限界がきて、勇気を振り絞り正々堂々と言える強い者になりたいと思っていた。その由那が、耐えられないと覚悟を決めた。いったい何に対して限界を感じ、耐えられなくなって、覚悟を決めたのだろうか。それが分かれば、由那の心の地図は見えてくる。いったいどこに向かって行こうとしていたのかもつかめるはずだ。

ノックの音がして、澄子が盆にコーヒーカップを二つ載せて入ってきた。

「また探偵ごっこ？」

そう言いながら澄子もソファーに腰を下ろした。

「いまは診察時間外で、営業にも行けない時刻だからね」

小言をもらう前に慶太郎は言い訳して、柱時計を大仰に見る。午後九時過ぎだ。

クライエント数は微増なのに、慶太郎の労働時間が大幅に増えていた。澄子は費用対効果に疑問があると言い出した。本来なら営業に回す時間を、由那の事件に割いていることに不満を感じているらしい。

「営業できないなら、尊の面倒みてやって。あなたが教えたんでしょう、プラモデル。またテレビゲームに戻ってしまうわ」

テレビゲームばかりする息子に、慶太郎が子供の頃夢中になった戦艦のプラモデルを見せた。最初は眺めているだけだった。けれど慶太郎が新しく買ってきたものを作っていると、手伝うと言って部品を切り離しだしたのだった。近頃は、部品の接着を任せられるほど上達している。

「声はかけてるし、あいつが作った箇所も点検してるよ。四年生にしては上手いほうだ」

「言い出した以上、完成まで付き合ってやって」

「当然さ。完成した達成感が、大事なんだ」

「それなら、小倉さんのことは、もういい加減警察に任せてしまってよ」

「この前、刑事に会ったんだ。警察としての捜査は終わったようだけど、垣内さんていう刑事さんが一人粘ってくれている。それで情報を提供することになっていて、自殺ではないとなれば、殺人事件として再び捜査をしてもらえる」

春来にその旨を伝えて、拒食症を経過観察する、と今後の治療方針を口にした。

「それで、本当に棚辺春来さん、改善するのかしらね」

「どういうこと？」

「自分を励ましてくれた人が自殺するはずがないって、思い込んでいるのよね。なのに自殺だと決めつけられている。それをどうすることもできなくて自分を責めて摂食障害になった。自殺なんかしない人だったってことが証明されれば、自責の念が薄まると慶さんは思ってる。これで合ってる？」

「もうひとつ、小倉さんは、春来さんにとって自分を応援してくれた大事な味方なんだ。ただ自殺をする人イコール弱い人間だ、と思っているところがある。自分の味方だった人は強くあってほしいという願望もあるんだと思う」

「それはいいんだけど、私の心配は、その味方が誰かに殺されたという事実を、どう春来さんが受け取るかなの」

とても怖いことよ、と澄子は身震いする格好をして見せた。

「それは……」

慶太郎は、言葉に詰まった。

澄子の言う通り、殺人という事実がもたらす精神的衝撃が、自殺よりも小さいわけはない。今度は大切な由那の命が、殺人犯に奪われた怒りの感情をコントロールできなくなる危険性があるのだ。

怒りや恨みの感情は、大の大人でも制御できず、精神のバランスを崩してしまいがちだ。ましてや十六歳の多感な女の子なら、なおさら慎重を要する。

「どうなの？」

澄子の声が慶太郎の胸に突き刺さる。

「自殺でないと分かった段階で、調査は終わるよ。その事実を告げて、治療に傾注したほうがいいよな」

「約束よ」

「うん、分かった。澄子」

「何？」

「ありがとう」

「とにかくこのクリニックを好転させないと、ね」

微笑みながら、澄子はカップに口をつけた。そしてソファーに身を沈め、ホワイトボードに目をやり、

「これ、小倉さんの？」

と尋ねた。

「うん。思いついた料理のレシピなんかを書き留めていたノートがあるんだ。その欄外に走り書きされてた。食べ物に関係はするんだろうけど、思ったこと、考えたことがそのまま表れている気がしてね」

慶太郎は大学ノートを持ち上げた。

「小倉さんの心模様ね。ざっと見た感じだけど、何かに苦しんでるっていうのが伝わってくるわ」

「まず、小倉さんには自分と比べる誰かがいた。それは『やっぱり凄いひとだ』『情熱がちがう』『あの舌には勝てない』が示している。その人の舌、つまり味覚に感服している。次の『また残っちゃったか』は、自分が発案したか実際に作った惣菜が残ってしまったことがあったんだろう、そのことを気にしている。『いたんでないし、美味しいのに捨てる、捨てる』は売れ残った惣菜を捨てることへの罪悪感も覗かせているね。それから、『可愛がって、育てて、殺しちゃう』は、家畜のことだろうか。生き物の命を食べることに思いを馳せて……うーん、そんな根本的なことを悩んでいたのかな」

「もしそうなら、根深いわよ」

「すぐに解決できるような問題じゃないからね。家畜のことを可哀想だと思えば、食材から肉類を外さないといけなくなる」

「菜食主義にでもなっちゃったのかしら」

「でもレシピを見た限り、それはないようだ」

　慶太郎はノートを澄子に差し出した。

　澄子はノートを開き、

「牛も豚も鶏も使ってる。この京都祇園の黄金一味の肉味噌、美味しそうだわ」

澄子が微笑む。

「何だ、黄金一味って」

「黄色い唐辛子なの。赤い唐辛子の十倍も辛い。日本一辛いの。だからほんのひとつまみで効く。安いものじゃないけど、コスパはいいはず。何より黄金一味の肉味噌ってネーミングもいいわ」

澄子は由那のセンスを褒めた。

「菜食主義じゃないってことだ」

「そうね」

澄子がカップを手に、もうひと口飲んだ。

「この『よだかのこころ』って何だろう」

慶太郎は再度ボードに目をやり、凝りをほぐそうと首を回す。

他の言葉は何となく想像がつくが、これだけは意味が分からなかった。

「そうね、どこかで聞いたことあるような、ないような」

澄子が額を指で叩く。

「やっぱり食べ物に関係あるんだろうか」

「食べるもので『よだかのこころ』？『雀の学校』とか『かもめの玉子』っていう

お菓子はある……『雀の学校』は豆菓子、『かもめの玉子』は白あんが入っていてホワイトチョコレートでコーティングした焼き菓子、そうよ、お菓子よ」

「お菓子の名前だったのか」

「かもめの玉子で思い出したんだけど、同じ岩手県のお菓子で平べったいかりんとうをおみやげにもらったじゃない。それが確か『よだかの星』っていったわ」

「あれは美味しかったたな。だけど『よだかのこころ』じゃないじゃないか」

「そうね、『よだかの星』は、そもそも食べ物じゃなくて宮澤賢治の童話の題名だわね」

「『よだかの星』か。小学校の教科書にも載ってたな」

その童話を読んだ頃のことを思い出すと、慶太郎の通っていた小学校では鶏を飼っていて、その小屋の匂いが蘇った。

「なんとなく覚えてるんだけど、どんな話だったっけ」

「うーん、主人公のよだかが虫を食べることに苦しむ……あっ、もしかすると、この『よだかのこころ』はお菓子の名前じゃなくて、童話の主人公よだかの気持ちってことかもしれないわ。ちょっと待って」

澄子がテーブルにある慶太郎愛用のタブレットを取り上げた。そして、

「やっぱり青空文庫にあるわ」

　と黙読し始めた。

「没後五十年以上経ってるからな」

「確か八十年以上経つんじゃないかしら」

　しばらくして、黙ったまま澄子がタブレットをよこした。

　あらすじを話してくれるものとばかり思っていて、当てが外れた慶太郎は仕方なく

『よだかの星』を読む。

　童話の主人公は、外見や運動能力にも自信のない「よだか」だ。味噌をつけたようにまだらの顔には、平らで耳まで裂けたくちばしがついていた。足もよぼよぼで、ろくに歩けない。他の鳥からは鳥仲間の面汚しだ、顔も見たくないと嫌われていた。めじろのヒナが巣から落ちたのを助けたことがあるが、そのめじろの親からは感謝されるどころか、子供を奪いとるようにして馬鹿にされた。属する科目は違うが、同じように「鷹」という名前が付いていることが気にくわない鷹は、ある日よだかに「市蔵」に改名しろと迫る。さもないと殺す、と脅すのだ。

　よだかの苦しみは、いじめられることではなく、自分が生きてゆくために虫などを食べないといけない、つまり殺生をしなければならないことへの罪責感だった。いくら食べるのをやめようとしても、彼の本能は自然に虫を食らう。

　鷹に殺されるのを恐れている自分が、虫の命を奪っている。この矛盾に耐えられな

くなったよだかは星になる決心をした。お日様にお願いするが、よだかは夜の鳥だから星に訊けといわれる。西のオリオン座、南の大犬座、北の大熊星、東の鷲の星にお願いしたけれど、金銭が必要だとあしらわれる。

誰の助けも得られないよだかは、ある覚悟を決めて、天空を目指して飛んでいく。そして命をかけて、星になるのだった。

「重いテーマだったんだ」

と慶太郎はタブレットから顔を上げ、冷めたコーヒーを飲んだ。

「子供の頃読んだときも悲しかったけど、いま読むと胸が痛いわ」

「特にラストの『それからしばらくたってよだかははっきりまなこをひらきました。そして自分のからだがいま燐の火のような青い美しい光になって、しずかに燃えているのを見ました。

すぐとなりは、カシオピア座でした。天の川の青じろいひかりが、すぐうしろになっていました。

そしてよだかの星は燃えつづけました。いつまでもいつまでも燃えつづけました。

今でもまだ燃えています』は、よだかにとってはよかったのだろうけれど、こっちは辛いよな」

「自分で決心したんだしね」

『『よだかの星』が食物連鎖をテーマの一つにしているのを考えると、やっぱり、このよだかのことだろうな。小倉さんが『よだかのこころ』って書いているのは、殺生をしたくないってことなんだろうか。それとも星に……」

「なに？　星になりたいって思ったってこと？　慶さん、自分のやろうとしてるのと正反対のことを言ってるわよ」

強い口調で澄子が言った。

「いや、それはちがう。あくまでこの記述をした時点での小倉さんの気持ちを分析しているだけだから」

「でも、よだかのこころって、書いてるのよ。人間も他の命を食べないと生きていけないじゃない？　だけど小倉さんはお肉を使ったお料理のレシピをたくさん考え出している。考えられるのは」

澄子が立ち上がり、ホワイトボードの前に移動した。教師のように腰に手をやると、赤いマーカーのキャップを抜き、『いたんでないし、美味しいのに捨てる、捨てる』『よだかのこころ』『もう分からないよ』『私のほうがまちがってるのかも』を大きく丸で囲んで、続けた。

「これらをひとくくりにすれば、小倉さんの悩みは食べ物を粗末にすること、食品ロスを憂いてたんじゃないかしら。書かれた順番はこの通りなんでしょう」

「順番は変えていない。なるほど食品ロスは、究極の命の無駄遣いだ」

食べるため、生きていくために仕方なく殺生をする。どうせ奪った命なら、手を合わせて感謝し、大切にいただくべきだ。なのに人間が勝手に決めた消費期限がきたから、傷んでもいないのに廃棄してしまう。それは、奪った命への冒瀆（ぼうとく）だ、そう考えたのかもしれない。

「消費者としては消費期限は大切よ。安心して食べられるのは、それがあるからだわ」

「そうだな」

「冷蔵庫から、消費期限切れちゃったのが出てくることがあるでしょ？　捨てるのは抵抗があるのよ。だから少しぐらいなら日が経ってても火を通して食べちゃう。ダメなものは、見なかったフリして奥に突っ込んで、諦めがつくくらいまでダメにしてから捨てる」

「おい、おい」

「それくらい、嫌なことなの、食べ物を捨てるってことは。でも人間ってずるいっていうか、卵を買うとき、できるだけ新しいものを手に取ってるわ」

「それはそうだろう」

買い物客のほとんどが、古いものを避けるのは当然だ。同じ対価を払うのに何もわざわざ古くなったものを選ぶ人間は稀だろう。

「それに惣菜とかお弁当の消費期限、とても短いわ」

「それは売る側にとって、もしものことがあったら大変だからね。食中毒でも出したら、営業停止処分をくらうし、それで評判を落とせば店がつぶれることだってあるんだから」

それゆえ厳格なルールがある。そのルールを破ることは、店の経営を危うくするのだ。

食品を安全に、美味しく食べられる期限だとして「賞味期限」と「消費期限」があるが、特に劣化しやすいものに表示される消費期限は、その日を過ぎて食べないように農林水産省や業界団体が呼びかけている。スーパーなど小売店では、いずれの期限に対しても、表示年月日を過ぎたものの廃棄処分を徹底しているはずだ。

「食材の無駄を考えなければ、買う側も売る側にも大事なものなのね、消費期限って」

「彼女がよく分からないと書いたのは、命をいただくことと、消費期限がくれば廃棄してしまうルールとの狭間で、どうしていいのか分からなくなったってことか。難しい問題だし、そう簡単に答えなんて出ない」

慶太郎自身、由那の立場で、そんな難問に突き当たったら途方に暮れたにちがいない。

「そうね、こんなこと考え出したら、そもそも食べ物商売はできないし、スーパーに勤めるのも辛いかも」

「純粋な女性なんだろうな、小倉さん」

「現代社会では生きにくいタイプよ。ねえ、本当に自殺じゃないって確信持てる？」

「ああ、もちろん。それは死因がね」

　由那が飲んだ毒は致死性のあるものではなく、死因はアナフィラキシーショックによる窒息であることを話した。由那がその毒に対してアレルギーを持っていなければ、せいぜい気持ち悪くなるか、腹痛を起こす程度の毒だった。苦しいだけの不確実な自殺はしない、と自分でも確かめるように慶太郎は言った。

「だけど記述では」

　澄子はボードの『可愛がって、育てて、殺しちゃう』の文字を示し、

「これは生産者の立場になってる。そして『限界』だっていうんでしょう。この気持ちの流れが私には気になる。人間は家畜を愛情込めて育てるじゃない？　大事に育てて、殺すのよ。よだかが本能で虫を食べるのとは少しちがう」

　と、赤いマーカーペンの蓋を閉めた。

「人間だけだものね、食べるために育てるのは」

「人間そのものが許せなくなっちゃったんだ、としたら? 自分が人として生きることに限界を感じた」

澄子の思考は由那が自殺したというほうに傾いているようだ。

「だけど、その後、小倉さんはこれを書いてる」

スナフキンの言葉が書かれたページを澄子に見せた。この言葉と春来が見たガッツポーズも自殺を否定する材料だ、と慶太郎は付け加えた。

「流れが変わった感じね。何かを言おうと決心してたんだわ。じゃあ限界っていうのは、もう黙ってられないってことかな。ねえ、遺書見せて」

「遺書めいたメモ。決めつけるなよ」

慶太郎はメモを澄子に手渡した。

「はい、はい。自殺じゃないのよね」

嫌みな言い方だったけれど、澄子の目は輝いていた。

「なんだかんだ言って、興味が出てきたんだな」

「興味なんてないわ。放っておくと仕事に精を出さないどこかのお医者さんに、できるだけ早く探偵ごっこをやめていただきたいだけ」

と澄子が微笑んだ。

そんなことはない、と反論しようとしてやめた。診察時間以外、ことあるごとに事件のことを考えているのは確かだ。澄子のいう営業活動など、まったく頭になかった。渡したメモのコピー上を、澄子の眼球が左右に行ったり来たりしていた。短い文面を何度も繰り返し読んでいるのだ。

慶太郎は、診察室内にあるコーヒーメーカーから、澄子の空いたカップにコーヒーを注いでやった。保温時間が長すぎて煮詰まったような香りがする。さっき澄子が運んでくれた、淹れ立てのほうが絶対に旨い。

「ありがとう」

澄子はコピーから顔も上げず、カップを手にしてコーヒーを啜った。いつもなら、まずいわ、と漏らすのに、依然目は由那のメモに釘付けだ。

「なるほどね」

そう澄子がつぶやいたのを聞いて、

「何か、分かった？」

と、すぐに声をかけた。

「分かったっていうほどのことじゃないんだけど、『ただ自分が楽になりたいだけじゃなく、支えてくれた人たちのために決心したんです』という文面がどうも気になって仕方ないの」

澄子がまた立ち上がった。ホワイトボードに、いま言った由那の言葉を書く。

「その言葉の決心と、スナフキンの台詞は矛盾しないだろう。勇気を持って、何かをしようとしてる」

慶太郎が自分の感想を口にした。

「ここで言う、支えてくれた人たちが誰なのか、よ。普通なら、職場の人ってことになるわ」

「つまりハッピーショッピーの人か」

「彼女、アルバイトだったんでしょ？」

「ああ、意外にもね」

「じゃあ、もっと狭い範囲かも」

「なら惣菜部か。そういえば、別のクライエントから惣菜部内部のことで気になることを聞いている」

慶太郎は尾藤のことに触れた。

「あの神経質そうな人ね」

処方薬や病状は澄子と共有しているが、ヒヤリングで聞いた話の詳細は伝えていなかった。

「ストーカー行為をやっていたんだから、すべてを信じることはできないけれどね」

そう前置きして、惣菜部の人間で由那に対して厳しい態度で接する女性がいたという尾藤の話をした。

「いじめだと思っていたのね」

「その人が由那さんを自殺に追い詰めたんだと、彼は信じていて、恨んでもいる」

「そんなに厳しかったの」

　とボードに目をやり、

「その人のことじゃないかな、『やっぱり凄いひとだ』とか『情熱がちがう』、そして『あの舌には勝てない』と由那さんに書かせた人」

　熱心に指導している姿は、時に叱責しているように映るものだ、と澄子が言った。

「尾藤さんからすると、いじめに見えるほど熱心な指導だったんだろうね。そのことに対して、由那さんはむしろ畏敬の念を抱いていた」

「教えを請う人、まさに支えてくれた人だわ。その人の名前は？」

　即答するのを躊躇した。

「ここまで話しておいて今さら守秘義務？」

「原則的には、肉親であっても義務は発生するから」

「ここにいるときは、看護師よ。医療スタッフだわ。カンファレンスだと思えばいいじゃない」

「なるほど。分かった」

頭をかきながら慶太郎は、尾藤の言葉をタブレットで確かめた。

「えーと、平岡という女性だ。尾藤さんと由那さんとの間に立ちはだかったんだと」

「邪魔したってことね」

「それに店長の息子、名田正太という人なんだけど、彼と結託して、由那さんをいじめていたと思い込んでいる。駐車場で二人がひそひそ話をしている姿を何度も見ているそうだ。それで店ぐるみで由那さんを追い詰めたんだって」

ゆっくりかぶりを振る。

物事を短絡的にとらえ、自分の意に沿わない相手を徹底的に敵視するのは、ストーカー加害者共通の心理といえる。

「慶さんは、尾藤さんの思い込みだと判断してるのね」

「ああ。感情的になっているんだ」

「私ね、由那さんが敵わないと思っている舌の持ち主が、平岡さんだとすると、支えてくれた人というのも、その方じゃないかって思うの。つまり、平岡さんの許で働く惣菜部の人たち。なら、由那さんの決心は、惣菜部の人たちのためってことになるんじゃない？」

「働く人たちが闘うのは、おおかた経営者側か」

「そう考えると、名田さんと平岡さんがひそひそ話していたのは、結託していたんじやなくて」

「むしろ敵対関係だった」

慶太郎は澄子の言葉を継ぎ、立っている彼女を見上げた。

「何か問題を抱えていたんだわ、このお店」

「だったらそれが、食品ロスと結びつくんじゃないか。たぶん、ハッピーショッピーも例外なく、消費期限が来たらどんどん廃棄処分をしているはずだからね」

「だから、よだかのこころ、が出てくるのよ」

「まだ美味しく食べられるのに廃棄することを命の軽視だと考えていたら、店の方針とは当然合わないよな」

「自分たちが一所懸命考えたレシピも空しいしね」

「で、店側に抗議しようと立ち上がったんだ、あの日」

春来が見たガッツポーズは、スナフキンの言葉と符合する。そんな決心をした日に自殺などあり得ない。

「あー、どうしようかしら」

八の字眉毛の顔をつくった澄子が、ソファーに芝居じみた倒れ方をした。

「何だよ、それ」

「探偵ごっこが続くのね」

「そのことか。このボードを写メしてあの刑事さんに話してみる」

慶太郎はホワイトボードの文字が読めるように、何枚かに分けてタブレットのカメラに収めた。

「ねえ、慶さん。ここまでの推理を警察に言って、それで終わりにできる？」

澄子はソファーに半分横たわった姿勢で、じとっとした目を向けてきた。

「そうだな、そのまま話しても、単なるお店の非難中傷みたいになってしまうかもしれない。もうちょっとこっちで調べたほうがいいか……」

「そう言うと思った。自殺じゃないなら、人殺しがこの街にいたってことになるわ」

澄子は、気持ち悪い虫でも見つけたような顔をした。

「殺人と決めつけるにも問題はいろいろあるけどね」

殺害に使用された毒の不確実性と、密室の謎は依然として残る。

澄子は体を起こし、冷え切ったコーヒーを飲むと、

「慶さんが淹れたコーヒー、まずい」

とつぶやいた。


次の朝慶太郎は、医療専門のアルバイトサイトで見つけた、助っ人を募集している京都市内の心療内科に連絡をとった。

いまのクリニックの状態を澄子の両親が知る前に、形だけでも動いておいたほうがいい、と判断した。

面接をしてもらえることになった『和み心療クリニック』は、京都駅のすぐ北側にあった。アポイントメントは午後三時だったが、余裕を持って臨もうと二時過ぎに駅前に着き、喫茶店で時間調整をしていた。

ネットにアップされていたクリニックの情報を読んでおこうと、タブレットを開くが、カウンセリング実績と業績の羅列、院長の饒舌な診療方針に興味が湧かず、どうも頭に入ってこない。

時計を見た。まだ面接まで二十分ほどある。

慶太郎は携帯電話を取り出し、光田にかけた。

「はい光田です。ああ本宮先生、いい仕事してますね」

光田は電話に出るなり、垣内刑事を取材してたら心療内科医の話が出てきた、と嬉しそうな声を出した。

「で、警察の動きはどうなってるんです？」

「垣内さんがかなり食らいついてます。他の事件が起これば速やかに合流することを条件に、一週間だけ単独捜査が認められたようです。僕も情報提供を約束させられました。その際、先生の話が出たんです」

「本当に首の皮一枚だね」

「一週間でどこまでできるか、です」

「それで光田さんに頼みがあって電話したんです」

慶太郎は、ホワイトボードの写真をメールして、由那のノートの欄外にあった短い言葉から分かったことや、澄子と話した推理を早口で伝えた。

「凄いじゃないですか。さすが人間心理を読む専門家ですね。平岡真理子さんがあそこの惣菜部の要であることは間違いありません。彼女と経営陣との確執が背景にあったとなれば、これは大問題だ。ハッピーショッピーの内実を探ります」

「そうしてくれるとありがたい」

と時間を確認すると三時五分前だった。

「じゃあ頼みます」

と慌てて電話を切ってレジに向かった。


慶太郎は『和み心療クリニック』の前まで駆けてきたが、扉の前で立ち止まった。ネットにあった外観とあまりにちがっている。

不誠実さを感じ、ここで働くという気持ちが失せた。

看板の前できびすを返し、歩きながら電話で面接をキャンセルしたい、と連絡した。

目の前にいるわけではない相手に頭を下げながら、京都タワーの横に出た。

電話を切って見上げると、秋の高い空に悠然とタワーがそびえ立っていた。

羊頭狗肉（ようとうくにく）くらいどこの業態にも横行している。面接をキャンセルしたのは、本当は不誠実さが理由ではない。仮にも一国一城の主なんだ、というプライドが邪魔しているのは自分でも分かっている。

いびつなプライドが男にはある。このプライドを踏みにじられて怒りの感情を抱くことが往々にしてあるものだ。もしハッピーショッピーの経営者に、アルバイトの女性が経営方針について意見したとしたら、おおいにプライドは傷つくにちがいない。

それは、非定型うつ病、境界性人格障害、統合失調症という病気を持っていなくても、一時的にアンガーアタックと呼ばれる怒り発作を起こすことがあるのだ。この発作のときは冷静な判断ができず、ときには人に危害を加える。

ただ怒り発作を起こす人間にも、ストレスがかかっている状態のことが多い。ハッピーショッピーの場合は、やはり近隣に郊外型の大型スーパーが立ち並び、経営を圧迫していることが考えられる。

そんな中で、ハッピーショッピーの独自性が発揮されているのは惣菜部だろう。売り上げに貢献しているという自負が、惣菜部の人たちにはあった。

プライドと自負とのせめぎ合いは、双方にストレスをもたらしていた。

人波が押し寄せ、ぼうっと空を見上げる慶太郎は邪魔者になっていた。仕方なく、そこから駅のほうへ移動する。

このままクリニックに帰る気にはなれなかった。あまりに早い帰宅を澄子は不審がるにちがいない。

慶太郎は、駅に隣接するホテルのラウンジに行き、由那の友人、山梨県石和にいるという白波瀬友紀子へ電話をかけることにした。

「由那のお姉さんから聞いています」

慶太郎が名乗ると、友紀子が麻那から送られた写真で、由那のノートを持っているのも確認したと言った。

「急にお電話してすみません。少しは落ち着きましたか」

強い喪失反応で外出もできない状態だったはずだ。

「少しですが」

「いま話せますか。しんどくなったら、すぐに言ってください」

と、外からで雑音が多いことを詫びた。

「大丈夫です。私も買い物の途中で外にいるんです。こちらの声も聞き取りにくいかもしれません」

言われてみると、遠くで車の音や子供の声が聞こえた。外出ができるまでになっているようだ。

「小倉さんのことで、少し伺いたいんです。彼女と最後に連絡をとったのはいつですか」

「敬老の日の少し前だったと思います。由那のほうから電話をくれました」

「敬老の日ということは、亡くなる二週間ほど前ですね」

「そうです。だから全然信じられなくて。普通に話してて、たった二週間ほどであんなことになるなんて……」

友紀子が声を詰まらせた。

「小倉さんは、何か用事であなたに連絡してきたんですか」

「会いたいけれど、それぞれ忙しいですし、離れたところに住んでいますから。それでも季節の変わり目とかには、お互い元気なのかを確かめるように電話し合ってました。で、由那いろいろ考えてたら眠れないんだって」

「眠れない、何か問題でもあったんですかね」

「『よだかの星』という童話、ご存じですか。その話でした」

「宮澤賢治の童話ですね。実は、写メの私が手に持っている小倉さんのノートに、『よだかのこころ』と記してあったんです」

「それです、よだかのこころって由那が言ってました。つい童話の中のよだかのこころを考えてしまうと、夜眠れないって」

「よだかのこころについて、小倉さんはなんと?」

「食べ物が命だったって気づいてしまったよだかは、辛かっただろうな。そう、しみじみ言ってました」

「食べ物が命、ですか」

「はい。気づいてしまった瞬間から、食べることが苦痛になるんだからとも。そんなことが頭の中を巡って眠れなくなるんだって、ため息をついてました」

友紀子は、だからよだかは星になるしかなかったんだ、と答えた。

するとそれに対して、自ら食物連鎖から外れるしかないってことね、と由那が妙に納得した声を出したそうだ。

「白波瀬さんはそれを聞いて、どうおっしゃったんですか」

「今頃なぜそんなことを悩んでるの、と逆に訊きました。何かあったのかって」

友紀子が宮澤賢治の童話の話をしたのは、もう何年も前のことだったし、由那の声に元気がなかったことが気になったのだそうだ。宮澤賢治の童話が好きだったのは、友紀子のほうで、由那はそれほどでもなかったという。鉄道の好きな由那らしく、唯一気に入ったのが『銀河鉄道の夜』だった。そのため由那から『よだかの星』の話が出たのには少し驚いたのだという。

確かに、以前見た由那の日記の好きなものの中に、宮澤賢治の童話はなかった。それはムーミンも同様だ。

「小倉さんは何と？」

「お店の方針と合わないことがあるんだって。どんな方針なのって訊いたんですけど」

由那がそれ以上詳しいことを口にすることはなかったそうだ。

方針か。澄子の推理を裏付ける証言だ。由那の中で、まだ食べられるものを廃棄する店と、惣菜部の思いがぶつかり合っていた。そして我慢の限界に達した。

なら食物連鎖の輪から外れるとはどういう意味になる？　また疑問が生まれた。

「私になんか言っても分からないと思ったのかもしれません」

友紀子の声が小さくなった。

「いや、小倉さんは自分が悩んでいるという事実を白波瀬さんに知ってもらいたくて、電話したんだと思います。そういう友達がいることが、気持ちを落ち着かせるもんなんですよ。悩みそのものを話さなくても、あなたの存在に小倉さんはおおいに助けられたはずです」

慶太郎は力を込めて言った。

「そう、でしょうか」

「心療内科医を信じてください。お店のことで、小倉さんから特定の人の話が出たことはないですか。先輩とか」

「あります、平岡真理子という方の話は何度も」

聞きたかった名前が友紀子の口から飛び出した。軽い興奮を慶太郎は覚えた。

「平岡さんは、どんな人だと小倉さんは言ってました？」

「ひと言でいうとお師匠さんです」

「師匠？」

「尊敬しているのが、声で伝わってきました。手際も味付けも、食材に対する愛情も、いまの自分には勝てるものがないって。何度も凄い、凄いって言葉を連発して」

「その平岡さんの教え方について、厳しいとか、怖いといったようなことは言ってませんでしたか」

「厳しい？　いえ、楽しいっていうか、嬉しいって言ってたんじゃないかな。とにかく平岡さんのこと、由那は真理子さんって呼んでいたんですが、大好きみたいだから」

真理子が、夫と離婚し三人の子供を一人で育てていて、その母としての逞しさにも憧れていると、友紀子に話していた。

「私生活の面でも、料理の師匠としても尊敬していたということですね」

予想通り、いじめられているというのは尾藤の偏見だった。

「小倉さんには夢があったようですが、聞いてますか」

「料理研究家になって、自分の店を出したいって人には言っていたかもしれないです。でも、由那の最終目標は、駅弁のプロデュースなんです。それも東京駅で一番売れるお弁当を自分の店で作りたいと」

「ああ、そうか。やっぱり鉄道なんですね」

「子供の頃からレールの響きを聞いて育ってるから、由那は」

「最後に、小倉さんには好きな男性はいなかったんでしょうか」

部屋にも男性と交際していた気配は感じられなかったし、ノートの記述の中にも恋愛の欠片（かけら）もなかった。

「それは……」

友紀子が黙った。亡くなったとはいえ、由那の恋愛のことを見ず知らずの男に喋りたくないのだろう。いや、この世にいないからこそ、秘密を守りたいのかもしれない。しかし沈黙は、すでに由那に好きな男性がいたことを語っている。

「無理にとは言いません。ただ自殺でないことを確かめたいんです。もし、恋愛で悩んでいたとすれば、それは自殺の原因になり得ます。こちらの警察は自殺で捜査を終わらせようとしているんです」

「片思いの方がいます。けれど、その方とのことはもう吹っ切れてるはずだから、それが原因で自殺なんて、絶対ありません。由那も整理をつけたんです。蒸し返さないでやってください」

「分かりました。長時間すみませんでした」

「先生……由那が自殺でないとしたら、誰かに？」

「それを警察に調べてもらいたくて、私は動いています。また聞きたいことが出てくるかもしれません。そのときは協力してほしいんですが、いいですか」

「私でお答えできることでしたら」

囁(ささや)くような声で友紀子は言った。

2

「前に言ってたことなんやけど、今晩、真一くんに挨拶させてくれるか」

正太は、車の助手席に座る真理子に訊いた。

久しぶりの緊張感にハンドルを握る手が汗ばんだ。

「そんなご迷惑は、やっぱり」

「僕かて迷惑やったら言わへん。受験の大事なときに、お母ちゃんに残業させてるんやから。何かさせてもらわんと、僕も心苦しいんや」

「けど……」

真理子はうつむく。

「前は偉そうなこと言うたけど、勉強教えるどころか、僕が習わなあかんかもしれへん。会うだけ会わせてくれへんか」

「家、散らかってますし」

「挨拶だけや」

また真理子は黙ってしまった。

そうしているうちに、ヘッドライトに真理子の家が浮かび上がってきた。付近一帯は古い家並みで、真理子の木造二階建ての家の隣は空き家だった。いつものようにその空き家の前に車を駐めた。

「かまへんな」

正太はエンジンを切って、シフトレバーをパーキングに入れた。

「あの、ちょっと」

真理子が正太を見る。

「あかんのか」

体は大きいのに押しが弱い、と学生時代からよく友人にからかわれた。気が小さいとは思っていないけれど、肝腎な場面で後ろ向きになるところがある。ことに思いを寄せる女性には言いたいことの半分も言えなかった。いや、女性ばかりではなく、憧れている男性、尊敬する人の前では妙に緊張してしまうのだ。

子供時代から親父が苦手だったことと関係があるのかもしれない。小学生の頃、店の菓子を黙って持ち出し、バレたことがあった。親父は叱らず「情けない」と言って、泥棒を見るような目を向けた。こっぴどく怒られるものだと思っていた正太は拍子抜けした。ホッとしたと同時に、親父の目の冷たさが怖くなり、後味の悪さばかりが残ったのだった。中学、高校と進んでも、父親ほどの年格好の男性の前に立つと、決まって動悸が速くなった。過剰な緊張感は、その経験と無関係ではないだろう。

「急に一緒に帰ったら、子供らびっくりすると思うんです。先に、電話してもいいですか」

「それはそうやな。いや、もう家の前まできてるんやから、ええんとちゃうか」

「それでも、そのほうが……」

真理子はすでにスマホを握っていた。すぐに真一が出たようだ。

「あんな、いまから名田さんと家に帰るんやけど、かまへんか。そう、前言うてたやろ、お店の専務さん。えっ？　何を？　分かった、そう言っとくわ」

「どうやった？」

真理子の表情を窺った。

「何か聞いてほしいこともあるそうです」

真理子は車のドアに手を掛けた。

正太も車から下りて、真理子の後に続く。玄関灯の前まで歩くと、中の明かりが点り引き戸のガラスに人影が映った。

錠を外す音がし、勢いよく戸が開いた。姿を見せたのは、短髪で四年前よりうんと細身になった真一だ。

「おう、真一くん。おっちゃん覚えてるか」

正太は真一に声をかける。背丈も自分と変わらないほどになっていた。

「はい。中学生のときに」

「えらいスマートになったな」

「あのときは太ってたんで。あ、いつも母がお世話になってます」

真一が慌てて頭を下げた。

「いやいや、こちらこそいつもお母さんに遅くまで働いてもろて、不自由をさせてすまんと思てます」

正太は片手で拝むような格好をした。

「あの、どうぞ」

真理子が、家に入って低い上がり框にスリッパを出して置き、こちらを向いた。

「ほな、おじゃまします」

居間に通された正太は、座卓の座布団にあぐらをかいた。

正面に真一が座るのを待って、

「勉強、大変なときやな」

と言った。

「模試の結果がよくなかったんで」

「合否判定なんて当てにならへんから、気にせんでもええぞ」

と言ったけれど、受験生時代、人一倍合否判定に一喜一憂していたのは自分だ。豪放磊落で頼りがいのある男だと思わせたかった。

「進路指導はそれがメインなんで、先生がうるさいんです」

「先生いうもんは、いつの時代も同じやな。僕らのときも自分の目で判断せんと、数字ばっかり見とった。偏差値一辺倒やったな。けど受験するのは自分なんや。僕はな、真一くん、例えば数学やったら、基本総合問題ちゅうのを徹底的にやった。つまり一問目の計算問題と、二問目にある基本総合問題を満点にしておくと、断然気が楽になるし、余裕ができるさかいな。全部正解しようなんて思わんこっちゃ」

「問題集をやったんですか」

「うん。あれもこれもやのうて一冊を真っ黒けにしてな」

「一冊だと不安じゃないですか」

「いや、ええ問題集を一冊、そのほうが達成感あるで」

正太は、話が弾んでいるといわんばかりに、台所にいる真理子に聞こえるような声で話をする。真一も真面目に聴いている、素直に育っているようだ。そのことがいっそう真理子を愛おしく思わせた。

「お母さんから聞いてると思うんやけど、お店の仕事がいまより忙しくなるんや。そやから真一くんらにも迷惑をかける。それで受験勉強のサポートをしたいねん。いや、サポートになるかどうか、分からへんけど、力になりたいんや」

「サポート、ですか」

「家庭教師いうほど大それたことは考えてない。ちょっと手を貸したいだけや。受験勉強って孤独やろ？」

「そうですね」

「だからお母さんが残業のとき、その時間だけ一緒に勉強せえへんか」

「いま返事しないとダメですか」

真一が台所に目をやると、真理子がコーヒーを持って居間にきた。

「お兄ちゃんが、好きに決めてくれたらええんやで」

真理子が真一の前にカップを置く。

「……そやな、考えといて」

てっきり真理子が援護射撃をしてくれると思っていた正太は、自分の前に置かれたカップを恨めしそうに一瞥し、言葉を継いだ。

「そや、真一くん、なんか話があるんやて？　何でも言うてんか」

「あの、母のことです。由那さんが死んじゃってから、母が疲れ切ってます」

「これ真一、そんなこと言うたら、専務さんが困らはる」

「けど母さん、ほんまのことや。夜中、台所で泣いてたん知ってるんやで、僕。何日も何日も」

「平岡さん、小倉さんはここに？」

面識がなければ、真一が由那さんと名前で呼ばないだろう。

「由那ちゃんを何度か夕飯に誘いました」

手料理を目の前で食べてくれる人がいる真理子は幸せだと、由那が言ったことがあったのだそうだ。

「それなら、うちの子に夕飯作ったってよ、と冗談言うたら、ほんまに料理しにきてくれたんです」

「へえー、そんなことがあったんか」

真理子は、アルバイトに厳しい指導者というだけではなかったということか。彼女の家庭料理に対する思い入れの強さはよく知っている。それがそのまま家族への情の深さでもあると正太は思っている。

そんな母親が、熊井との事業について話したとたん野心や欲望を垣間見せた。そのときから、急速に真理子に惹かれた。そしてその気持ちは、ますます大きくなってきている。

正太は昔から、他の誰もが気づかないことを発見すると、それに言い知れぬ愛おしさを感じる癖があった。テレビでヒーローものを観ていても、主人公よりも端役の走る姿がかっこいいと感じると、その俳優のファンになった。そして走るシーンを心待ちにテレビにかじりついた。

「由那さんの料理、めっちゃ美味しかった。妹も弟も、由那さんの大ファンになってたし。だから、みんな由那さんが自殺するなんて信じてません」

真一が言った。

「おっちゃんも信じたくはない」

「母はよく、由那さんほど料理のセンスがある人はなかなかいない、と言うてました。いまも猫の手を借りたいほど忙しいんやけど、他の人では務まらへんから、自分がせなあかんって。でも、このままやったら母が倒れてしまいます」

真一の目は真剣だ。母親の泣いている姿や、疲れた顔を見れば息子として当然のことだろう。父の代わりに平岡家を守ろうとしてるにちがいない。

四年前とはまったくちがう真一を見て、ずいぶん成長したと感じた。

「よっしゃ、もうちょっと早よお母ちゃんが帰れるようにする」

「ほんまですか」

「ああ、約束する」

正太は、さまざまな要求を出してくる熊井の渋い顔を思い浮かべながらも、強い口調で言った。

「ありがとうございます」

真一が深く頭を下げた。

「名田さん、それはダメです」

真理子の言葉に、真一が顔を上げた。

「いや、僕も人手不足なんを知っていながら、きちんと手当てしなかったんがいかんのや。小倉さんの穴はそう簡単に埋まらへんけど、なんとかお店のほうの人材募集を強化する」

「私の手が遅いから、時間がかかってしまうんです。これからは、もうちょっと、さっさとやります」

と言って、真一に向き直り、

「真一、泣いても由那さんは戻ってきいひんのに、みっともないとこ見せてごめんね。弱音は吐かへんから、お仕事させてくれへんか」

「そやけど、由那さんの写真見ては、ため息ばかりついてるやんか」

「そうなんか？　平岡さん」

家族ぐるみの付き合いだったのだ。歳の離れた妹を亡くした、という感覚なのかもしれない。

「そら、一緒に働いてた子が突然亡くなったんですから。もうちょっといろいろ相談に乗ってたら、こんなことにならなかったんじゃ……後悔ばかりしてます」

「写真って？」

「一緒に作業してるところのスナップ写真があるんです」

「いや、警察に写真を求められたとき、うちの広報紙に掲載したものしかなかったから」

化粧をしてエプロン姿で惣菜を持ってカメラに向かって笑った写真は、普段の姿とはちがっていた。あまりちがうものは聞き込みに適さないと言われた。

「そうですか。けど私の持ってるのも、普段とちがうから」

「どういうこと？」

「野良仕事をしてるような格好なんです。日よけ帽をかぶって上下ともジャージ姿やし。パッと見て、由那ちゃんやって分からへんと思います」

「それはあかんわ。けど、ほんまに小倉さんと仲がよかったんやな。いや、例の新聞記者がうろついて、何かと探っとったやろ。セクハラとかパワハラ、あるいはいじめを苦にしてたんとちゃうかと思われたらいかん、と思てたんや。そやから、取材には僕が全部同行してた」

「そう伺ってたんですけど、あの光田さん、勝手に調べてはりますよ」

真理子は、光田が三郎と話しているのを見たと言った。

「なんやて、それは約束がちがう。サブちゃんに何の用やろ」

三郎も自分の立場は分かっているはずだ。しかし、現場が密室だったと興味を示し、探偵を気取っていたのが気がかりだ。余計なことを話さなければいいが。

「結構、話し込んでたように見えました」

「サブちゃん、案外小倉さんとも親密やったしな」

と言ってから、真一の目を気にしながら、

「警備員室に小倉さんを入れたこともあったらしい」

と正太は小声になった。

「部屋が、お向かいさんですから、あっ」

と真理子が急に険しい表情になった。

「なんや?」

「いえ、由那ちゃん、サブちゃんに食品ロスのことを……」

「それはないやろ。サブちゃん、何も言うてなかったし」

「サブちゃん、名田さんに何でも包み隠さず話しますか」

真理子は言葉の語尾を妙に上げた。

「それは……」

「由那ちゃんが、まだ食べられる食品の廃棄に疑問を感じてたのは確かです。私ら惣菜部の者はみんな思てることです。そやからといって」

真理子が意図的に言葉を切ったのが分かった。

「サブちゃんにきちんと確かめなあかんな」

「僕、もういいですか」

真一が、正太に尋ねた。

「ああ、すまん、すまん。かえって勉強の邪魔したな。ほなサポートのこと考えといて」

真一はうなずくだけで返事せず、居間を出た。

「名田さん、ほんまに気ぃつかわんといてください。頂戴してる臨時報酬だけで十分ですし。それにブランド化されたら、下の子らは私立大学に通わせてやれます。そのためにもいまが踏ん張りどきやと、私は覚悟を決めてます」

「いや、これは僕の気持ちなんや」

　正太は居間の戸口に誰もいないのを確かめた。

「僕は、平岡さんにパートナーになってほしいと思てる」

「それは私も、そう思って頑張らせてもらってます」

「ちがうんや、ビジネスパートナーとは。真剣に聞いてや。人生のパートナーになってほしいんや」

　気持ちを込めたつもりだ。鼻の頭に汗が出るのが、自分の目で分かった。すぐにタオル地のハンカチで、顔を拭う。体内に響く心音に合わせて汗が吹き出てきた。そのうちシャツの胸や背中にもにじみ出すだろう。

「冗談を言わんといてください。私は三人の子持ちのバツイチですよ」

「もとより分かってることや。真一くんは好青年やし、お嬢ちゃんも兄弟の面倒を見るええ子や」

「年上ですし」

「歳なんか関係あらへん」

「だいたい店長が許すはずないやないですか。絶対無理です」

「あんな平岡さん、今回の事業が成功したら、ハッピーショッピーなんか問題にならへんくらいの大きな会社になるんやで。そうなったらいつまでも親父の言いなりにはならへん。文句も言わせへんから、心配せんでもええんや」

「名田さん、お気持ちは嬉しいです。けどやっぱり」

「僕が嫌いか」

「そんなことありません。嫌いやったら熊井さんのお仕事かて」

「何があかんのや」

「大事なことやから、考える時間をください」

「親子とも、考えさせてくれか」

嫌みを言うつもりはなかった。

「すみません」

「謝らんといて。せっかちなところが僕の悪いところやねん。今日はこれで帰らしてもらうわ。いい返事待ってる」

と、正太はコーヒーを飲み干した。

明くる朝正太は、新聞記者の光田が何を訊きにきたのかを確認するため、警備員室にいる三郎を訪ねた。

「店長と名田さんのことを調べてるみたいです」

「親父と僕をなんで調べるんや」

「小倉さんと対立してたんじゃないかって」

「ほな何か、僕らが彼女をどうにかしたっていうんか」

「大声出さないでくださいよ。僕がそう言ったわけじゃないんですから」

「で、サブちゃんはどう言うた？」

貧乏ゆすりする正太の膝がデスクの足に触れ、防犯ビデオのディスプレイと椅子がギシギシと音を立てた。

「ここは店名のようにみんなハッピーな職場ですから、ゴタゴタはありませんって言いました」

「それでええ。他には？」

「後は、毎日たくさんの食品が廃棄されてますよね、と訳の分からないことを聞いてきました」

「何っ、食品廃棄やて」

さらに大きな声を出してしまった。

「そうです、それについて小倉さんが何か言ってなかったかと」

「意味、分からんな」

そう誤魔化したが不安が襲う。

光田は、どこまで取材して、何をつかんでいるのだろうか。まさか熊井と進めている事業のことまで――。

それはまずい。正式に事業化する前にマスコミにすっぱ抜かれては、元も子もなくなる。いや、そんなはずはない。

熊井サイドから漏れることはないし、昨夜の真理子の様子からも彼女が裏切っているとは考えられない。

由那が、生前誰かに漏らしていたのか。

正太は、三郎の顔をまじまじと見つめる。

「なんです？　そんな怖い顔して」

「サブちゃん、正直に言えよ。僕に隠してることないやろな」

「隠すって、何をですか」

三郎は激しく瞬きをする。

「小倉さんとのことや。なんや思っていたより親しかったようやからな。ここに連れ込んだり」

「人聞き悪い言い方しないでくださいよ。小倉さんがお店に不満を持ってたって言いたいんですか」

ちゅうねん」


「そういうこっちゃ」

「そんなこと言ったら、由那ちゃんに店とのトラブルがあったという光田さんの読みを肯定しているようなもんですよ」

「トラブルが原因やと、やっぱり思とるんや。それが食品廃棄とどうつながってるっちゅうねん」


　また三郎を睨む。

「光田さんは、はっきり口に出さなかったんですけど」

「もったいぶらんと言うてくれ」

「小倉さんは、お店が消費期限切れの食材を廃棄することに反対してたんじゃないか。けれど店としては、当然それはできない。アルバイトがお店の方針に異議を唱えるなんて、あり得ないでしょうって。短気な経営者ならクビを切るくらいするかもしれないよねって」

「それで小倉さんが死んだというんか」

「アルバイトはクビをちらつかされたら、渋々従う。そんなパワハラがあったかもしれない」

「そんなことあるか、アホらし。小倉さんはやる気満々やったはずや」

　真理子を尊敬している由那に不満があるはずはない。おまけに熊井の持ちかけた事業は、食品ロスを軽減する取り組みなのだ。

「やる気満々って？」

「いや、何でもない。とにかく光田は経営側と労働者を分断したいだけや。労使問題の安直な記事に仕立て上げて、経営者を叩きたいんや」

「食品ロスは惣菜部のみんなが気にしていて、その筆頭が平岡さん。その平岡さんの代わりに立ち上がったのが小倉さんじゃないか、と言ってました。あの人話が上手いんで、危うく俺も信じてしまうところでした。でも名田さんが、由那ちゃんをクビにするなんて考えられないし」

三郎は口をすぼめて、息を吐いた。

「でっち上げ記事いうんは、そうやってできるんや。だいたい経営方針に口出しするなんて、僕でも親父に面と向かってはできひんのに」

由那が自分を飛び越えて親父に話をするとは考えられない。

「ほんまにそれだけか」

「勘弁してください。俺も由那ちゃんロスなんですから」

三郎は、今頃になって由那がかけがえのない女性だったことに気づいたと、悔しそうに言った。

警備員室を出た正太はそのままバックヤードに移動した。

日用品の在庫と発注処理をしながら、光田に文句を言うべきか迷っていた。あまり藪を突つくのも、彼の思う壺のようで気が引ける。

しかし、自分を通さず取材をされるのも困りものだ。その様子を熊井に見られでもしたら、正太は信用を一気に失う。

どこまで知っているのかを探っておくのも手だ、と作業着の胸ポケットから携帯を取り出した。

「光田さん、困ります」

つながるとすぐ、正太が言った。

「待ってましたよ、名田さん。お時間とってくれませんか」

やはり光田の計略だったようだ。

「いったい何がしたいんです?」

「お話ししますよ、それを」

光田の声が弾んでいるように聞こえる。

「毎読新聞の京都支社長に言いますよ。不当な取材で迷惑してるって」

低く押し殺した声を出した。

「それは困りますね」

光田の口調は軽く、まったく困っている気配はない。

「ええ加減にしてくれ。営業妨害で訴えるで」

「それも困ります。穏やかに話しませんか」

「ほな今後は、うちの店に近づかない、従業員に取材しないと誓ってもらえるか」

「名田さん、昨夜、どこにいたんですか。従業員の家を訪問するには、ちょっと常識外れの時間ではないですか」

「あんた……」

真理子の家にいたのを見られていた。光田は正太の後をつけていたのか。だとすれば、どこから追っていたのだろうか。熊井のプラントへ真理子を送迎していることを知られれば、そのうち正太がやろうとしていることを突き止めるにちがいない。

「名田さん、どうです？　会ってくれませんか。私もあんまり尾行とかしたくないんですよ」

光田の余裕ある声が腹立たしい。

「どうしてうちにこだわるんですか。うちみたいな小さいとこいじめる暇があったら、もっと叩きがいのある大手スーパーを取材しなはれ。それがまっとうなジャーナリストやないんか」

「私はまっとうじゃない、とおっしゃるんですか。それは心外だな」

「大きいものにはへつらい、うちらみたいなところには高飛車。約束も守らへんし、根性が悪すぎるで」

「まあいいでしょう。見解の相違だ。ただね、名田さん。私は自殺でも事故でも、他殺であっても取材態度は変わりません。小倉由那という三十四歳の女性の命がこの世から消えた真相を知りたいんです。ハッピーショッピーは、その現場なんですよ」

これからも調べ続けるという意思表示に聞こえた。

熊井なら、相手のことを知れと指示するだろう。闘うつもりなら、相手の持っている情報をできるだけ集めろとも言うにちがいない。

「店では会いたくない」

店の人間に、光田と会っているところを見られたくなかった。

「じゃあ、京都駅まで出てこられますか」

「日時は？」

「名田さんに合わせます」

正太は少し考え、できるだけ早いほうがいいと、

「明日の午後三時、セントノーム京都のロビーでどうや」

「分かりました。よろしくお願いいたします。じゃあ明日」

笑ったような声で言うと光田は電話を切った。

再び在庫管理表に目を落としたとき、店内放送の鉄琴音が鳴り、

「専務、至急事務所にお戻りください」

とコールされた。

正太は事務所に向かって歩き出したが、光田の電話が気になり心は重かった。こんな気持ちで親父と話すのは億劫だ。

重い足取りで階段を上ると、踊り場に親父がいて、正太を見下ろしていた。手に持っているのは、最近いつも携帯している分厚いファイルだ。

「至急と言ったんやけどな」

という親父の顔つきは険しかった。

「在庫管理の最中やったから」

言い訳しながら、階段を上がりきる。

「事務所ではまずい、会議室にこい」

親父は、さっさと踊り場からすぐ左側にある会議室へと入った。

親父の背中はずいぶんと小さくなったけれど、子供の頃と変わらぬ威圧を感じる。

そう思うのは、自分に隠し事があるせいかもしれない。

「なんです、そんな深刻な顔して。僕らだけでこそこそ話したら、みんな変に勘ぐるやないですか」

会議室に入ってドアを閉め、廊下を気にしながら言った。

正太はドアに一番近い椅子に腰を下ろす。親父はテーブルを挟んだ窓際に佇んでいた。

「そんなことにならんように、お前は動いてたんとちがうのか」

「そんなことって？」

「店の経営について話し合うというだけで、勘ぐられる状態のことや。あんなことが起こって、店のもんが動揺せんようにすること、お客さんへの影響を最小限にすることがお前に頼んでた仕事やった。そうやろ？」

断定口調の疑問形が、子供の頃から好きではなかった。

「僕なりに頑張ってるつもりですけど？」

正太も疑問形で返す。

「これ、見てみぃ」

親父はファイルの中から用紙の束を手にし、テーブルに置く。鈍い音がテーブルを振動させ、正太の太ももにも伝わってきた。

「何や、アンケートか」

店の入り口に設置してあるアンケート用紙だった。四つの設問に対しては「非常に満足」「満足」「普通」「不満」「とても不満」から選んでもらう。ただ五つ目の質問には、ご意見、ご感想を記入する欄が設けてあった。

正太は用紙の束から数枚を手に取り、

「あんなことがあって間もないんやから、苦情がくるんは当たり前や。そんなもんいちいち気にしてたら商売はできひんよ。ネットの書き込みかて一時はえげつないこと書かれてたけど、最近は沈静化してきてる。反応しないことが一番の対策やないかな」

と言いながら内容を走り読みした。

ほとんどの客は、設問すべてに「普通」を選んでいた。思ったほど悪い評価ではない。

正太の顔がほっとして緩んだのを察知したのか、親父が言葉を投げてきた。

「記述欄を読め」

小さく息を吐き、正太は用紙の自由記述欄を見直す。

ハッピーショッピーは他の店にはない、昭和のムードがあって好きだったのに、この頃他店と変わりはないような感じがする。残念。（五〇代・男性）

お店の雰囲気が変わってしまいましたが、やっぱりあの事件が原因ですか。じゃあ、

あったんですね、いじめ。なんか悲しいです。(三〇代・女性)

お惣菜、いつも美味しく食べてます。でも、すぐ売り切れてしまうから、もっとたくさん用意してもらいたいな。あの一件から、お店の人の顔、ちょっと怖い。(二〇代・女性)

フードコート、味が落ちた。惣菜屋さんのお弁当は美味しいのに。(三〇代・女性)

よろず屋さんのような存在なので、絶対にやめないでください。年金暮らしだから、そんなに多くは買えないですが、応援します。なんだか閑散としていて、不安になってしまいました。(六〇代・女性)

「そんなに悪評でもないやんか」

手に取った分のアンケートを読み終わった正太は、渋い顔の親父を見た。

「よう、読んだか」

小学生の子供に言うような口調だ。

「短いもんばかりやから、ちゃんと読んでるよ」

「そうしたら、いま現在のハッピーショッピーの問題点が見えてくるはずや」

「店の雰囲気が変わったというんやろ？　それは、小倉さんのことがあったってお客さんが知ってるからや。先入観のせいや」

「先入観があることは否定しない。それを払拭するには、これから三カ月、いや半年以上かかるやろ。私が言うてるのはそんなこととちがう」

　そう言いながら、親父はやっと椅子に座った。

「ほな問題点って？」

「フードコートで提供してるもんの味が落ちたって書いてる人がいたやろ？」

「大手スーパーみたいな有名どころは入ってないしな」

　元々は店で買った弁当やパン、スイーツなどを食べるスペースに、フランクフルト、お好み焼き、うどんやラーメンを出す店をテナントとして募集した。大手なら客寄せにと有名専門店も入るだろうが、ハッピーショッピーでは無理だ。

「そやからよう読めと言うてる。お好み焼きとか麺類の味が落ちたと言うてはるんやないで、その人は」

「何で、そう決めつける……」

　正太の目は『惣菜屋さんのお弁当は美味しいのに』という文字をとらえた。

「分かったか？　そのお客さんは、うちが仕入れてフードコートに置いてる既製の弁当のことを言ってる」

「けど、取りようによっては、惣菜部が褒められてるとも言えるで」

「惣菜部は充実してる。他店の人間が注目してるくらいな」

親父は、百貨店の名前を出し、そこのバイヤーが、惣菜部に興味を示していると言った。

「どういうことや、それ」

熊井以外にも、惣菜部に目をつけている会社があるということか。

「特に創作料理の評判を聞いたらしい。調理現場を見たいと言うてきた」

「僕、そんなこと聞いてませんけど」

「断ったからや」

「一言くらい、教えてくれてもええんとちがうかな」

胸を撫で下ろしながら、不満を漏らす。

「お前に言うたら、すぐその気になってしまうやろ。そう思たけど、案外冷静やな」

「僕も、子供やあらへん。いまのハッピーショッピーが、百貨店なんかと商売しても、飲み込まれてお終いや。規模もターゲットもちがいすぎる」

「そうや。確かに、いまのままではあかん。町のよろず屋を忘れかけてるからな」

「よろず屋て、親父はまだ、そんなことを……」

親父が考え方を変えたと思っているわけではない。けれど、そろそろ時代の流れには逆らえないことも理解して、柔軟になっていると感じていた。

「そんなことって何や？」

「個人経営やったら、お客さんがほしいと思たとき、いつでもあるように何でも揃えて、なかったら取り寄せましょって牧歌的にやっててもええ。けど、テレビを点けたらしょっちゅう通販番組やってる。インターネット通販かて盛んな時代なんや。売れるもんだけしか置かんぐらいの、合理化を進めんと、あかん」

つい興奮して声が大きくなり、言葉が喉につかえた。

「立派な意見を持ってるようやな。そのくせ、これはどういうことや」

親父は手を伸ばして、アンケート用紙の束を人差し指で小突いた。

「それが、なんや。フードコートに置いてる弁当の味が落ちたんやったら、『早乙女フーズ』に文句言うたらええんやろ」

「お前、ほんまに分からへんのか」

親父が用紙を見たまま、小声で言った言葉が聞こえた。

「まだ任せられへんな」

と向けられた親父の目を、正太は睨む。

熊井との事業が成功さえすれば、親父を見返せる。これまでそう思って、子供扱いされても我慢してきた。いや、白髪でしょぼくれた親父など相手にならない、と思い込もうとしてきたのだ。

「僕かていまのハッピーショッピーなんか、継ごうとは思てない」

低い声で言った。

「何やて？　もっぺん言うてみぃ」

きつい表情で親父がこっちを見る。

「僕はよろず屋みたいな、自転車操業は嫌なんや。お客さんのために、自分の生活を犠牲にしとうない。もうお客様は神様なんていう時代は終わったんや」

「分かった、もうええ。ただな、売れてないメーカーの弁当をずっと同じ数、仕入れてるいうのが、お前のいう合理化か。残るから廃棄する数が増えてることに、問題意識もないようやな」

「いや、それは……」

「あんじょう考えてから、わしの方針に文句言え。今後は食品関係の管理もわしとお母ちゃんでやるさかい」

「ちょっと待って、待ってくれ、親父」

いま極端に廃棄食品が減っては困る。再加工食品の材料を、それらでまかなっているのだ。何より、親父がしゃしゃり出てくれば、熊井にみくびられる。

「この話は終わりや」

「小倉さんの事件のことで僕もほんまに参ってて、それでうっかりしてた。それについては謝ります。そやからひと月、いや半月だけでもええから、いまのままでやらしてくれへんか。頼みます」

正太は立ち上がって、頭を下げた。

もうすぐ、ブランド化にこぎ着けられる。そうなれば……評価のすべてが逆転する。

「考えとく」

親父は書類を回収して、会議室を出て行った。


車で京都駅前通りにさしかかったとき、正太はどんよりと曇った空を見上げた。気分が重く沈んでいるときに抜けるような青空も癪に障るが、灰色の雲はもっと嫌だ。いっそ雨のほうが、すべてを天候のせいにできる。

ホテルセントノーム京都は駅前からは少し外れた場所に建っている。さほど大きくないため、通りからは見えにくかった。それでも駐車場は満車に近く、ロビーは観光客で溢れている。

もう珍しくなくなったハングル語や中国語が飛び交う中、壁に沿って並べてある椅子に座って、光田を待つことにした。

昨日から膝が痛い。体重を減らさないといけないのだろうが、そのための運動ができない状態だ。強いストレスを感じると、きまって右膝が悲鳴を上げる。精神的なことが、どうして膝に出るのか分からない。ふと、本宮とかいう心療内科医の引き締まった体軀を思い出した。

三時五分前になったとき、光田が駆け込んできた。

「すみません、お待たせしたみたいで」

「奥のレストランで話しましょか」

膝をかばいながら立ち上がり、レストランの入り口へ向かう。

席に着いてホットコーヒーを注文すると、

「足、大丈夫ですか」

光田が訊いてきた。

「足？　別に何ともないけど」

膝に置いていた手を、慌ててテーブルに上げる。

彼の観察眼は油断ならない。

「そうですか。体には気をつけてください。本日は取材に応じていただき、ありがとうございます」

「取材に応じるかどうかは、おたくの話を聞いてからです」

ここは下手に出て、話を聞き出すことを優先しなければならない。

「まあ、いいでしょう。それにしても平岡さんの作る惣菜は旨いですね。和洋中、どれもいける。他店のものとはひと味も、ふた味もちがいます」

「それはどうも」

店で買った、すなわち店に出入りしているのだ、とでも言いたいのか。

「平岡さんは、ハッピーショッピーにはなくてはならない人材だ。それは間違いないでしょう?」

「何が言いたいんです?」

「彼女のことを、あなたが大切に思うのも無理はない、ということです」

と光田が唇の片方だけ上げて笑った。

コーヒーが運ばれ、ウエイターが立ち去るのを待って、

「あなたは小倉さんの死の真相を知りたい、と言うてたやないですか。そやのに何で関係のないことを調べてるんですか」

と訊いた。

「関係がない?」

「ええ。ほな訊きます、関係があると言うんやったら、何がどう関係してるのか言うてください」

電話のときのように、ぞんざいな言葉遣いにならないよう気持ちを落ち着かせる。

「関係があるかないか、まさにそれを調査してるんですよ」

「いくら僕に話を訊いても、おたくらが報道してること以上に情報なんてありませんよ」

「あなたはなぜ、あの夜あのプラントに行っていたんですか」

「だから、それは小倉さんのこととは」

「平岡さんの送迎ですか」

光田は、正太の言葉を遮った。

「ビジネス上のことを、何であんたに喋らなあかんのですか」

「おっと、ビジネスとおっしゃいましたね。スーパーマーケットと食品廃棄の会社とのビジネス、ですか」

さほど長くない髪の毛を両手でかき上げた光田は、じっと正太の目を見つめながら手帳を開く。そして、

「どんなビジネスなのか気になりますね」

と何かをメモする。

「企業秘密です。それに、あそこは借りているだけで、熊井さんには一切関係ない」

「そのビジネスのこと、店長はご存じなんですよね」

「そんなもん、当たり前やないですか」

正太は、光田の視線を避けるように、コーヒーにシュガーとミルクを入れて激しくかき混ぜ、カップを持ち上げる。

「平岡さんを送り迎えしてるんだから、料理関係ですね。なら、どうして廃棄会社のプラントを借りる必要があるんですか。厨房ならお店にあるし、それに平岡さんも馴れてらっしゃる」

「それも企業秘密ですさかい、勘弁してください」

「どう見ても、店長の目を盗んでいるとしか思えないんですよ、専務さん」

光田は真剣な目を向けてきた。

この場で茶を濁しても、彼は親父に話を訊きに行くだろう。そうなればすべての計画は頓挫する。

「ほんまのことを言います。僕がやろうとしてることを親父には言うてません。平岡さん以外誰も知らんことなんです。光田さんも分かってはると思いますけど、いまスーパーは大手でも経営状態がようない。青息吐息です。ましてやうちみたいな零細スーパーはいつどうなってもおかしくない。だから何とか他店にないもんを売り出さんとあかんと思って、研究してましたんや」

「その研究はお父さんにも言えないものなんですか。いや、内容に関してはおっしゃらなくても結構です」

「これも家族経営の会社にはよくあることやと思うんですけど、古き良き時代の商売が通用すると思てる父と、もうそんな時代やないと思う息子という図式ですわ。ただ店を何とかしたいという気持ちは一緒なんです」

完成した新商品を見れば、親父も納得するだろうが、その途上で反対されたくないのだと、もっともらしい言い訳を口にした。

「つまり現状では経営方針が異なるということですね」

光田は「異なる」という言葉に力を込めて言った。

「異なると言うても、そこは親子です、最終的には僕が跡を継ぐんですから」

「対立しているのではない、とおっしゃりたいんですね」

「事実、喧嘩してるわけではないし。家族、ですから」

「ある人から、専務とお父さんとはそれほど仲がよくない、と聞いたんですがね。しようがないから店を継ぐことになったと」

「子供の頃から継がなあかん言うて育てられたら、誰でも一度くらいは反発します。特に思春期は。分かるでしょう？　けど継ぐと決めたら、ちょっとでも繁盛させたい、と思てます。誰に聞いたか知りませんけど、僕の若い頃のことを言うてるんでしょう」

従業員の古株数名と親父の腰巾着の魚屋の顔が浮かんだ。

「名田専務派と店長派がお店にはある。そういうことですね」

「そんなもん、ありませんよ」

体に力が入った。

「小倉さんが、食品の廃棄について悩んでいたと、お聞きになったことはありませんか」

「廃棄に悩む？」

テーブルに腹が当たって、カップがソーサーの上で鳴った。

「そうです、いわゆる食品ロスについてです」

「僕は聞いたことないですね」

由那は、誰かに廃棄食品の再加工のことを話していたのか。

暑くもないのに、脇の下に汗をかいているのが、自分でも分かる。

「どうやら小倉さんは、廃棄に反対だったようです。創作料理のレシピを考え出しても、すべてが完売するわけじゃない。一定の期限がくれば、傷んでもいないのにルールに基づいて廃棄される。そのことに心を痛めていたらしいんですよ。それについては惣菜部の方たち、いや、その指導的立場だった平岡さんも、同じように疑問を抱いているんじゃありませんか」

「もったいない、とは思っているでしょうけど」

「専務、あなた自身はどうお考えです？　食品ロスの問題について。少し前もありましたね、廃棄処分されるべき食材が安値で取引されてスーパーの店頭に並んだ事件が。同業者として当然のことながら、問題意識はあるはずだ」

と、スローモーションのように光田はカップに手を伸ばし、目だけをこっちに向けてコーヒーを飲む。

「廃棄は仕方ないと思てます。万が一のことがあったら、店がつぶれますから。だから、それをどれだけ減らせるかと平岡さんらは頑張ってる。そのことが美味しさを追求したり、新しいメニューを開発することにつながっているんです」

と以前、真理子が言っていたことを正太は口にした。

「しかし、いくら努力しても、廃棄されるものもある。そうでしょう？」

今度は、素早くカップをソーサーに戻す。

若いからと光田を侮っていたが、敵に回しては危険な人間だったようだ。

「それは、それとして受け止めるしかないんやないですか。お客さん第一やということです」

「店長が、お客様第一主義だってことは、口を揃えてみなさんおっしゃいました。つまりお客様の口に入るものだから安全策を講じるのは当然だということになると、廃棄は仕方のないことですよ。この方針に異を唱えたのが惣菜部の人たちだった。筆頭は平岡さんで、小倉さんはその平岡さんを大変尊敬していた。ここまで言えば、私の考えていること、お分かりでしょう？」

「親父と惣菜部が対立していたと言わはるんですか」

「もっと言えば専務と店長の代理戦争です」

「あほなこと言わんといてください。対立なんかありませんって」

「いや、専務との対立ならまだよかった」

「言うてはる意味が分かりませんけど」

光田の遠回しな言い方が鼻についた。レストランが禁煙だと分かっているだけに、余計煙草がほしくなる。

「アルバイトの女性から、食品ロスの問題を指摘されたら、店長もたまったもんじゃないってことですよ」

光田は手帳を確認してから、

「鍵がかかっていたと証言したのは、店長だけですね」

と言った。

「あんた、何を言うてるのか分かってるのか」

場所をわきまえず声を荒らげた。

「私はこの事件を論理的に考えているだけだ。密室なんて、現実社会に成立するはずありませんから。そうなるとはじめから鍵はかかっていなかったか、もしくは簡単に鍵を入手できる人間が犯行に及んだかの二つしかなくなる」

「だからって親父が……そもそも店にとって、えらい損失なんやで、小倉さんを失うことは。いくら頭に血が上ったとしても」

「あり得ない、と言い切れるんですか」

体を乗り出し光田が顔を近づけた。眼鏡の奥の目が鋭い。

「親父を人殺し呼ばわりするんやったら、これ以上話さへん」

考えたことがなかった。けれど、店のこと、お客のこととなると冷静さを失う親父を何度か目にしている。お袋に手を上げた夜のことが急に頭に蘇ってきた。

正太が中学生の頃だった。

当時は井東サワの作る弁当が人気を博し、ハッピーショッピー自体も多くの客で賑わっていた。店内の有線では、松任谷由実の「真夏の夜の夢」が何度も流れていたことを覚えている。

薄利多売を旨としていた親父は、弁当のおかずを充実させても値上げはしなかった。他の店より平均して三、四十円は安かったと思う。滅多に親父の方針に口出ししない母が、サワの給料を上げてやりたいから十円だけ値段を上げてはどうかと提案した。

それに激怒した親父が、母を平手でぶった。

店の二階の端にあった部屋まで怒鳴り声が聞こえ、高校受験の勉強をしていた正太は飛び出していった。

お袋はその場を繕いながら、

「忘れてた、ごめんね」

と夜食用にとってあったサワの弁当を手渡してくれた。そのときの母の涙を思い出すと、親父に何も言えなかった悔しさがこみ上げてくる。

「私も、店長が殺害したなんて思ってません。ただパワハラをした側の何倍も、されたほうは傷つくものだ」

「もういい！」

正太は、テーブルに激しく手をついて立ち上がった。

「専務は、どうして盾になってやらなかったんです？　店長の方針に逆らっていたのは、専務や平岡さんも同じだったはずでしょう？」

返事をせず、椅子に座ったままの光田を見下ろす。

「熊井さんは産廃業界でもやり手だと聞いてます。その熊井さんが自社の施設を提供するのに、関係がないと言われてもね。その辺、きっちり取材させてもらいますよ」

「やめろ、いや、やめてくれ」

もう一度、椅子に腰を下ろし、

「それだけは、どうか勘弁してください」

と声を絞り出した。

「スーパーの次期店長と食品廃棄会社社長とのコラボ。社会性のあるニュースになりそうだ」

「困る、ほんまに困ります」

熊井との事業をすっぱ抜かれたら、ブランド化の夢は潰える。かといって親父のパワハラが由那の自殺の原因だと報道されても、ハッピーショッピーはもたない。店も正太の将来も、目の前の若造のペンひとつで破滅するのだ。

「なんで、なんでそこまでするんです。僕らみたいな零細スーパーいじめて、何が社会性や」

正太は唇を噛んだ。

「いじめる?」

「そうじゃないですか。大手は生産者や下請け、いや孫請けの業者さんに圧力をかけてコストカットを強いてる。それが可能なんは大量に仕入れられるからや。利益率が低くなっても見た目の取引額は大きい。安定収入に惹かれてみんな涙を呑んでる。生産者はいつも泣いてるんや」

「ちょっと待ってください、専務さん。話を大きくしないでくださいよ」

光田の眉の両端が下がった。

「うちみたいな店は、風評だけでつぶれる。いま、つぶれるわけにはいかへんのです。親父がお客さんを大事に思ってるのと同じ気持ちで、従業員とも接してることは、僕が一番分かってますんや。そやからパワハラなんて絶対ありません。熊井さんのことは……お願いです、いまは、いまは見逃してください、この通りです」

テーブルに額がつくほど頭を下げた。尻に押された椅子が音を立てて床を擦った。

「やめてください、専務。頭を上げてください」

「将来がかかってるんです」

真理子の夢も――。

「私はハッピーショッピーをどうこうしようとしているんじゃないんです」

「いや、そんな小さなことやなく」

「小さい？」

「……とにかく熊井さんに迷惑がかからないようにしてくれるなら、どんなことでも言うことをききますさかいに」

テーブルを見たまま言った。

「そうですか……分かりました。ただし条件が二つあります」

「条件？」

　正太は顔を上げ、光田を見た。

「熊井産業と何をされているのか、一番に私に話してもらいたいんです。他の誰よりも早く。分かりますよね」

「分かりますけど、僕の一存では」

「熊井さんに話して了解を得てください」

　光田はぴしゃりと言った。

「分かりました。もう一つは？」

「小倉さんのことをさらに知りたいんです。彼女をよく知る方を取材したい」

「よく知る？」

　正太はコップの水で口を湿らせる。

「小倉さんが師匠と仰いでいた平岡さんと、警備員で同じアパートに住む桑山三郎さんです。専務から取材に応じるよう説得してください。何度もアプローチしているんですが、お二人ともあなたを通してくれの一点張りでして」

「これ以上、二人に何が聞きたいんですか」

「小倉さんが自殺したのだとしたら、平岡さんと店長との間で板挟みになっていたことが原因かもしれない。桑山さんは小倉さんを公私にわたって知る人間だ。他殺と考

える と、小倉さんの周辺で起こったトラブルを知っている可能性があります」

「そんなん警察が調べてますやろ。いまさら光田さんが聞かはっても」

「警察とは観点がちがいます。私の取材は犯人探しが目的ではありませんからね。小倉さんは、なぜ死ななければならなかったかが知りたいんです」

そのためには人物を掘り下げる必要があるのだ、と光田は言った。

「その結果、うちの店に不利になることも書くんですやろ？」

「嘘は書きません」

寝癖で撥ねた髪を、光田は撫で付けた。

「大手を突けば、もっとえげつないハラスメントが見つかるんとちがいますか。泣いてる従業員かているやろし、表に出てきてないだけで小倉さんみたいな不幸もあるかもしれへん。小倉さんにこだわる理由はなんです？」

「いま専務がおっしゃったように、表に出てきたからです。森にはたくさんの木の実があるでしょう。でも森に入らなくても目の前に木の実が落ちているのに拾わない手はない。記者とはそんなものです」

光田の口元がほころんだ。

「店がつぶれて、ぎょうさんの人間が職を失うかもしれへんのに？」

「すでに小倉さんは亡くなっている。それに、専務は店が風評によってつぶれると思っていらっしゃいますが、必要とされるものはそう簡単になくなるとは思えません。現に私がお見受けする限り、いまもハッピーショッピーの惣菜の前には多くのお客さんが集まっているじゃないですか。新聞で、惣菜を作っていた女性が自殺した、というニュースを読んでいても」

「それは平岡さんが頑張ってくれているからであって」

「そうなんでしょうね。その平岡さんのためにも、小倉さんの死の真相が明らかにされたほうがいいと思います」

真理子と親父との板挟みだったのでは、と言う光田の言葉が脳裏をよぎる。

由那が亡くなってからの真理子に元気がないのは、正太も気づいている。真理子の息子、真一が「疲れ切っている」と言っていた通りだ。店だけでもてんてこ舞いなのに、その上熊井のプロジェクトの正念場だったから、体力的にはとても辛い状態が続いている。

夜中、台所で泣いてたん知ってるんやで、僕——。

そう言ったときの、真一の悲しそうな目を思い出す。

真理子にとって由那は単なる優秀な助手ではなかった。正太は二人の結びつきを理解できていなかったのかもしれない。

光田の思っているように、親父との板挟みで由那が悩んでいたとすれば、真理子が責任を感じたとしてもおかしくない。自分との交際の申し出を受け入れてくれないのもそのためかもしれない。

「話を訊く場に、僕がいてもええですか。監視するということやなく、付き添ってやりたいんです」

「構いません」

「それで、ほんまに熊井さんの件は……」

「専務が話してくれるまで、追及しませんし」

光田は、もう真理子を見張るようなことはしないと言った。

正太はホテルを出てから、真理子に電話をかけ、近々光田からの取材があることを告げた。そして親父と真理子との板挟みで由那が死んだと思っているようだと説明し、それを否定して、あくまで店とは無関係を貫くよう指示した。

真理子の声は震えていた。

「大丈夫、一緒にすべてを乗り越えよう」

正太は、自分に言い聞かせるように言った。

第四章　直　視

1

慶太郎が棚辺春来を診察してから、ひと月が経とうとしていた。

その日慶太郎は、春来と母の春美との同時面談を行うことにした。

三度のカウンセリングで、量は少ないが食事をするようになった、と春美は安堵の表情を浮かべた。

「そうですか、それはいいことです。お母さんが、いまも送り迎えを？」

娘の春来を観察しながら春美に尋ねる。

「そうしています」

春美はそう言って、

「そのほうが私もこの子も安心ですので」

と娘を見た。

「可能な限り、そうしてあげてください。じゃあ日誌を拝見しましょうか」

慶太郎は春美に、春来の症状を書き留めるよう頼んでいた。

日誌を受け取り、ざっと確認する。春来の体調や感情の起伏を五段階で数値化してもらっていて、点数だけを目で追った。五はないけれど、一や二もない。母親の希望的観測もあるのだろうが、平均すると四に近い評価だ。

「春来さん、学校はどうです。変わりないかな」

「変わり、ですか」

慶太郎は日誌から顔を上げて訊いた。

「うん。友達と話すことが億劫になってるとか、好きな科目だったのに気乗りしないとか」

「それは、ないです」

「眠れている？」

「前よりは」

夜中に目を覚ます回数が減ったと春来が言い添えた。

「それはよかった。体調はどうかな、だるいとかはない？」

「うーんと……」

春来はこの間の自分の生活を振り返っているようだ。

焦らずに答えを待つ。

春来の声には張りがあり、血色も良くなっていた。これまでのような固さはなくなっているし、表情も豊かになりつつある。

精神的な苦痛をもたらす引き金になった電車に乗っていないことや、自分の苦痛を分かってくれる他人、つまり慶太郎が近くにいることが効いてきているようだ。ただそれだけでは不十分だ。今後電車に乗らず、ずっとクリニックに通うわけにもいかない。

由那に関係する事柄を見聞きするごとに、何らかの反応を起こすだろう。そこが体の傷とは異なるところだ。

ならばすべてを忘れてしまえ、という人がいるが、そんなことができるなら心療内科は要らない。ことに苦痛を覚えるような衝撃的な記憶は、長期記憶として大脳皮質にしっかりと刻まれている。由那が自分に向かって手を振った姿を忘れることなど、不可能に近い。

ただ最近の研究で、脳は記憶をグループ化して保存しているようだと分かってきた。例えば、嫌な思い出というフォルダの中に、過去の失敗やそのときの状況、匂いや音などさまざまな情報が関連付けられ、一グループとして保管されている。この嫌な思い出のフォルダの中に、少しでも安心できる材料や勇気づけられる事柄、優しい言葉を加えられれば、辛さは薄められていくはずなのだ。

いま春来の脳内の由那についてのフォルダは、自責の念でいっぱいになっている。その結果、食事ができなくなり、眠れず、電車が怖いというマイナスイメージしか関連付けられていない。

慶太郎が由那の死を調べていることが、春来に自分を信じてくれる人間の存在を印象づけている。それが、食べても吐かなかったこと、以前よりは眠れていること、勉強に支障が出ていないことなど、好転につながっているようだ。

「しんどい、とかあまり口にしないような気がします」

と答えたのは春美だ。春来の長い沈黙に耐えかねたのだろう。

「分かりますが、いまはお嬢さんに尋ねてますので」

「すみません」

春美は背を丸めた。

「どこか痛いところとかあるかな？」

一旦途切れた思考をつなぐ言葉を、慶太郎は春来に投げた。

「足がちょっと」

春来は、初診のときと同様に左足に目を落とす。

「足が痛いの？」

「痛みはないんですけど、前より重いかも」

「それは心配ないです。ダンスの練習を再開すれば、回復するから」

由那のエールによって、ダンス教室に行く決心をしたのに、由那の死が原因で通えなくなった。これではダンスもマイナスイメージにつながってしまいかねない。

「ダンスの練習……」

「スポーツでも一緒でね、ちょっと離れると動きが悪くなる。だけど体はちゃんと覚えているから、やり始めると案外早く勘が戻ってくるんだよ」

「先生、何かスポーツをしてたんですか」

「剣道をね。いまは木刀の素振りくらいしかできないけど。何度かブランクがあってね。だけどやり始めると、結構動けた。人間の脳と体ってよくできてるんだ。しかし焦りは禁物です。踊りたい、と思うまで待とう」

「そう思えるようになれるのかな」

春来はうつむいた。

「大丈夫。ダンスはいいなって、好きになったときのことを思い出す。そうすれば、誰かがやめろって言っても踊るよ、きっと」

慶太郎は笑って見せた。

その後、母親には待合室へ移動してもらい、一人診察室に残った春来の表情を窺った。母娘の関係に変化があるかを確認するためだ。

初診のときは、自分にかまいすぎる母親を煙たがっていたけれど、いまは出口に向かう春美へ優しいまなざしを送っている。依存傾向が生じてきているのは、それほど悪いことではない。むしろ信頼関係の再構築の好機ととらえるべきだ。

由那の死によって不調をきたしたが、優しすぎる春来の性格を変えることなくプラスに転じてやらねばならない。

約二十分ほどやり取りして、終わろうとしたとき、

「先生、小倉さん、しんどかったのかな」

と春来が聞いてきた。

「どういう意味かな」

「毒を飲まされたんでしょ？」

「気になるの？」

質問を問いで返す。春来が何を問題視しているのか、その輪郭をはっきりとさせるためだ。

「毒って苦いんでしょ、まずかったら吐き出すんじゃないですか。でも飲んじゃった。私、そこが分からなくて、いろいろ考えたんです」

「そうだね、小倉さんが口にしたものは苦みがあっただろうし、けっして美味しいも

のじゃない。確かに吐き出したほうがよかった」

春来は、由那に感情移入している。それこそ吐き出させないと、精神的な負担になる。回復の兆しが見えているときこそ要注意だ。

「ですよね。この間、風邪のひき始めでしんどかったとき飲んだお薬、とても苦くて。でもママが飲めっていうから」

「苦かったけど、飲み込んだんだね」

「うん、目をつむって一気に。まずくて吐き出しそうになったけど、治りたかったから。それにママが息を止めて見てたし、辛そうな顔で」

「ママに気を使ったってことか」

「苦いのは私のほうなのに。それでね、小倉さんもお薬だと思って我慢したんじゃないかなって思った」

「それで小倉さんがしんどかったんじゃないかと？」

「早く治りたかったら、飲んじゃうでしょう」

犯人が薬だと言って由那を騙したと、春来は真顔になった。

「春来さんがお母さんから渡されたお薬を飲んだのは、信頼関係があるからだね。仮に小倉さんに毒を飲ませた犯人がいたとして、そのひととの関係は分からないけれど、無理矢理飲まされたのでもなく、毒だと気づかず一息で飲んでしまったわけでもない、第三の可能性が出てきたってことか。調べてみるから、その件は先生に預けてくれるかな」

「本当ですか」

「先生も、小倉さんをあんな目に遭わせた人間を許すわけにはいかない。その気持ちは春来さんと同じです」

「死ぬとき、小倉さん苦しんだの？」

と春来の顔面が歪む。

「先生にも分かりません。だから真相を調べて無念の魂を救ってあげたい」

春来が小さくうなずくのを慶太郎は確かめて、診察終了を告げた。

春来を見送り、デスクに戻ってカウンセリングの所見を入力する。

春来は、由那の死に様を想像して哀れみ始めている。自分の背中を押してくれた強い女性像が崩れつつあるということだ。たとえ由那にエールのつもりはなくても、春来にはそう思い込ませるべきなのか。慶太郎は迷っていた。

キーボード上で指がさまよう中、光田からの連絡が入った。

「そうですか、それは助かる。じゃあアポが取れたら教えてください」

慶太郎は卓上のメモに、桑山三郎、平岡真理子と記した。

2

慶太郎と光田は、ハッピーショッピーの中にある会議室で正太と真理子がくるのを待っていた。

「どうしても名田さんは同席するんですね」

と隣の光田に聞いた。

「仕方ないですよ」

二人は訳ありだからと囁き、光田は下卑(げび)た笑みを浮かべた。

「そのことだけど、あなたから報告されたとき信じられなかった。本当なんですか」

「男女のことは分かりませんが、夜遅く自宅を訪問する仲だってことは確かです」

「新しいビジネスのために、送り迎えをしてるだけかもしれないですよ」

夜遅くに女性の一人歩きは危険だ。由那があんなことになった上に真理子の身に何かあったら、ハッピーショッピーの管理責任が問われる。

「距離感ってのがあります。車から降りて、家の玄関までの僅かな距離でしたが、並んで歩く二人の距離。先生ならお分かりのはず」

「要するに見た感じってことですね」

「記者の直感、お疑いですか」

光田の質問に答えようとしたとき、ドアがノックされた。正太の大きな体が現れ、その陰に小柄な真理子が見えた。

「本宮先生？」

正太が顔を突き出して、立ち上がった慶太郎を見た。

「驚かれるのも無理はない。光田さんに取材をお願いしていたのは私なんです」

「どういうことなんですか」

正太は真理子を席に着かせると、自分も椅子に座った。

「小倉さんの友人として、彼女の自殺に否定的だったことは、すでにご存じですね」

由那の部屋を整理しているとき、慶太郎と垣内刑事とのやり取りを正太は聞いていた。

「けど、何で新聞記者を」

「ひとの命に関係する事柄です。正確な判断を下すためには、多くの情報を得る必要があった。一介の医者の調査などたかが知れてますので」

光田とはこの件で初めて知り合い、互いの利害が一致したと言った。

「利害って。こっちはえらい損してるのに」

正太の左の頬がピクリと動いた。

「名田さん、私は小倉さんのことがもっと知りたい。ただそれだけなんです。その結果、例えば小倉さんに不利な事実が出てきたら、それはそれで受け止めて、彼女のお姉さんにもそのまま伝えます。このお店を糾弾するつもりなど毛頭ありません」

「そんなん信じられませんね」

正太は光田に視線を向けた。

「信じてもらう以外ないです」

光田がカーナビのような機械的な言い方をした。

「もう勝手にしてくれ」

正太は体ごとそっぽを向いた。

正直なボディーランゲージだ。これまでの言動から判断して、この体型に多い躁うつ気質のようだ。基本的に温厚で優しいが、感情の起伏は激しい。

いまもそうだが、部屋に入ってくるとき、我々の視線から真理子を守ろうと巨体を利して盾となっていた。光田が言うように、正太の真理子への想いを感じないでもない。

慶太郎は真理子に目を転じる。顔立ちは素朴な印象だが、引き締まった口元、テーブルを見つめる鋭い目に意志の強さを感じさせた。白を基調とした清潔なシャツ、まとめ上げた髪、短く切った爪に食品を扱う気構えもある。

「初めまして、駅近くで心療内科クリニックを開設してる本宮慶太郎と言います」

真理子が会釈で応える。

「小倉さんがいなくなって一番困っていらっしゃるのは、平岡さんではないですか。大変でしょう?」

正太にも聞こえるよう、慶太郎は大きめの声で言った。守りたいものへの気遣いを見せることで、正太の気持ちを和らげたかった。店に対立構造が存在するとすれば、彼から聞き出すしかないからだ。

「他の人に小倉さんと同じことを望むのは無理です。彼女は本当に優秀でしたから」

しっかりした声だ。

「小倉さんの持ち物の中に、何冊かのノートがありまして、そこにはあなたへの尊敬の言葉が綴られています」

「由那さんが私のことを」

真理子の眉が動いた。

「ええ。そこに記された内容で、平岡さんという方がどれほど食に対してこだわりを持っておられるかを知ったんです。今度は平岡さんの言葉で小倉さんを知りたいと思ってここにきました」

「由那さんが思っていてくれるほど、私は立派ではありません。それにうちに招いてご飯を食べることがあっても、プライベートな話はほとんどしてないんです」

つい新しいレシピの話になってしまうのだ、と真理子は苦笑いした。

「仕事の話で結構です。特に食品ロスについて、どういった考えを持っていたのかが知りたいんです。ちょっと待ってください」

慶太郎は由那のノートをテーブルの上に置く。付箋を貼った場所を開き、これらは創作料理のレシピの欄外にあったメモだと告げて、ゆっくり読み上げた。

「『やっぱり凄いひとだ』『情熱がちがう』『あの舌には勝てない』『また残っちゃったか』『いたんでないし、美味しいのに捨てる、捨てる』『よだかのこころ』『もう分からないよ』『私のほうがまちがってるのかも』『おもしろ、おかしく、おろかしく』『可愛がって、育てて、殺しちゃう』『夢への一歩だと信じよう』『もしものことがあったら』『やっぱり限界だ』」

一拍おいて、慶太郎は真理子の表情を窺う。

「由那さんが、そんなことを書いていたんですか」

「見てください。付箋がつけてあるページです」

ノートを真理子のほうへ向け、差し出した。

真理子は、手を伸ばして引き寄せるとすぐにページを繰った。彼女の目はメインのレシピには目もくれず、欄外をせわしく動く。どの言葉を読んでいるのか、唇の動きで分かった。

「いかがです、何か引っかかった言葉がありました？」

咀嚼（そしゃく）するように黙読する真理子に、声をかけた。

「由那さんらしくない気がします」

「らしくないとは、どういう意味ですか」

「激しい感じ……」

ノートを見たまま、真理子は言った。

「こんな言葉遣いではないということですか」

「殺すなんて恐ろしいことを言う子やないです」

「気持ちの優しい女性だったってことですね。そこに『やっぱり凄いひと』『情熱がちがう』『あの舌には勝てない』っていうのはすべて平岡さんのことで間違いないでしょう」

「買いかぶりなんです」

真理子は激しく左右に頭を振る。それでも髪はほつれない。

「『いたんでないし、美味しいのに捨てる、捨てる』というのは、平岡さんならどう解釈します？」

「惣菜の消費期限は通常二十四時間くらいです。でもハッピーショッピーは店長の方針で十二時間に設定してあります。だから、残ってしまうと自分たちで食べたり、それでも追っつかない場合は……」

「廃棄されるんですね」

「それについては私も、由那さんも身を切られるような思いをしてきました。ここにあるよだかの話も、聞いたことがあります」

「宮澤賢治の童話ですね」

「そうです。私たちにできることはないかと、よく話し合いました。そして売れ残らないように美味しくする以外にないと。原価制限のある中、必死だったんです」

真理子が険しい目を慶太郎に向けてきた。

「それでも残る。もう少し期限を緩和してもいいいんじゃないか、せめて他の店と同じように。そうお二人は思っていた」

「はい。私も由那さんも、売れ残りを半値で譲ってもらいます。二十四時間以上経ってから食べることも、しょっちゅうあります。うちの子供も美味しい美味しいって喜んで食べてくれるんです。香辛料に工夫してるから風味もそれほど落ちていません。そんな惣菜が廃棄されると思うといたたまれず、専務に話を聞いてもらったことがあります」

そう言いながらも、当事者である正太のほうを真理子は見なかった。そのせいで真理子の顔が不自然に強ばっているように思えた。

「食品廃棄のことで、平岡さんから相談を受けてたなんて聞いてないですね」

光田が不満げに正太を見た。

「相談なんて受けてへん。ずいぶん前に愚痴を聞いただけや。そうやろ？」

座高が高い正太は、真理子を見下ろす。

「愚痴とはちがいます」

毅然として真理子が言った。

その様子に驚いたのか、正太の巨体が揺れた。イレギュラーに弱い性格が動作に露見している。深読みすれば、店でのいざこざには言及するなと口止めをしていたのかもしれない。

「愚痴いうのは言い方が悪かったけど、相談というほどでもなかった。なあ、平岡さん」

正太は語尾を強めた。

「私、廃棄をしない方法はないんですかって訊きました。それで専務は」

「平岡さん、よう考えて喋りや」

正太が大きな声で真理子の言葉を遮り、身を縮こまらせた真理子に向かって、

「小倉さんに関係ないことは、言わへんほうがええ」

と低い声で釘を刺した。

「小倉さんに関係ないことではありません、専務」

やはり真理子は、正太ではなく慶太郎のほうを向いて話す。

これは一種の拒絶を表す態度だ。光田が言う訳ありの仲だとすれば、二人の演技ということも考えられる。ただ、正太の驚き方は芝居には見えなかった。専門家を欺すほどの演技力の持ち主でない限り、いまの二人の関係には亀裂が生じていると言える。

「平岡さん、ちょっと」

正太は立ち上がりざまに、真理子の腕を取った。

真理子はつり上げられ、そのまま立たされる。

「専務、痛いです」

「話がある、表に出よ」

二人は初めて向かい合った。

「専務。話やったらここでしてください」

真理子は手を振りほどく。

正太は真理子の耳元に顔を寄せた。

「夢が消えてもええんか」

囁き声だったけれど、慶太郎の耳には確かにそう聞こえた。

真理子はじっと正太の顔を見つめたまま黙った。唇に力が入っているのが分かる。

ハッピーショッピーの食品廃棄を請け負う熊井産業と正太が、真理子を巻き込んで新しい商売を始めようとしていることは、光田から報告を受けていた。そのことと真理子の夢は関連しているのか。

「お二人とも座ってください」

慶太郎が声をかけ、

「夢という言葉が聞こえたんですが。どういうことです？」

と正太に訊いた。

「そんなことまで言わんとあかんのですか」

憤然として正太は椅子に座り直す。

「いえ、小倉さんも夢を持ってこちらで働いておられたようなので。彼女が師と仰ぐ平岡さんの夢ってなんだろうと興味を持っただけです。やっぱり惣菜に関することなんでしょう？　小倉さんと同じように」

正太の視線を無視して真理子に訊く。

その際、慶太郎は本来なら食に関することと言うべきところを、惣菜と言い換えた。真面目な性格の持ち主は、間違いを訂正したいという欲求が強い場合が多い。こだわりのある事柄であればあるほど、その欲求は強まるはずだ。真理子が由那の夢を知っていれば、必ず反応する。

「いえ、惣菜ではなく……」

と、すぐに真理子が訂正してきた。

「惣菜ではない？」

慶太郎は首をかしげて見せる。

「そうです。由那さんには、駅弁のプロデュースをするという具体的な夢がありました。そのために料理研究家になりたいと。由那さん、大阪の食品会社に勤めていたときの上司といろいろあったみたいで、その人が東京にいるんだそうです。日本一売れるお弁当を作って、その男性に自分の味を認めさせたかったんです」

由那には、自分の力を認めさせたいと思う人物がいた。

食品会社の男性上司――。

山梨の白波瀬友紀子が「片思いの方がいます。けれど、その方とのことはもう吹っ切れてるはずだから、それが原因で自殺なんて、絶対ありません」と言っていた。男性上司が、片思いの相手だったと考えるのはあまりに短絡的だろうか。

どんな事情があったのか分からないが、恋愛は成就しなかった。しかしその相手に自分の力を認めさせることを目標にしたから、友紀子は自殺はあり得ないと言い切れたのではないか。

「その夢、あなたはどう思います？」

「由那さんなら実現できると、私も応援してました」

冷えても味が落ちない工夫を惣菜作りから学びたいと、由那はよく口にしていたという。

「お弁当のおかずを想定していたんですね」

「由那さん、冬でも冷えた惣菜をレンジで温めずに食べて、自分の舌で味を確認してました」

「目標があり、それに向かって日々研鑽できる環境があった。側にはあなたという尊敬できる師匠がいる。そんな状況で、由那さんが自殺すると思いますか」

「ない、と思います」

そう言ってから、真理子は自分の言葉を飲み込むように、もう一度深くうなずく。

「でも、遺書めいたメモを遺して亡くなりました」

慶太郎は、透明の袋に入った由那のメモの現物を真理子に手渡す。由那の姉、麻那から借りたものだ。

「またそんなもんを」

そっぽを向いていた正太が、短い首を精一杯伸ばして覗き込んで漏らす。

「由那ちゃん……」

真理子の手にある袋が揺れたかと思うと、強く閉じた目から涙が流れ出した。

真理子がハンカチで涙を拭うのを待って、慶太郎は声をかけた。

「お辛いですね。警察からも見せられたと思うんですが、どうしてもここに還らざるを得ません。この文面があるから警察は自殺を有力視しました。それで、最も身近にいた平岡さんに確認したいんです」

「私で分かることでしたら」

とハンカチを頬を当てたまま、真理子は袋をテーブルに置いた。

「まずはこのメモ用紙ですけど、調理場で使っているものですね」

「そうです。材料や分量、加熱時間をアルバイトやパートさんに伝えるために調理場のボードにベタベタと貼ってます」

「これ、広告の裏ですね」

「それはうちの売り出し広告。新聞折り込みや」

「専務、いまは平岡さんに尋ねてますので」

慶太郎の注意に、正太はまたそっぽを向いた。外向型の正太は、考えるより先に言葉が口をついて出るようだ。それに反して内向型の真理子には、考えをまとめる時間が必要になってくる。

「日常的にメモとして使っているもので、間違いないですね」

真理子は唇を軽く嚙み、うなずいた。

「次に内容です」

そう言ってから、

「『もう限界です。これ以上は耐えられません。ただ自分が楽になりたいだけじゃなく、支えてくれた人たちのために決心したんです。覚悟を決めて今日のうちに行動に移します。迷惑をおかけすることになるかもしれませんが、私の気持ちを分かってください　ゆな』」

と慶太郎は諳(そら)んじている文言を口にした。

「文面を覚えていらっしゃるんですか」

「何度も読んでいますからね。平岡さんは、この文面をどう思います?」

「刑事さんから見せられたときも言ったんですけど、由那さん、相当思い詰めているなと思いました。同時に強い覚悟を感じます」

真理子はテーブルのメモを見つめる。

「その覚悟ですけれど、『今日のうちに行動に移します』とあるんですが、この行動を警察は自殺だと解釈した。平岡さんはどう思いますか」

「自殺なんかするはずないと思ってます。ですが、この『行動』が意味するところは、私にも見当がつきません」

真理子はまた下唇を軽く嚙んだ。

「このメモは、読むであろう相手を想定しているように見えます。文面から察するに、これまでに辛いことがあったんだけれど、それを相談していたのか、それを知っている相手だ。だから、『私の気持ちを分かってください』と念を押した」

「先生は、私に宛てたものだとおっしゃりたいんですね」

「そうとしか考えられない。そしてあなたと小倉さんの共通の悩みは、食品廃棄の問題だということになる。もし遺書だとすると、送る相手は最も尊敬する平岡さんの他には考えにくい。文面を見たとき、あなたもそんな気がしていたんじゃありませんか」

両手でハンカチを握りしめる真理子の手が震えていた。

真理子の答えを待たず慶太郎は続ける。

「問題は、これが遺書ではなかったとしたら、どうなるかということです。小倉さんが何者かに殺害されたということになる」

もしメモがなかったなら、誤嚥事故の可能性も警察は考えただろう。それだけこの粗末なメモが重要な役割を担った。

「犯人にとってこれほどありがたいものはありませんよ」

「犯人がメモを書いたっていうんか」

正太が大きな顔を慶太郎に近づけた。

「警察はすでに小倉さんの筆跡であることは調べていますから、本人が書いたものに間違いないでしょう」

黙っていられない性分の正太に、仕方なく慶太郎は答えた。

「小倉さんの字です。彼女の文字はよく見て知ってますから」

真理子は強い口調だった。

「そないなもん、どうやって手に入れたんや。まさか脅して書かせた……」

と正太はメモに視線を注ぐ。

「それは分かりません。ただもし犯人が強要したのなら、もっと遺書らしくすると思います。こんなチラシの裏ではなく、封書にするとか」

「そらそうや。もっと自殺やと分かるように、はっきりした文面にするわな。先生らが疑念を持たへんように」

「そうなると、このメモの意味するところは何なんだろうということになります」

明確に自殺を装うために用意されたものではなく、その場にあったものを利用しただけなのではないか。

「私は、メモ以上でもそれ以下でもない、と考えました」

「調理場にあったもんを、犯人が持ち出したちゅうんですか」

「とは限りません。小倉さん自身が持っていたか、ちょうど書き終えたところだったのか、とにかく小倉さんの部屋の卓袱台の上にあった」

「じゃあ、偶然だと？」

「そういうことになりますね。犯人の機転に警察も騙されたんです」

「おっそろしいやっちゃな」

正太は息を吐いた。

「メモをメモとして見た場合、気になる部分があるんです。まずここにある小倉さんの決心とは何だと思います？　平岡さん」

黙って慶太郎と正太のやり取りを聞いていた真理子は、

「それは……たぶん」

と言ってから、なぜか黙ってしまった。うつむき何度も目をつぶるのは、頭の中でさまざまな考えを巡らせている証拠だ。間違いを放置できない真理子の性質を再び利用することにした。

「話したくないことなら、無理にとは言いません。代わりに、私が勝手に想像したことをしゃべりますね。ちがうと思ったら遠慮なく指摘してください」

慶太郎は由那のノートを再び開く。

「ここに記された『よだかのこころ』が象徴するように、あなたも小倉さんも、食品ロスで悩んでいた。生き物の命をいただいていることを考えれば、傷んでもおらず、味も変わっていない料理を、ただ十二時間経ったからといって廃棄されるのに我慢ならなかった。一方で店の方針があり、万が一食中毒を出したら、お客様に申し訳が立たない道理も理解できる。まさに板挟み状態だったんですね。ここからは想像です。ことに師匠であるあなたが苦しんでいる姿を見たくなかった。だから店長に進言しようと決心した」

「正社員の私でも、お店の方針に口出しできないのに、ですか」

「いや、言えないからあなたは苦しんでいたんでしょう？　それが小倉さんには耐えられなかった」

「私のために……」

「店の方針と合わへんのやったら、ここを辞めたら済むこっちゃないですか」

正太が投げやりな口調で言った。

「困ります、由那さんに辞められたら」

「ええ？」

「それは専務もよう分かってるはずです」

真理子の声がうわずった。

「そらそうやけど」

「店にも、やろうとしてることにも必要なひとでした」

真理子が正太を睨んだ。

「そやから、そのことは……」

正太が眉を下げ、唇を人差し指で押さえる。

そのときまた真理子は唇を嚙んだ。どうやら癖になっているようだった。

慶太郎は研修医時代に、精神科のグループカウンセリングの現場に何度か参加したことがある。そのときの先輩医師のように、成り行きを見守ろうとあえて口を挟まなかった。

しらけた空気に不安を覚えたのだろう、

「あの名田専務、いま店長はどこにおられるんですか」

と光田が訊いた。

「何でそんなことを？」

「ここにきたとき事務所を覗いたんですが、姿がなかったもので」

「今日は終日、仕入れ先の農家さん回りをしてます。親父には、こんなとこ見せられへんさかいね」

正太はへの字口をして、会議室内をざっと見回す。

「そうですか。なら大丈夫だ」

光田が独り言のような言い方をした。

「何が？」

「熊井さんのことですよ」

「あんた、それは約束違反やで」

正太は光田を怒鳴り、目は慶太郎をとらえていた。

「本宮先生なら、大丈夫ですよ。職業柄、秘密保持が身に染みてるはずですから」

そんな光田の言葉を受けて、ようやく慶太郎は話す。

「光田さんから話は伺ってます。熊井産業さんと専務が懇意にされていると聞いて、惣菜部の二人が食品ロスに胸を痛めていたことと結びつけると、いま平岡さんがおっしゃった、小倉さんにやめられたら困るという言葉の意味が見えてきます。小倉さんも熊井さんのプラントで作業をされていたんですね」

「ああ、もう、おしまいや。何でこんなことになるんや」

正太は立ち上がって、両手で頭を抱えた。

「名田さんと熊井という方が、どんな商売をしようと関心はありません。私が知りたいのは、小倉さんがどう関わっていたのかです」

慶太郎は、正太に腰掛けるよう促した。

不承不承座り、貧乏ゆすりを始めた正太に、真理子が訊いた。

「専務、もう話してしまってもいいのでは」

「あかん。そんなことしたら、ほんまにすべてがおじゃんになる」

と正太は取り付く島もない。

「けど、由那さんは、私のために」

「親父に進言したって言うんか。そんなこと僕は親父から一言も聞いてない」

「それは専務も私らと同じ考えやと、店長が知ってるからとちがいますか」

真理子が食い下がった。

「確かに食品廃棄の問題では、僕と親父は考え方がちがう。そやけど小倉さんから何か言われてたんやったら、いくらなんでも専務の僕に言うはずや。食品を扱ってる店でこのことに無関心な経営者はない。どこもギリギリの薄利でやってるんや。捨てることには、凄い抵抗がある」

二人の話を聞くうち、正太が何を企てているかが、徐々に見えてきた。十二時間での廃棄処分には反対の立場をとりながら、廃棄業者の熊井と連携し、そこに惣菜部の真理子が絡んでいる。だとすると廃棄予定の食品を再加工して流通させようとしていると、容易に想像がつく。

少し前に廃棄処分された食品が流通したことがあった。横流しした会社の代表者も転売した業者も、詐欺罪や食品衛生法違反などで有罪判決を受けている。そんな危ない橋を正太は渡ろうとしているのだ。しかも憎からず思っている真理子を巻き込んでいる。彼の性格からして、そこまで大胆な企みができるとも思えない。

光田の話では、熊井産業の名を出したとき、正太はかなり動揺していたという。おそらく廃棄食材の再加工の件は、熊井が主導権を握っているにちがいない。

熊井は海千山千の経営者だと光田は言う。熊井が世間を騒がせた横流し事件と同じ轍を踏むはずはない。発覚しない何らかの手立てを施し、草創の苦労を知らない二代目が、その熊井の話に乗った。

危ない話であることを承知で熊井と手を組んだ正太にも、それ相当の覚悟があったはずだ。そうまでしなければならなかった正太もまた、悩める一人の人間だったということか。

そう思いながら、彼の隣に座る真理子に目を転じた。背筋を伸ばし、凜とした佇まいに優しさと強さを感じさせる。体が大きい正太は子供のようにうろたえ、小柄な真理子は母のようにどっしりと構えているように映った。この部屋に入ってきたときと正反対で、主客が入れ替わっている印象だ。

「名田専務、あなたも平岡さん同様、お父さんとの板挟みで辛かったでしょう。しかし専務としてなんとかしなければならなかった。そうですね？」

クライエントを前にしているような穏やかな口調で慶太郎は訊いた。

ですさかい」

「板挟みは、なにも食品ロスのことばかりやあらへん。値引き競争は常にせめぎ合い

一円でも安くしないと他店に客をさらわれる。安くするには仕入れ値か、利益を削るしかない。結局、店はいつも泣く、と正太は不満をぶちまけた。

「それではお店も、専務も疲弊してしまいますね。疲れ切った状態のときに、熊井さんから食材の再利用を持ちかけられたんじゃないですか」

「その話はしません」

正太の首の振り方は激しかった。

「光田さんも言ったように、秘密は守ります。それ以上に私が守りたいのは、専務のように疲れ切った人の心なんです」

「僕は病気やないですから、お構いなく」

「誤解を恐れず言います。現代人の心は、どこかしら病んでいる。病名のない疾患を抱えて生きている人が多いと私は思います。それは私もだし、ここにいる光田さんも、さらに専務のお父さんも」

「親父の病は頑固なところですわ」

「そのお父さんを相手にしなければならない専務は、いっそう頑なにならざるを得なかった。廃棄する食材を平岡さんや小倉さんの料理の腕によって蘇らせる。そしてあ

らたに流通させようとした。そのために平岡さんも、その右腕だった小倉さんも必要な人材だった。ちがいますか」

「この前も光田さんに言いましたけど、もう勘弁してください」

正太は弱々しい声を出した。

「先ほどお目にかけた小倉さんのノートの欄外にあった言葉ですが、概ね時間軸に則って書かれています。時間経過とともに心の変化をメモしたんだと思っていい。『よだかのこころ』の後に『もう分からないよ』『私のほうがまちがってるのかも』とあるんですが、またその後に『おもしろ、おかしく、おろかしく』『可愛がって、育てて、殺しちゃう』『夢への一歩だと信じよう』と続く」

『よだかのこころ』が、食品ロスに悩む由那の心境だとすれば、その方法についてどうすればいいのか分からなくなったとき、正太から熊井産業との仕事に誘われた。ところが今度は本当にそれでいいのか、もしや間違っているのでは、と迷い始める。揺れ動く気持ちを振り払うように、それが『夢への一歩だと信じよう』としたのだ、と慶太郎は言った。

「これらの言葉から察するに、小倉さんは食材の再利用を手放しで喜んでいたわけじゃないってことですよ」

「そんなはずない。あの子も納得してたはずや」

「やっと、小倉さんも再利用に巻き込んでいたことを認めてくれましたね」

正太に向かって微笑んだ。

「無理に巻き込んだんやない。そうやな、平岡さん」

助け船を請うような目で正太は真理子を見る。

「先生がおっしゃるように、諸手を挙げて賛成はしてませんでした。でも、由那さんが書いてるように、夢への一歩だからって、お互いに納得させてました」

「そうですか、お互いに……では平岡さん、あなたの夢はなんですか」

「専務さんからは、私の味をブランド化させたいって言うてもらってます。そうなったらいいなと、思ってるんですが、本当は……」

「なんや、ちゃうんか」

正太には告げていない夢があるようだ。

「本当にやりたいことは何ですか」

慶太郎に促され、

「病院向けの冷凍食品を作る会社をやりたい、思てます」

と真理子は思い詰めたような目をして言った。そして、ハッピーショッピーの惣菜部の味を作ったという井東サワの名を出した。七十一歳のサワはたまにしか店に顔を出さないが、いまも味の監修をしているという。

「サワさんが私の師匠です。そのサワさんがおととし足を骨折して入院したとき、病院の食事がよくないと嘆いてました。これでは治す気力が出ないって」

真理子は献立を確かめ、調理する人にも話を聞いた。すると予算が限られていて、これ以上は難しいという返答だったそうだ。

「私も大学病院の現状はよく知っています。以前から栄養士が困ってました。患者に必要な栄養も確保しづらいと」

「だから廃棄される直前の食材ならコストが削れますし、美味しく再調理したものを冷凍すれば価格も安定するんじゃないかと考えたんです。いまの献立に一、二品加えられればずいぶん変わるはずです」

「確かに病院も助かるし、美味しい食事は、サワさんが言うように治ろうとする気にさせてくれます。なるほど、それで専務の話に乗ったんですね」

「それでも、廃棄したものの横流しは違法ですし、店長に隠れて熊井さんのプラントに行くことに後ろめたさが付きまとってました。何より、食べた人に何かあったらと心配で」

「小倉さんもあなたと同じ気持ちだった。『もしものことがあったら』と記し、亡くなる直近に『やっぱり限界だ』と」

慶太郎は再びメモの入った袋を手にし、

「そして、このメモの『もう限界です。これ以上は耐えられません』につながった」

と静かに言った。

「ちょっと、ちょっと待ってくれ。どっちの味方や」

正太の体は、完全に真理子に向いていた。

「専務さん、敵も味方もありません。私も由那さんもほんまにいつやめようかと、ギリギリのところで熊井さんとこに行ってたんです」

真理子は互いの夢がなかったら、もっと早い段階でプロジェクトから離脱していた、とつぶやき、やっぱり口を一文字に結ぶ。何かの意思表示か、本音を口にするときに現れる身体反応なのかもしれない。

「いまさらそんなこと、それじゃ後出しじゃんけんや。メーカーからの高い評価を喜んでたんとちがうんか。僕はあんたが喜ぶ顔が見とうて、親父に隠れて頑張ってたところもあるんやで」

「すみません。評価されたことは、ほんまに嬉しかったんです。由那さんも自信を持ったようでした」

「小倉さんが使った『限界』という言葉ですが」

慶太郎は、真理子と正太の二人に言葉を投げた。

二人は同時にこちらを見る。

「専務のやっていたことなのか、店長の方針なのか、それともまったくちがう事柄に対してなのか。それによって意味合いがちがってきます。メモが遺書でないにしても小倉さんが実際に書いたものである以上、彼女が何に限界を感じていたのかが、この事件を左右する」

「つまり犯人を特定する材料になり得るということですか」

と、慶太郎に訊いた光田の目がぎらついた。

「あかん、そんなこと認められへん。僕か、親父かのどっちかが犯人やと言うてるようなもんやないか」

正太は光田に噛みついた。

「なぜです？」

慶太郎が訊く。

「なぜって、どっちが小倉さんに、もう限界やって言わせてたかってことですやろ。ほんでそれが遺書やない、つまり自殺やない言うんやったら、そういうことになるんとちがうんですか」

「いえ、私はそうは思いません」

「そんなん嘘や。先生は何を企んではるんですか」

正太は興奮して赤ら顔だ。

「企む、私が？」

「患者のためやとか、小倉さんのお姉さんに頼まれたとか言うてますけど、どこから費用が出てますんや。その上、僕のことも救いたいって何ですか。ええ加減、ほんまの目的を白状しはったらどうです？」

正太は真理子のほうに体を向けたまま、横目で慶太郎を睨んだ。

正視しないのは心の弱さを示している。しかし正太は、この場から逃げ出すどころか、慶太郎を貶める反撃に出た。これは慶太郎が不気味な存在であるにもかかわらず、身の危険を感じるほどの恐怖はない証拠だ。人を殺めた人間なら、恐怖心が表情やしぐさに表れるだろう。

正太を犯人から外してもいいかもしれない、と思ったとたん、慶太郎の顔が緩んだ。

「何が可笑しいんですか。僕は真剣に話してるんや」

「失礼、不謹慎でした。謝ります」

「何ですか、いったい」

正太は首を突き出し、目を細める。

「私は、ある患者のために、小倉さんの死の真相を調べています。ただそれだけです。あなたが勘ぐるような商才は私にはありません。それに人の不幸をお金にして、私腹を肥やそうなんて、これっぽっちも考えてません。古い人間なんでしょうね、そんなことをすると必ずバチが当たると信じてますから」

「一円の得にもならへん言うんですか。そんなんおかしい」

　正太はしつこく慶太郎に絡んだ。

「お金も大事だけれど、それよりも健康のほうがもっと大事です。その健康も心によって不調をきたす。つまり心こそが一番大切なんじゃないか、と思ったから私は精神科の道を進んだ。もっと言えば、人生の幸不幸は心が決める。大学病院に勤めていたとき、脳梗塞で右半身に後遺症がある婦人のカウンセリングをしたことがあります」

「何の話や」

「まあ辛抱して聞いてください。その方、体だけではなく、左脳にダメージを負っていたため言葉を失っていました。けれどその婦人は、よちよち歩きの体で病室を抜け出し、地下にあった売店へ行くんです。そこでお菓子を買う。それを持って、病院で知り合ったばかりの人たちを見舞うために幾つもの病室を渡り歩くんですよ。転倒でもされたら大変ですから、見つけた看護師たちはやめさせようとした。けれど彼女はやめません。ニコニコ笑って、お菓子を持って行こうとする。不自由な体、意思を伝えようにも言葉が出てこないのに、婦人はけっして落ち込まない。驚くほど明るいんです。もっとびっくりしたのが、お菓子をもらった患者が明るくなったことだ。言葉は話せなくても、ご婦人の励ましたいという気持ちは、きちんと相手に伝わっていたんです。それが心というもんなんですよ、名田さん」

　慶太郎は正太の顔に目をやり、

「私にはクライエントを自殺によって失った経験があります。話を聞き診断して、場合によっては薬による治療をしますが、それだけでは、本当に苦しんでいる人の力にはなれない。それこそ限界を感じたんです。自分は精神科医、心療内科医として、いや人間として価値がないと思った。そう悩んでいたとき、いま言った女性に出会ったんです。その人のお陰で、もし自分に価値があるとすれば、目の前の悩む人に寄り添い、その人に応じたやり方で、何があっても励ます医師として生きたときだ、と思えるようになった」

　と続けた。

「いまここで、先生の信条を語ってもろても、犯人呼ばわりされてる身には何も響きまへんわ」

　正太は、やはり視線をそらす。

「とにかく私には何の企みもない、そのことを分かってほしいんです。それにもし、あなたが犯人だとすれば、秘密を暴露されることを恐れての犯行だと推測できます」

　廃棄するはずの食材を再利用していることが世間に知られれば、ハッピーショッピーは立ちゆかなくなる。当然熊井産業にも影響が出るだろう。内部告発をした由那もある程度の損害は被るだろうが、正太やハッピーショッピーに比べればそれほどでもない。そう考えると、由那は相当な危険因子だ、と慶太郎は言った。そしてすぐに、

「確実に口封じをしなければならないはずです」

「あんまりや。あのな、先生、僕にかて心はあるんや。いくらなんでも人を殺してまで商売しようなんて思わへん」

　正太は泣きそうな顔で言った。

「落ち着いて最後まで聞いてください、専務。小倉さんの死因について、私と垣内刑事が話していたことを思い出していただけませんか」

「アレルギーがどうのと言うてたやつですか」

　由那の部屋でのことを思い出そうとしているのか、正太は天井を仰ぎ見て目を瞬かせた。

「アナフィラキシーショックです。私は垣内刑事に、その死因に疑問があると言ったんです。確かに小倉さんは口にした毒によって亡くなった。しかしそれは毒性によってではなくアレルギー反応によるものでした。ただしアレルギー反応によって死んでしまう確率は極めて低い。確実に口封じしたいと思う犯人が、そんな綱渡りはしない。そう思いませんか」

「それは、僕が犯人やないって言うてはるんですか」

正太は訝るような目を向けてきた。

「熊井さんとの企てに小倉さんを巻き込んだ事実は、絶対に表沙汰にできない秘密だった。秘密が重大であればあるほど、彼岸花から抽出した毒での犯行は見合わなくなる。それが今日の私の収穫です」

「なんや、ええことなんか悪いことなんか分からへんけど、僕は疑われてないんですね。ほな親父が……」

「店長は第一発見者ですから、最も疑われる立場です。それは間違いない。けれど、小倉さんのメモの内容を見れば、さきほど専務がおっしゃったように、もう限界だと言わせた人間が関係していることがすぐに分かる。店長が犯行に及び、第一発見者を装ったとすれば、そんな危ないメモを放置するとは考えにくい。たとえ自殺だと見せかけるためだとしても、店の得にはなりません。それに方針とちがうくらいのことなら、辞めてもらえば済むことでしょう？」

「経営方針のちがい以外に、別の理由があったのかもしれませんよ」

光田が横やりを入れた。

「小倉さんと店長との間にもっと大きな問題があったとすれば、専務同様、不確実な毒性に頼ったことがうなずけません」

「そうか、なるほど。隠蔽したいことの重要性と毒性は比例するってことですね」

光田がペンを走らせながら、うなずいた。

「そういうことになります」

「では本宮先生、小倉さんが飲んだ毒は、自殺にも他殺にも不向きだったたってことになりませんか」

「ええ、死ねない毒だったたってことです」

「それは不思議な話ですね。事実小倉さんは命を落とし、遺書めいたメモが残され、さらに部屋の内側から鍵がかかってたんですから」

光田は、警察へのその後の取材で、部屋内部のドアノブには店長と由那の指紋しか付着していなかったことが分かったことに触れ、

「発見者の店長が犯人でないとすれば、ドアをしめて内側から鍵をかけたのは小倉さんだということになりますよ」

と慶太郎の耳元で言ったけれど、真理子や正太に聞こえるような大きな声だった。

「それじゃあ垣内刑事としても？」

「捜査の続行は難しいでしょう。先生には自分から事の次第を報告すると言ってました」

「ますます急がないといけませんね」

「自殺でないのなら、ね」

そう言う光田の言葉にうなずくと、慶太郎は真理子に目をやる。

「小倉さんに付きまとっていた男性を知っていますね」

「知ってます。相談を受けてましたから」

「困っていたんですよね。具体的にはどんな感じだったんですか」

尾藤から直接聞いた思いや行動と、由那が感じていることの差異を確認しておきたかった。

「まず毎日、惣菜を買いにきては、何時間も由那さんを見つめているんだそうです。だからその男性がいないことを確認して、由那さんは行動するようになっていました。でもいつも視線を感じると言って、怖がってました」

「平岡さんから見て、どんな印象の男性でした？」

やはり知らないふりで尋ねる。

「見た目は真面目で温厚そうな男性です。たぶん本当に几帳面なんだと思います。結婚を前提とした釣書を持ってきて、自分の住所とか勤め先を知らせてくるんですから」

真理子は尾藤という人物を知る経緯を話した。ただ彼女は尾藤の名前は出さなかった。お客の秘密を簡単に口外するタイプではないようだ。

真理子の抱いた尾藤の印象は、慶太郎が彼を診たときのものと、さほどかわりはない。興味深いのは、尾藤が釣書を持ってきたことを、性急だがそれほど身勝手な行動だとは真理子が思っていない点だ。むしろ好意的に受け取っていた節がある。

「でも由那さんは恐怖を感じていた。それは付きまとわれていたからですね」

「それはそうです。ずっと付きまとわれている怖さは、女性なら男性の何倍にも感じますよ。気が休まるときがないって由那さん、困ってました。ただ私もよくなかったんです」

「というと？」

「その真面目さというのか、純朴そうな風貌に、まず私自身が気を許してしまったんです。それほど悪い人じゃないなんて……由那さんいろんな男性からモテるのに、恋愛の話があまりなかったもんやから。熱心に通ってくれるお客さんでもありますし、しっかりした会社に勤めてはるんで」

相手が真剣なら、きちんと話を聞いてあげてもいいのではないか、と助言したことがあった、と真理子がうつむいた。

「大企業の経理やってる人間ですわ。まず疑うんはそいつやって、僕が刑事さんに言うたん、先生も知ってますやろ？」

と、正太は得意げな表情だ。

「覚えてますよ」

慶太郎は軽く受け流し、真理子に訊く。

「その男性は店にきて小倉さんを見つめる。他にはどんな行動をとったんでしょう。知っていることがあったら教えてください」

「アパートにもやってきていたそうです。たぶん帰宅するところをつけられたんではないかと、由那さんは怯えていました」

「家を知っていた。で、それ以上は？」

「……ものが、動いてることがあったんだと言ってました」

真理子がもじもじして慶太郎を上目遣いに見る。

「部屋の中のものが、ですか」

「由那さん自身もはっきりしないようでした。でも状差しの手紙とかハガキを誰かが動かしたような気がするって。自分の勘違いかもしれないから、誰にも言わないでほしいと頼まれてたんです」

「そのことは誰にも言ってないんですね」

念を押すと、真理子はうなずいた。

「平岡さんの家族構成は？　これは答えたくなければ結構なんですが」

「そんなん答える必要あらへん」

正太がまた体を乗り出した。

「専務、かまいません。うちとこは、私と三人の子供の四人暮らしです。元夫とは別れて十一年が経ちます。離婚の原因も言わんといけませんか」

真理子が母親の顔になったように見えた。彼女は自分の夢だと言っていたが、子供たちのために正太の話に乗ったのかもしれない。

「いや、結構です。妙なことを伺って、すみませんでした」

慶太郎は謝ると立ち上がり、

「平岡さん、そして専務、今日はお時間を取っていただきありがとうございました」

と深々と頭を下げた。

3

「すみません、専務。ご相談が……」

夕方、事務所にいた正太のところに、三郎が血相を変えてやってきた。

「うん？　ここでは何やから、警備員室に行こか」

正太は、戻ってきた父親の顔色を窺いながら、三郎を連れて事務所を出た。

三分とかからない距離が、いまは遠い。光田や彼が何の断りもなく連れてきた本宮医師と別れた後、どっと疲れが出て、ただでさえ重い体に膝が悲鳴を上げ出した。

記者の陰に、心療内科医の存在があったとは――。

真理子は、ひと言もなく惣菜部へ戻っていったが、守ってくれなかった男に幻滅したのかもしれない。気持ちの行き違いは、ゆっくり話すことで解消するしかない。

正太は大きなため息をつくと、先に三郎を警備員室に入れてドアを閉めた。

「親父の前であんな声出してどないしたんや、びっくりするやないか。記者と医者が何か言いよったんか」

あの後二人が、非番だった三郎の自宅アパートを訪問することになっていた。立ち会うつもりだったけれど、気力を失ってしまったのだ。

「僕を疑ってるみたいなんです」

そう言う三郎の顔色はまだ回復しない。

「あいつら、誰でも疑ってかかりよるんや。そんなもん気にすな、サブちゃん」

「そう言いますけど、専務。由那ちゃんを殺したって疑われるだけで、吐きそうになってしまって、何を言ったのか半分覚えてないんです」

「おいおい、サブちゃん。探偵気取りやったときと、えらいちがうな。しっかりせえ」

正太は椅子に座るよう促した。他人のことになると余裕が出るものだ、と思いつつ腰を下ろし、

「何を訊かれたんや」

とふんぞり返った。

「はじめはあのストーカーのおっさんのことを訊いてきて……そのうち小倉さんとは親しかったのかって」

三郎はシナリオライターになる夢を抱いていて、夢を追う者同士、互いに励ましあっていたと話した。

「医者のほうが、小倉さんに付きまとっていたのではないのかと言うんですよ。僕をストーカーだと言う人間もいる。それに、小倉さんが僕のことを歯牙にもかけない態度をとっていた。その様子を見ていた人がいるって」

「それは、ほんまなんか」

「そんなわけないっすよ。でも頭に血が上っちゃって、僕には何でも悩みを話してくれて、信頼もされていたんだって言っちゃったんです」

三郎は落ち着きなく、髪の毛を触る。

「別に問題ないんとちがうか」

「医者が、自分が嫌われていると言うストーカーはいない、部屋が目の前なんだから、小倉さんの行動パターンもよく分かっているねって、笑いやがった」

「サブちゃんが、小倉さんにフラれた腹いせに殺害したっていうことか」

「そう言いたいんでしょうよ」

そのうち本宮医師がムーミンの話を持ち出したのだという。

「小倉さんはムーミンが好きだったようだが、それを知ってるかって訊いてきました」

「小倉さんがここで調べてたやつやな」

正太は三郎の目の前にあるノートパソコンを見た。

由那は、三郎のパソコンを借りて、ムーミンに出てくる台詞を調べるために、インターネットにアクセスしていた。その由那が残したコンピュータのアクセス履歴を、三郎は調べてくれた。それによると、亡くなる一週間前に開いていたのが、スナフキンの台詞などを掲載したホームページだった。

「ムーミンの中で、特にスナフキンというキャラクターが好きだったことも知っているのかって訊かれたんで、『本当の勇気とは自分の弱い心に打ち勝つことだよ。包み隠さず本当のことを正々堂々と言える者こそ本当の勇気のある強い者なんだ』とスナフキンの台詞を言ってやったんです。台詞はすっと覚えられる質なんで」

由那との関係が良好だったことを示したかった、と三郎は言った。

「それが間違いの元だったんです」

と強く目を閉じ、くしゃくしゃな顔をした。

「何で間違いなんや」

「その台詞、まさしく小倉さんが気に入っていたものだ。わざわざメモして職場のエプロンにしまっていたくらいだって、また医者が嬉しそうに言ったんです。そして、それを暗記してるなんて、この台詞について小倉さんと話したのかと質問されたんです」

「何と答えたんや?」

「仕方なく、ここで」

三郎も黒いパソコンに目を落とした。

「この部屋に入れたことを白状してしもたんか」

そのことを知った本宮医師は、由那がどんな思いでスナフキンの台詞をメモしていたのか、本人から聞いていないかと問うてきたそうだ。

「サブちゃんに……?」

「言葉に詰まってたら、職場に対する不満を聞いたことはないかと尋ねられたんです」

それについては何も訊いていない、自分たちは常に前向きな話をしていた、と三郎は答えたという。

「けどこの後、小倉さんの部屋の本鍵の在り処は知ってるねって」

「断定口調で？」

「そうです。だから知ってると言うしかなくて……最悪なのは」

三郎は背中を丸めて下を見た。

「何やねん、何があったんや」

「あの医者が、小倉さんの部屋に無断で侵入した人間がいると、僕を睨んだんです」

「アホやな、サブちゃん。相手は心療内科の医者や、いろんなこと言うて反応をみるもんやで。根も葉もない言い草に動揺せんでもええんや」

正太は思わず噴き出し、小さな悪戯を気にする中学生のような三郎の肩を軽く叩いた。

頭をかいて苦笑いする三郎を想像していたが、彼はうつむいたまま、固まっている。

「こら、サブちゃん。医者の前でもそんな態度とったんやないやろな。そんなんでは、はいその通りです、お許しをって言うてるようなもんやないか」

気持ちをほぐそうと軽口を叩いた。

「……………」

「サブちゃん、どうした？」

「あの医者、好きな人にきた手紙は気になるものね、と言った……」

三郎の声が震えている。

　正太は、真理子が本宮医師に言っていたことを思い出した。『状差しの手紙とかハガキを誰かが動かしたような気がする』という由那の言葉だ。

「ああ、それはな、さっき平岡さんがあの医者に言うてたことや。そやから、いちいち反応するなと言うてるんや」

　三郎の顔色がさらに悪くなり、額に汗をかいている。

「……えっ、サブちゃんお前。まさか、そんなこと……」

「専務、実は僕、由那ちゃんのこと好きだったんです。シナリオへのアドバイスが的を射ていて、自信がなくなったことがある。普通なら腹が立って、二度と読ませるかってなるのに、そうはならなかった。不思議に受け止められるんです、由那ちゃんの言葉なら」

「ほな、あの医者の言うストーカーは、サブちゃんやったんか」

　そう言いながら、正太は体の力が抜けていくのが分かった。

　内部の人間によるストーカー行為、不法侵入、そして——。もう店はつぶれると思うと、急に三郎が憎らしくなってきた。彼を信用して事件のことを相談してきた自分が、道化に思えた。

「ようも裏切ってくれたな」

　これ以上ここにいると、手を上げてしまいそうで、正太は椅子から立ち上がろうとした。

「待ってください専務。無断で由那ちゃんの部屋に入って、手紙を盗み見したことは認めます。本当に卑劣だったと反省してますし、専務に隠してたのも悪いと思ってます。でも、由那ちゃんを殺してなんていません。いまだに向かいの部屋に由那ちゃんがいないことが信じられないくらいなんです。信じてください、専務」

正太にすがりつかんばかりに、三郎は頭を下げた。

「ほんまに小倉さんを……」

「殺してません」

「今度は信じてええんか」

「信じてください」

三郎は何度も頭を下げる。

「ヒバリ結び、知ってたんか」

「警備員の研修で、いくつかのロープワークを教わったんです。岡本さんがそうしてるのもすぐ分かりました」

「小倉さんの部屋に侵入して、物色したんは手紙だけか。何か盗んだりしたんとちがうやろな」

「手紙と日記みたいなノートを覗いただけです。それ以外のものには手を触れてません」

「小倉さんのいるときに、部屋に入ったことはあるんか」

三郎は首を振った。

「入ったとき、手袋は？」

妙なことが気になった。

「指紋には気をつけました」

「あの医者に白状したんか」

「頭が真っ白になって、その後は何を言ったのか覚えてません。けど自分から認めるようなことはしてないと思います」

「ほな医者がサブちゃんの態度から、そうやと判断したところで、サブちゃんが小倉さんの部屋に無断で入った物的証拠はないんやな」

三郎を見下ろして、正太は言った。

「白を切り通すしかない、何があっても。僕はサブちゃんのことをもう一回信じるけれど、あいつらは、いや警察は信じない。サブちゃん、やつらは、犯人を絞ってきてる」

正太は、自分と父親とが容疑者リストから外れたことを三郎に話した。

「店長と専務まで容疑者にされてたなんて……それに犯人を絞ってるって、僕にですか」

床に膝をついたまま、三郎が正太を見上げる。

「平岡さんに話を聞くのは分からんでもないけど、何でサブちゃんにまでか、もう一つ理解できんかった」

「そのときから僕に照準を絞ってたって言うんですか」

「そうとしか思えん。いったい誰に目撃されてたんや。小倉さんが歯牙にもかけない態度をとってた。そんなこと、よっぽど観察してないと言われへんで」

「間違った情報ですけど」

三郎はムキになって言うと、前の椅子に座り直した。

「実際のところ、お前らどうやったんや」

「……何でも話せる仲ですけど、由那ちゃんには思う人がいて」

「サブちゃんは単なる友達ってことか」

「仲のいい友達」

「ややこしいこと言うな。小倉さんがサブちゃんのことを恋人と思てなかったんやったら、密告したやつの言い分も間違ってない。そいつがどこまで知ってるかやけど。誰かが部屋に入ったかも、と小倉さんが怖がってたことを聞いた時点で、あの医者は確信を持ちよった」

「それで僕に鎌をかけて、いっそう確かなものに」

三郎は少し冷静さを取り戻しているようだ。

「サブちゃんが小倉さんの部屋に侵入したことを認めたら、ジ・エンドや。彼らが垣内刑事に言いつけて、サブちゃんこれやで」

正太は両手首を合わせ、手錠につながれた格好をした。

「嫌です、そんな。いまシナリオコンテストに応募してて、ひょっとしたらひょっとするかもしれません。結構自信作なのに」

「そやから言うてるんや、絶対に口を割ったらあかんて」

「それで彼らは諦めてくれますか」

「時間は稼げる。本来なら自殺で終わってる話や、そんなに長いこと捜査もできんと思う。けど密告したやつが気になるな。サブちゃん心当たりないんか」

「……そんなん、ありません」

「そやけど、サブちゃんのことを観察してた。何でや。考えられるのは、たまたまそいつの前をサブちゃんがうろちょろしてたいうことや。つまりそいつの目の先には、別の誰かがいた」

「それじゃ見てたのは僕じゃなくて、由那ちゃん……？」

「まあ、サブちゃんがストーカーされるようなことしたんやったら別やけど。いや、歯牙にもかけないという表現は、小倉さん側に立った言葉や。うん、密告者は小倉さんを追いかけとったやつや」

「ああ……あのストーカーのおっさん」

三郎が大きな声で言った。

「そや尾藤や。あいつにちがいない」

正太は、以前この部屋で見た防犯ビデオに写る痩せた男が、得意満面に本宮医師に証言する姿を想像した。

「尾藤のおっさんが、僕を犯人に仕立てようとしたんですね。つまり、由那ちゃんを殺したのも」

三郎はそこまで言って言葉を呑み込んだ。

「どうした？」

「鍵の問題があります」

本鍵の紐の掛け方を知っているはずがないことをあげて、三郎は落胆のため息をついた。

「そんな気落ちすることか」

「それにアレルギーがあったなんて、僕も知らないことなんです。尾藤が知ってるわけない」

三郎の顔には嫉妬の色が差しているようだ。

「直接、尾藤に確かめてみようやないか。住所も電話番号も、携帯の番号かて分かってる」

「えっ、僕のためにそこまで。専務、ありがとうございます」

「うちの従業員にちょっかい出しよった尾藤に、腹が立つんや。大企業に勤めてるんやから、大人しいしてたらええのに。これサブちゃんと一緒で、ジェラシーかもな」

と正太は笑ったが、三郎は眉をひそめてこちらを見つめていた。

4

三郎との話を終えて、慶太郎が光田と共にクリニックに戻ったのは、夕方四時過ぎだった。診察室には五時からの診察に備えて準備をする澄子がいた。

「家内です」

名探偵ぶりを発揮することもある、と冗談めかして光田に澄子を紹介した。

「主人がいろいろご迷惑をかけてるみたいで」

澄子が丁寧にお辞儀をした。

「いえ、そんなことありません。こちらのほうが勉強させていただいてます」

「勉強も遊びも男性の特権じゃないですよ。私も仲間に入れてくださいな」

そう言って澄子は笑い、

「コーヒー淹れますので、どうぞ」

ソファーに掛けるよう促し、慶太郎の代わりに診察室内にあるコーヒーメーカーに豆をセットする。

「予約は？」

慶太郎は澄子の背中に聞いた。

「六時に、新患」

「そう、新患が」

久しぶりのことに慶太郎は声を上げてしまい、

「じゃあ光田さん、一時間くらいは話せます」

と咳払いして、対面の光田に言った。

「そうしていただけると、ありがたいです」

光田はノートを開いた。

「いろいろ分かってきたので、整理が必要になってきましたね」

慶太郎もタブレットを用意した。

「それにしても桑山三郎の動揺の仕方は、尋常じゃなかった。しかし彼が小倉さんをストーカーしてたのを目撃した人間がいたなんて。よく見つけましたね、先生。いったい誰ですか」

と光田がノートに突き立てたペンを持ち直す。

「守秘義務がありますから、ご勘弁を」

笑顔ではぐらかす。

「先生がそう言うところをみると、医療行為の際に知り得た情報だってことですね」

「それも言えません。ただ、あれはルール違反ギリギリでしてね」

「どういうことです？」

「目撃者の主観が入り過ぎていて、事実誤認がないとは言い切れません」

尾藤の三郎に関する発言には、多分に嫉妬心が含まれている。嫉妬は事実を歪める屈折レンズのようなものだ。それを伝聞の形をとったにせよ、さも事実であるかのような言い方をした手法は、医師として心が痛む。

「それで、先生の見解として、桑山はどこまで小倉さんの事件に関わっていると思われるんですか」

「スナフキンの台詞を暗記してました。桑山くんが相当小倉さんに好意を抱いていたことは確かでしょうし、好きな女性ができた男性ならごく普通の感情として、一分でも一秒でも一緒にいたいとも思ったでしょう。程度の差こそあれ、ストーカー行為に近いことをやるものだ。最も小倉さんの側にいて、彼女をよく知っている。それだけじゃないですか」

「しかし彼は不法侵入したんでしょう?」

「あの取り乱し方は、小心者の正直な反応だ。小倉さんの部屋に入ったのは、まず間違いないでしょうね。互いの夢を語り、励ましあっていたと言ってました。あの言葉は本当だと思うんです。励ますには、いま何に悩んでいるか、どんな問題を抱えているのか、もっと深く相手を知らないと、的確に助言もできない。彼は、もっと小倉さんのことを知りたかった。君の痛みはどこにある、君の喜びはどこにある、君の心はどこにある。恋心は、みんなを心療内科医にしてしまうんです」

「なるほど、そうですね」

光田は、コーヒーをテーブルに置いて慶太郎の隣に座る澄子に、目をやる。

「どうぞ、冷めないうちに。君の心はどこにある……この人、詩人でしょう?」

澄子が、茶目っ気たっぷりな笑顔で言った。

「おいおいやめろよ」

慶太郎は恥ずかしさを隠すように続ける。

「目の前に好きな女性の部屋があり、本鍵の在り処も知っていた。桑山くんは、イケないこととは知りながら魔が差したんでしょう」

慶太郎がコーヒーを口にすると、光田も澄子も同時に手を伸ばす。

「こうは考えられませんか。留守中に桑山が部屋に侵入して手紙なんかを物色していたことを、小倉さんが知った。桑山は詰問、いや罵られて凶行に及んだ。遺書めいたメモはカムフラージュするために現場に置いた」

光田がカップをソーサーに戻し、

「いかがです？」

と慶太郎の顔を窺う。

「光田さんが言うように、愛する女性から罵られて逆上するケースは多いですよ。可愛さ余って憎さ百倍っていう感じでね。ことに自分でも破廉恥で悪い事だと分かっていて、軽蔑されたときは、なおさら破壊的で暴力的な衝動に駆られます。その場合、自分の行為を正当化するために相手を服従させようとする。たいがいは力による支配です」

「毒なんて使わないってことですか」

「もし毒で口封じがしたいのなら、また弱毒性の問題に突き当たってしまいます」

「強い毒だ、と信じてたのかもしれないじゃないですか。彼岸花にもトリカブトのような猛毒があると」

「いまはネット社会です。本気で人一人の命を奪いたいのなら、必死で調べるはずだ」

「……名田親子も桑山も除外となると、いったい誰が毒を飲ませて、鍵のかかった部屋から出て行ったんですか。他に小倉さんに恨みを抱く人間がいるんですか」

光田はペンで額を軽く叩いた。

「死ねない毒とはいえ、実際に小倉さんはそれを飲んで亡くなった。そして部屋は内側から鍵がかかっていて、その上、このメモだ」

慶太郎は、由那の残したメモが入った袋を取り出した。

「『もう限界です。これ以上は耐えられません。ただ自分が楽になりたいだけじゃなく、支えてくれた人たちのために決心したんです。覚悟を決めて今日のうちに行動に移します。迷惑をおかけすることになるかもしれませんが、私の気持ちを分かってください　ゆな』、これに立ち返るしかないようですね」

慶太郎が両手で髪をかき上げ、そのまま後頭部の辺りで手を組み、ソファーの背にもたれた。

「立ち返るって、慶さん。いまさら何、小倉さんはやっぱり自殺したって言うんじゃないわよね」

澄子が驚いた様子で、慶太郎に聞き直す。多くの人を巻き込んでそれはない、と澄子も勢いよくソファーの背にもたれた。

「いや、そうじゃないんだ。アレルギーで気道を塞いで死のうなんて、若い女性がするはずはない。医療面接で重要なことは、患者の立場に立つことだって、君も知ってるよね。今日分かったことを含め、今一度このメモを書いた小倉さんの気持ちをいろいろ考えてみたんだよ」

由那が限界だと感じていたものは、食べられるのに廃棄処分する店のルール、つまり店長の方針の他に、正太と熊井の推し進めているプロジェクトに参加していること自体の罪悪感だったことも、真理子の話で分かってきた。食品ロスと、廃棄を決めた食材の再利用の両方に、限界を感じていたと言ってもいいだろう。

「揺れ動く小倉さんの心が、この文言を書かせた。そしてこれが、店長か専務のどちらかに自分の意見を言おうとした決意表明だったらどうだろう」

「遺書ではないっていうこと？」

「うん。それで発想を変えてみようと思う」

「変えるってどんな風に？」

澄子が体を起こした。

「これが遺書でないと仮定する。なのに遺書に見えたのは、そこに小倉さんの遺体があったからだ」

「遺体があったから、遺書だと思った……？」

「そう。このメモだけが置いてあったのなら、誰も遺書とは思わなかったんじゃないかってことだ」

「完全に二つを切り離して考えるってことですか」

光田が言った。

「今度は犯人の視点に立ってみる。どうして、こんなメモを残す必要があったのかってこと」

慶太郎がメモの入った袋に触れると、微かな乾いた音がした。

「それは、先生が言うように、現場に残しておけば遺書に見えるからなんじゃないんですか」

「なら、例えばこのメモが現場になかったとして、光田さんは事件をどう見ます？」

「どうって。そりゃ若い女性が部屋で亡くなっていて、何かを飲んだ形跡があるんですから、誰も病死だとは思わないでしょう。飲んだものに多少でも毒が混入していて、部屋が内側から施錠されてた事実と照らし合わせれば、まずは自殺を疑います」

「そうですね。じゃあメモがなくったっていいですね」

「まあ、でも自殺をより強調できます」

「自殺を強調する必要があった。そこがポイントなんです。だって、調べればアレルギーによって死んだことが分かります。今日専務たちと話しているときにも思ったんですが、メモがなければ誤嚥事故の可能性も吟味されるはずなんですよ。要するにこの自殺を強調する遺書めいたメモの存在のせいで、事故を否定してしまってる点がどうしてもしっくりこない」

事故での処理のほうが犯人には好都合だったのではないか、と慶太郎は言った。

「しかし、それは……彼岸花からの抽出液を口にすること自体、おかしいから……」

光田が口ごもる。

「モグラや害虫除け以外に、ごく稀ですが去痰薬として用いる民間療法もあります。絶対口にしない、ということもないんです」

「そうなんですか」

光田は納得いかないという目で慶太郎を見た。

「慶さん、何が言いたいの？」

澄子が口を挟む。

「事故で済ませられたかもしれないのに、なぜこれを残していったのか。どうもモヤモヤするんだよね」

「そこまで頭が回らなかったんじゃない？　殺人を犯すときの人間の心理が普通じゃないことは、慶さんが一番知ってるでしょう。そのメモを見た犯人は、これなら遺書に見えて自殺だと偽装できると思った。他殺でさえなければ自分は安全だってね。事実、警察は自殺だと思い込んでたじゃないの」

　澄子は、慶太郎が疑問を呈さなければ、警察はすでに自殺で処理して終わらせていたはずだと言った。

「メモを見た犯人の判断、ね」

「そうよ、メモを見て思いついた。だからそんなに深く考えたわけではないわ」

「前提として、遺体の側に置いておけば自殺に見えるってことだよね」

「……そうだけど、何かおかしい？」

「メモを見てから、犯行に及んだ。そうなるととっさではなく、計画の一部であったはずだ。犯人は、どこでこのメモを見たんだろう。いや入手したんだ？」

　慶太郎は自問するような言い方をして目を閉じた。目からの情報を遮断すると、いっそう強くコーヒーの香りを感じることができた。そして光田と澄子の息づかいも聞こえてくる。

　光田が大きく息を吸ったのが分かった。そして、

「桑山なら、小倉さんの部屋に侵入したときに見られるんじゃないですか」

　と言うのが聞こえた。

　慶太郎は目を開き、

「これは心理的なアプローチになります」

と断り、続けた。

「スナフキンの台詞を思い出してほしいんです。さっきも言いましたが、桑山くんがよどみなく言ったあの台詞、『本当の勇気とは自分の弱い心に打ち勝つことだよ。包み隠さず本当のことを正々堂々と言える者こそ本当の勇気のある強い者なんだ』を知る人間は、この由那さんのメモを見ても、遺書には思えない。由那さんの部屋で、彼女のノートにあったこの言葉を見たとき、私が自殺ではないと思えたように」

「そう言われれば、メモの印象がまったくちがってきますね。少なくとも『覚悟を決めて今日のうちに行動に移します』を自殺だとは思えません」

「同じ心理的な効果によって、桑山くんも遺書とは思えなかったはずです」

「スナフキンの台詞を知らないだろう店長と専務は、すでに除外してますし。容疑者がいなくなりました」

光田がノートの文字を、ペンで激しく左右に動かして消した。

「……そして犯人がいなくなった、か」

「先生、ずいぶん暢気ですね。垣内刑事は今日にでも捜査終了の決定を受けるんですよ。次に彼から連絡がきたとき、すべては水泡に帰すことになる。それとも、ここにきて本気で犯人がいないって言うんですか」

「いいえ、犯人はいますよ」

「慶さん、ひょっとして目星がついてるの？」

「うん。垣内刑事にあることを確かめる必要があるけど」

「先生、誰ですか」

「光田さん、先走った取材をしないと約束してもらえますか」

ここからは慎重さが必要だ、と厳しい口調で慶太郎は尋ねる。

「ここまで協力してきたんじゃないですか。信用してくださいよ」

光田は真顔を向けてきた。

「信じます。ではその前に、垣内刑事に電話をかけさせてください」

慶太郎は、携帯を手にした。

5

「許してほしい。この通りや」

正太は玄関の上がり框に額をつけた。自分の呼気に、気付けに飲んだウイスキーの匂いを感じ、口を閉じる。

「やめてください、名田さん。子供が変に思いますし」

顔を上げるようにと肩口に触れ、

「ずいぶん飲んではるようですけど、どうされたんです。まずは上がってください」

と言う真理子の声には戸惑いの音が混ざっていた。

「時間も遅いから、ここでかまへん。平岡さん、ほんまに迷惑掛けてしもた」

正太は、さらに頭を擦りつける。時間は十時を回っていた。

「名田さん、あきませんて……今日のことやったらうちも謝らんといけません。分をわきまえず出しゃばってしまって」

「ちがうんや、今日のこととは」

「えっ、じゃあ何です？」

「ついさっき……」

喉がひっついて言葉が出てこなかった。

「さっき？　とにかく頭を上げてください」

真理子が耳元で大きな声を出した。

正太は三和土(たたき)に膝をついた格好で顔を上げ、

「熊井さんから電話をもろた。うちとの企画、なかったことにするって」

絞り出すように言った。

真理子は息を飲み、正太の目を凝視したまま動かなくなった。

「平岡さん、平岡さん」

そう声をかけて、真理子の腕を軽く叩く。それでも固まった表情はそのままで、反応を示さない。

「大丈夫か、平岡さん」

正太の声が聞こえたのか、奥から真一が飛び出してきた。

「おじさん、こんばんは。母が、どうかしたんですか」

「いや、おっちゃんが悪いんや。仕事のことでミスしてしもてな」

真一が、真理子と正太との間に入って、真理子の顔を覗き込んだ。

「……大丈夫」

と、ようやく真理子は口を開いた。

「びっくりするやないか」

「ごめんな、真一。お母さん、なんや急にぼーっとしてしもて。ちょっと疲れが溜まってただけやと思う。専務さん、今日はこれで、明日きちんと話を伺いますので」

真理子は正太を見ずに、頭を下げた。

「そ、そうか……まあ、そうやな、そのほうがええな。ほな、明日の昼休みに、バックヤードで」

経緯を説明するにしても、誰にも聞かれないようにしないといけない。

「真一くん、すまんな夜分に。お母さん、あんじょう休ませてあげてくれるか」

そう告げると、正太は真理子の家を出た。気温が下がっていて、ハッピーショッピーのユニホームだけでは寒いはずだが、アルコールのせいなのか顔が火照り夜風が気持ちいいくらいだった。

店に向かって歩き出すとすぐ、膝に痛みを感じた。それを苦痛とは思えないほど、さっき熊井から投げつけられた言葉のほうが痛かった。

「ぼん、あんた誰かにマークされてるやろ。うちのプラントから、あんたと平岡さんが出て行くところをカメラで撮ってたやつがいるのを、若い衆が目撃した。マスコミが何かを嗅ぎつけよったにちがいない。早晩、こないなことに巻き込まれるんやないかと思てました。ぼん、あんさんとは、これまでやな」

「待ってください。写真、あれは心配ありません。ちゃんと口止めしてますから」

「ぼん、マスコミを甘くみたらあかん。あいつらは世間が飛びつけば何でもええんや。善も悪もあらへん。わし、ぼんと心中するつもりはない。これで終わりや」

「あのう、食品メーカーと進みかけてる話はどうなるんです」

「そら進めますがな、おいしい話や。けどあんたの会社とは一切関係ない。企画は他店と組んで成功させますわ。その邪魔はしなさんな。ええな、これまでのことは他言無用でっせ。ちょっとでも漏れるようなことがあったら……まあええ。あんさんの大事なもんをあんじょう守りなはれ。惜しかったな、わしと組んでたら体だけやのうて、ビジネスでもビッグになって親孝行できましたのに。とにかく廃棄処分のご契約は、これまで通り当社で承りますので、よろしゅうに」

正太は、けっして口外しない、と誓って電話を切った。

正太が熊井を尊敬していたのは、正しいと思うことなら、どんな手を使っても実現させる強引なところだった。その行動力が、いまは恐怖になっていた。これ以上怒らせたら、真理子にも被害が及びかねない。

これまでの正太なら、自暴自棄になっていただろう。しかし、真理子とその子供たちのことを慮る気力が残っていた。

放心した真理子が心配だ。だが一刻も早く伝えないと、時間をおけばおくほど彼女の傷は深くなると思った。日ごと夢が膨らんでいたからだ。

住宅地から外れて畑が続く道を行く。大きな道に出てしまうと、猛スピードの大型トラックがすぐ側を通るため、特に夜は危険だ。申し訳程度の路側帯は、カップルが腕を組んで歩けない幅員（ふくいん）だった。

路肩の土塊（つちくれ）にできた何かの轍（わだち）につまずき、転倒しそうになった。よくない膝に激痛が走ったけれど、かろうじて体勢を立て直した。完全にツキから見放されたわけじゃない、と苦笑する。

真理子が許してくれるよう、今後のことを考えないといけない。

正太は煙草をくわえ、ライターで火をつける。北風が強いことを、顔の前で暴れる紫煙で知った。

真理子の夢が、病院や介護施設向けの冷凍食品の開発だとは知らなかった。彼女の料理の腕に間違いはないのだ。どうにかして、食材の二次使用でコストダウンした冷凍食品会社を興せないだろうか。食品ロスを減らした上に、多くの患者の役に立つとなれば、親父の賛同を得られるかもしれない。このままハッピーショッピーを継いだとしても、先細りは目に見えているのだ。

いや、何が何でもやらなければならない事業だ。成功すれば、店も真理子も守れる。

正太は自分を鼓舞しようと、ガッツポーズをしてみた。その瞬間、「由那さんを最後に見たとき、ガッツポーズをしたといいます」という本宮医師の言葉を思い出した。由那の部屋で聞いた垣内刑事との会話だった。

思わず近鉄電車はどこだ、と探した。夜空の少し先に、ぼんやり高架線が見えた。ガッツポーズをして、自殺する心境にはならない。妙なところで心療内科医の分析は正しい、と感心した。

その本宮医師が三郎を疑っている。

ダメだ。信じると言った以上、サブちゃんを信じてやろう。

足を引きずりながらハッピーショッピーの事務所に着いたとき、出ていた汗が引いて寒気がした。暖房をつけ、電気ケトルで湯を沸かし、インスタントコーヒーを淹れる。

親父がやってくるのが分かった。店舗の奥の自宅から、事務所の明かりが点いたのを見たのだろう。

「何が、あったんや？」

正太の隣の椅子にどっかりと腰を下ろした。

「親父もコーヒー飲むか」

「おう。砂糖は二杯入れてくれ。最近、甘党になってしもた」

正太は顔を見ずに、黙ってインスタントコーヒーを作る。ミルクと砂糖を入れて差し出した。

「例の新聞記者が来てたそうやな。なんや血相変えて出て行った言うて、お母ちゃんが心配してた」

「そうか、心配かけてしもたな。親父はいつ帰ってきたん？」

「十時半頃やったかいな。これを付き合わされた」

お猪口を持つ格好をした。

「僕も飲んでるけど、聞いてほしいことがある」

「何や、改まって。店のことか」

「関係はある。……結婚したい相手がおるんや」

カップを抱え込んだ両手に力が入った。

「そうか、そんな相手がいたんか。沈んだ顔してるさかい、悪いことかと思たわ。で、どこの娘さんや」

親父は嬉しそうな顔をした。

「それはまだ言えへん。けど、この店を継ぐ腹が決まった」

「やっとか。まあええ、所帯を持ついうことは、それだけ責任も出てくるさかいな。そらほんまに嬉しいこっちゃ」

「それで、提案がある」

正太は、真理子の夢、病院補助食材となる冷凍食品を作る計画をかいつまんで話した。親父の好きな社会貢献という言葉を強調しておく。

「ほおーそんなこと、考えてたんか」

親父は、驚きとも感心ともつかぬ言い方をした。

「それで親父に相談なんや。うちで出る廃棄食品を使いたい」

「廃棄するもんを使って、病院補助食にする言うんか」

「むろん安全なもんを選ぶ。ただでさえ弱ってはる病人さんに、変なもんは食べさせられへんから。けど、そうすることで足りひん栄養が、プラスできるんやで」

「あかん。それはできん相談やな。うちは余所さんより厳しい消費期限を設定してるのをお前も知ってるはずや。それはお客様に安心を一緒に買うてもらういう考え方からや。そんなことしたら、たとえ別会社を名乗るにしても、裏切り行為と思われる」

親父は眉間に深い皺を作った。

「食品ロスが社会問題、いや世界的な問題になってる。餓死する子供がいる国かてあるんやで、親父。傷んでないのに廃棄するほうが罪深い」

思い切って言った。

「それは分かってる。そやから、わしらは発注管理と生産調整でロスせんように努力する。お客さんのニーズを上手に汲み取る勘を養うこっちゃ」

「けど、どれだけ頑張っても、毎日ぎょうさん廃棄してるやないか」

「お前に管理と調整を任せてから、確かに増えたな」

「それは……まあ、ちょっとだけ」

熊井との企画に使用する廃棄食材を調達するために、あえて減らす努力をしてこなかった。ただ、目に見えて増えたと思われないよう、例えば野菜などは惣菜部の仕入れ量を増やし、使用量を真理子に抑えさせてきたつもりだ。

「それを減らすのが、経営者の腕や。うちの惣菜部の売れ残りはほんまに少ない。けどフードコートも既製品もロスが減らへん。そやからお前が惣菜部をもっと充実させたい、と言うてきたことにわしも賛成してるし、よろず屋的な品揃えが時代おくれやいうことも分かってる。お前が本気で継ぐ気になったら、改善していったらええと言うつもりやった。ただし、急いだらあかん。従業員、取引業者への配慮も必要やからな。けど廃棄食材の二次使用を許すわけにはいかん。信頼を損なう」

声のしわがれがきつくなった親父は、コーヒーを喉を鳴らして飲んだ。

正太もカップに口をつける。

「正太、お前、嫁さんにしたいいう人と、その事業をしたかったんか」

「まあ、な」

「病院関係の人か」

「いや、看病を経験した人や」

「廃棄食材を使うのは、コストを下げるためやろ？」

「それも、ある」

あくまで食品ロス問題の解決、というニュアンスを伝えたかった。

「それなら別の方法がある」

「大量仕入れとか、方法はあるかもしれへん。けど、どっちにしても初期投資は抑えられへんやろ」

「今日、仕入れ先の農家さんと話したことを思い出してたんやけどな。食品ロスは小売店が出すだけやない。生産者が流通業者に納入するときから起こってる。規格外というだけやったらまだ何とかできるけど、傷もんは廃棄やからな。自家消費するんも限界がある」

「傷もん……」

「そや、それを使う。タダで引き取る言うたら、農家さんには廃棄と同じで張り合いがない。お前が、引き取って商品にして、その売り上げの何パーセントかを還元するいうやり方もあるんやないか」

「傷もん、そんなに傷もんが出るか」

「自然相手やから、何とも言えへん。ただいいものはうちの店で売り、売り物にならないものも、うちが引き受ける契約ができたら、生産物に愛情を持った良心的な農家さんと強固な関係が築ける。そう思わへんか」

「大手に流れてる契約農家さんを、うちにとどめる助けになるかもしれんなぁ」

「お前がやりたい事業が軌道に乗るかどうか、分からん。立ち上げ時のリスクは極力抑えなあかんことは言わんでも分かってるやろ。そこにプラスアルファのメリットがあるんやったら、わしに反対する理由はない」

「親父……」

言葉が詰まった。正太の言うことなど聞く耳を持たないと思い込んできた。これまでも何度か経営に関する提案をしたことがあったが、子供扱いされ、鼻で笑われた上に説教されておしまいだったからだ。

「じっくり考えたらええ。そうか、お前も身を固める決心をしてくれたか。飲み過ぎて体、壊すなよ。このこと、お母ちゃんは？」

「知らん、言うてないから。近いうちにきちんと紹介する」

「分かった。楽しみにしてる。ただ、あんまり急(せ)くな。相手の気持ちを大事にしてやれ。名田家は、ハッピーショッピーいう大きな荷物がひっついてるさかい」

「おおきに」

「ほな、上手いことやれ」

親父はコーヒーを飲み干し、笑顔でカップを乾杯のように掲げた。

明くる日の夕方、駐車場で煙草をふかしているとき、正太は本宮医師から電話を受けた。

「昨日はありがとうございました」

「ええ加減、勘弁してください」

もう一切協力する気持ちはない、と煙草の煙と一緒に吐き出す。

「私は誰も責める気持ちはありません。小倉さんをはじめ、名田専務も楽にしてあげたいと言ったのは本音です」

「ほな、もう犯人捜しなんてやめたらどうです?」

「そうするつもりです」

「えっ……」

これも心療内科医の罠かもしれない。

「さっき垣内刑事とも話して、もうその必要がなくなったんです」

「垣内刑事と……必要がなくなったって、それどういう意味や」

正太は煙草を携帯灰皿に押しつけた。

「折り入って専務にはお願いがあるんです。本当にそれで最後です。以降私は、ハッピーショッピーの客の一人に戻ります」

「ほんまですか」

正太は携帯の予定表を見て、自分の都合のいい日時を、本宮医師に告げた。

6

午後二時前、慶太郎は綾部の「とちのき」にいた。姉の麻那からの電話で、すぐに電車に乗ったのだ。

「わざわざすみません。郵送してもよかったんですけど」

麻那はホットコーヒーをカウンターに置くと、恐縮した顔を向けた。

「ちょうど私のほうも、大槻さんにお目にかかってお話ししたいことがあったんで、いいタイミングでした。で、その由那さんの元上司の方がいらっしゃったのはいつですか」

電話では、由那が勤めていた大阪の食品会社の元上司、円山友彦（まるやまともひこ）があるものを持って訪ねてきたということだった。

「一昨日です。何でも台湾に出張されてて、由那のことを知ったのが最近だったそうです」

「ニュースなどで知ったんじゃないんですね」

「白波瀬さんが会社に連絡してくれたみたいです」

「そうですか、白波瀬さんが」

「彼女も、知らせていいものか迷ったんだそうです」

麻那がうつむいた。

「その方、由那さんが好意を寄せていた男性だったんですね、いまは駅弁の会社の」

「どうして、それを？」

「由那さんには好きな男性がいたけれど、気持ちの整理をつけたと白波瀬さんから聞きました。だから由那さんが亡くなったことを知らせていいのか迷ったんでしょう。それに由那さんの真の夢が駅弁のプロデュースで、東京駅で一番売れるお弁当を自分の店で作りたいんだと、ハッピーショッピーの惣菜部の方に伺ったんです。それだけ聞けば、まだ円山さんに執着があることは分かります。言葉とは裏腹に思いは断ち切れていない」

円山は既婚者ではないか、と慶太郎は推測を口にした。

麻那はうなずき、

「だからあの子、私に何も言わなかったんです。白波瀬さんに聞いたら、不倫が嫌だから、そうならないよう自分から距離を置いたと。大好きな人だったんだそうです。悪いことなんてしてないのに、あの子ばかり、なんでこんな目に遭うんですか、先生」

麻那は、布巾で調理台を乱暴に拭いた。

「お姉さん、由那さんに好きな方がいて、よかったじゃないですか。打算なく本当に好きな人に会える。そんな人、案外少ないんですよ。それはともかく、その方が由那さんの手紙を持ってきたということでしたね」

「はい、これです。どうぞ」

麻那はカウンターの下の棚から封筒を取り出し、慶太郎に差し出した。

「拝見します」

生成り色した和紙の封筒の中には、同じ和紙の便箋が二枚、丁寧に四つ折りにされている。開くとそこには、これまで何度となく目にしてきた由那の文字が綴られていた。


円山さん、お久しぶりです。連絡はしないという約束を破ってしまいました。ごめんなさい。どうしてもお願いしたいことがあり、お便りしました。

いま私は、京都の郊外にある、個人経営のスーパーマーケットでアルバイトをしています。料理が大好きなのはいまも変わらず、惣菜部の調理場に立っています。このスーパー、惣菜がとても美味しいと評判なんです。会社を辞めてから、いろいろなところで調理の仕事をしてきたけれど、ここの惣菜部が一番です。

調理の責任者は専門の勉強をされたわけではなく、私と同じように職場の先輩に習ったんだといいます。味を受け継いでいるだけだと謙遜されるんですが、この方の腕はとにかく凄い。塩梅が絶妙で、舌自体が精密機械みたいなんです。初めて、味覚の正確さで負けたと思った人でした。

その方の下で三年間過ごしました。日々鍛えられ、自分の料理に自信が出てきたんです。自分自身にも、少し。

それで、夢を叶えるべく、さらにもう一歩前進したいと思いました。私のお師匠さんは、冷凍食品で社会貢献をしようとされています。その方の料理が、もうすぐある食品メーカーで商品化される予定です。その試みが上手くいけば、以前いた食品メーカーでも問題になった食品ロスを解決できるかもしれません。ただ、現在のお店のひときわ厳しいルールでは、大手を振って取り組むのは難しい状況です。私は、なんとかそれが上手く行くよう協力したい。さんざん悩みましたが、厳しいがゆえに、使える食材も多く、食品ロス問題を解決する一つの方法として、実験というスタンスで取り組みを許してもらえるよう店長を説得するつもりです。そうすることが師に対する恩返しですから。それが成功したその後、東京に行こうと思っているんです。私なりに考えた駅弁があります。お願いというのは、私の作ったお弁当の味を見てもらうことです。関西風の味がどこまで東京駅で通用するのか知りたいのです。

円山さんのコネで企画を通してほしいからではありません。実践を積まれた正当な評価がほしいのです。私は私の力で、あなたと同じ夢を実現します。そして必ず、あなたを超えてみせます。会社気付での郵送になってすみません。よい返事をお待ちしております。

小倉由那

日付は由那が亡くなる二週間ほど前だ。二枚目の便箋には追伸があった。『おかずには、円山さんが苦手な椎茸を使うつもりです。でも必ず完食させてみせます。』

慶太郎は便箋から顔を上げ、

「円山さんは、どんな方でした？」

と麻那を見た。

「真面目そうな方でした。お焼香して、涙を流してくださいました。あの子、お父さんっ子だったから、一目見て惹かれたのが分かった気がします。円山さん、若いときのうちのお父さんにどことなく似てましたから。鉄道が好きなところも」

鉄道が好きだということで意気投合したと、円山は由那との思い出を語ったそうだ。

「お姉さんが、似てると思われたんなら、由那さんもそう思った可能性は高いでしょうね。人が顔を見て好意を抱くのは、自分に似ている部分か、あるいは正反対の部分だと言います。それに駅弁という共通言語がある。由那さんが理性的に振る舞われたこと、褒めてあげたいですね」

親友の友紀子が、由那が心の整理をつけたことだからと、詳細を語らなかった意味が分かる。思いが深かっただけに、忘れ去る決心も相当なものがあったはずで、それが親友にも伝わったにちがいない。

由那は、そのまま行けば円山の家庭を壊す道を進むと思い、軌道を変えた。三十四年という短い人生だったけれど、その轍にははっきりと進路変更の痕跡が残っていた。そしてその後、さらに大きな岐路に立つ。

「あの大槻さん、この手紙ですが、何人かの関係者に見せてもいいですか」

慶太郎は便箋を持ち上げた。

「先生が由那の夢について調べているとおっしゃってたんで、参考になればと連絡したんです。先生にお任せします」

「もうじき、すべての真相が究明できると思います。ただどうしてもお断りしておかないといけないことがあります」

と、初めてカップに口をつけた。

「冷めてしまったんやないです？　新しいのを淹れましょか」

「とんでもない、冷めても旨いですよ、ここのは」

「それで、何でしょうか」

麻那が身構えたのが分かった。

「関係者にこれを読ませると言いましたが、私が知った由那さんの考えや夢も、ある人に話さないといけないんです」

慶太郎は、由那の事件を追うきっかけが、一人の悩める女子高校生だったことを改めて述べた。

「自殺じゃないと信じて、病気になったとおっしゃってましたね」

「そうです。クライエントの気持ちを解放するために、死の真相を明らかにすることが重要でした。しかしそれは由那さんのプライバシーをさらけ出すことになります」

「ということは由那はやっぱり」

「ええ、自殺じゃありません」

「じゃあ犯人は、由那は誰に殺されたんですか」

麻那の声がカウンターに響く。仕込み中の夫が奥から出てきた。

「それは、警察が身柄を確保してからでないと言えません」

落ち着かせるようにゆっくりと話す。

「そう、ですか。その子は真相を知れば、よくなるんですか」

麻那は夫を一瞥すると、唇だけで声に出さず「大丈夫」と言った。

彼が奥へ戻っていくのを目で追い、

「心の傷は治癒の過程が見えません。だからよくなる、と私が信じるしかありません。ですが、私のたどり着いた真相は、クライエントの気持ちを楽にするものだと思っています」

　と慶太郎は言って、自分でうなずく。

「由那のことで悩んでくれた女の子を助けてあげないと、天国の由那に叱られますね。分かりました。先生の思うようにしてあげてください」

「ありがとうございます。ではこれをお預かりします」

犯人が逮捕されたらすぐ連絡することを約束して、慶太郎は「とちのき」を出た。

7

「そうですか。ありがとうございました。いえ、私は何も……。検察には寛大な処分をお願いします。そうですね、大変ですが、その辺りのことは……もし依頼があれば、話しに行くつもりです。垣内刑事、お世話になりました。では、これで」

慶太郎は静かに携帯電話を切ると、大きく息を吐いた。診察室のデスクの椅子から立ち上がって、クローゼットの中から木刀を取り出し、上段に構えた。試合中に慶太郎がよくとる戦法で、隙だらけの胴を打ってくる相手の面を叩く。

上段から正眼に構え直し、二十本ほど渾身の素振りをして、木刀をしまった。息を整え、クライエントを待つ。

五分ほどして、澄子から内線が入った。

「棚辺春来さんと、お母さんがお見えになりました」

「入ってもらってください。お母さんも一緒に」

　慶太郎はタブレットを手に、ソファーに移動した。

　澄子が二人を伴い、診察室に入ってきた。二人がほとんど同時に挨拶をしてソファーに座る。春来は足を引きずるものの、母の手を借りてはいない。何より二人の顔が、初診の時に比べるとずいぶん明るくなっている。

　母親から日誌を受け取り、目を通しながら、

「ご飯は、だいぶん食べられるようになってきたね。ただ、ほぼ毎日午前三時頃に起きるって書いてあるんだけど、起きてから一睡もできないのかな？」

　気になることを春来に聞く。

「はい、朝まで。太陽が上って小鳥が鳴くのを聞いてます」

「ベッドの中には戻る？」

「潜り込んで、真っ暗にするけど、どんどん目が冴えて。学校で眠くて勉強もできないし、頭も痛くなるから、眠らないとって焦って、余計ダメ」

「頭痛は、いまも？」

「大丈夫です。車の中で爆睡したから」

「なぜ眠れないのかというと、いろいろ考えるからだね」

「そう、足のこと、ダンスのこと。そうなると由那さんが、ダンス教室に通う気にさ

せてくれたのにって。すぐ手を振る由那さんが出てくる。先生、調べてくれてるんでしょう？　由那さんのこと」

「さっき、すべてが解決したよ」

そう言うと、慶太郎は真剣な目で春来を見る。

「えっ、そうなんですか。ネットとかに出てますか」

母の春美が声を上げ、春来と顔を見合わせた。

「たったいまのことだから、まだマスコミも知りません。だけど、本当の話です」

「先生は、なぜそれを知ってるんですか」

春来がじっと慶太郎の目を見る。

「これから話すことをよく聞いてほしい」

慶太郎は、春美と春来の顔を見てから、ゆっくり話し出した。ただし、由那以外の固有名詞は伏せ、個人のプライバシーに関する事柄も割愛した。

慶太郎は、正太と真理子をクリニックに呼び出した。時間は午後三時、真理子は夜の仕込みまでの休憩時間だ。

「専務、そして平岡さん、ご足労いただき感謝します」

診察室のソファーに座った正太は、いまにも泣きそうな顔をしている。事前にした話で腹を決めているはずだ。それでも気の弱さが表情に表れてしまうのだろう。

真理子は、前に会ったときより緊張した面持ちだ。

「平岡さんには、小倉さんのことでもう一度お話を伺いたかったんです。それで専務にもご無理をお聞きいただきました」

「由那さんのことでしたら、もうお話しすることはないと思うんですが」

真理子は、きつく結わえた後頭部の髪に手をやった。

それは警戒心の表れだ。

「あなたは小倉さんが自殺するはずない、と思っていらっしゃる。そうですね？」

「そのことでしたら先日お話ししました」

「ええ、確認です。私も自殺ではないと思います。彼女は亡くなる当日、田んぼの畦道に立って、通過する近鉄電車に乗る女子高校生に手を振り、ガッツポーズのようなしぐさを見せました。その女子高生はそれを自分へのエールだと思い、夢に挑戦する気になった。二人は直接会ったことはないのですが、小倉さんの姿をほぼ毎日見ていたからです。小倉さんが生まれ育った実家のすぐ側を、舞鶴線が走っています。レールの響きを聞いて育ち、通過する列車を見るのが大好きでした」

慶太郎は言葉を切って、タブレットの画面に目をやる。

『みんなそれぞれに行き先があり、目的がある。喜怒哀楽、いいところ、悪いところ、きれいなところ、みにくいところ、人間のすべてが鉄の箱に入ってるって感じが好き。

どんな人が、何を思ってどこに向かうのかを想像していると時間を忘れてしまう。由那ちゃんは電車が好きやね、と祖母がミルキーをくれる。だからか、いまも電車が通り過ぎるのを見ると、甘いミルクの香りがしてくる気がする。

これまで人生の岐路、ちょっと大げさか。大事な選択をしなければならないとき、必ず電車に向かってすることがある。

あの不特定多数の、喜怒哀楽の大きな魚に、手を振る。自分の決心が揺らがないように、誓いを立てる。

進学も、就職も、引っ越しもそして恋も……。だからといって願いが叶うこともなかったけれど、私にとってそれは一種の信仰のようなものだったのかもしれない。自分で自分の背中を押す儀式なんだ、きっと』

と読み上げ、慶太郎はタブレットから顔を上げた。

「小倉さんの日記の一文です。子供の頃は舞鶴線、そしてこの町では近鉄線を走る列車が『不特定多数の、喜怒哀楽の大きな魚』だった」

「大きな魚……由那さんらしい表現です」

「そうですね。実際に小倉さんが見た風景を見に行くと、ちょうど緩やかに蛇行する列車が泳ぐ魚に見えなくもない。私も詩が好きなんで、いい比喩だと感心しました。

つまり、進学や就職、引っ越しなんかの節目、自分が何かを決心したときに小倉さんは、大きな魚、つまり線路を走る列車に手を振ってきた。それはさながら一種の信仰、自分で自分の背中を押す儀式だったんです。今回は、手を振るだけじゃなくガッツポーズをしてみせた。ではどういう決心だったのかが、やはり問題になる」

次に慶太郎が取り出したのは、前回も二人に見せた由那のメモだ。

「このメモこそ、その決心を明らかにしたもので、遺書ではない。そして平岡さんに宛てたものであろうことは、この間も言いました。推測の続きはまだあります。あの日、小倉さんは調理場でこのメモを書いた。そしてあなたに見せた」

「いえ、私は見てないです」

真理子は激しく首を振る。

「仮定の話です」

「いくら仮定でも、不愉快です、そんなこと」

鋭い口調で言って、隣の正太をちらっと見た。

正太は腕を組み、への字口で目を閉じている。

その様子に助け船を出してくれそうにないと判断したのだろう、慶太郎を睨み、

「私、見たものを見てないなんて、言いません。まるで私が殺人犯であるかのような仮定の話は、聞きたくない」

と言った。真理子の胸は上下し、息づかいも荒かった。

「殺人犯だなんて言ってません。だって死んでしまうなんて、あなた自身、思いもしなかったんですから」

「な、何をおっしゃってるんです」

「彼岸花の毒で死ぬのは害虫くらいでしょう。モグラ除けにはなっても、人は殺せない」

「帰ります」

真理子が正太の腕に触れた。

正太は、やはり目を閉じたままで反応しなかった。

真理子の視線が、正太と慶太郎の顔を落ち着きなく行ったり来たりする。そのうち何かを悟ったのか、深呼吸して座り直した。

「また私を裏切るんですね」

と真理子がつぶやくと、正太が目を見開いた。

「また……？」

正太は顔を真理子に向ける。

「結局、ブランド化の夢もあんなことになったし、いまも」

「すまんと思てる。けど、僕はどうあってもあんたの味方や。いや、あんたの家族の味方や。守る。守っていく」

正太はくしゃくしゃな顔で、半分泣き声だった。

「そんなこと、信用できません」

「先生、何とか言うてくれ。僕がほんまに、ほんまに本気やっていうことを」

正太は組んだ腕を解き、テーブルに手をついて身を乗り出す。

「平岡さん、名田専務はあなたのお子さんの面倒を見ると私に宣言されたんです」

正太の態度を見ていて、真理子への思いが分かったと、慶太郎は説明した。その上で、もし真理子が子供たちの面倒を見られないことになったら、どうするのかと問うたのだ。

「その返答が、いま専務が言ったことなんです。平岡さん、あなたのおっしゃったブランド化の夢。それについても、専務はちがうやり方で実現しようと奮闘されている」

「ちがうやり方？」

「親父の提案なんやけど」

農家が、出荷時点でふるいにかけて廃棄にまわす作物で、病院補助食が実現できそうだ、と正太は言った。

「実現できそう……」

真理子の顔が歪んだ。

「平岡さん、あなたの心配はお子さんのことだ。名田さんはあなたの返事にかかわらず、責任を持つとおっしゃっている。心の荷物、下ろしませんか」

「………」

「これを見てください」

慶太郎は、円山に宛てた封書から便箋を引き抜き真理子に渡す。

真理子は何も言わず、それに目を通す。

「小倉さんは、あなたという師と出会い、料理を習うことで自信を持った。そして、新しい世界に飛び出そうとしていたことが分かります。ただその前にあなたに恩返しをするつもりだった。『現在のお店のひときわ厳しいルールでは、大手を振って取り組むのは難しい状況です。私は、なんとかそれが上手く行くよう協力したい。さんざん悩みましたが、厳しいがゆえに、使える食材も多く、食品ロス問題を解決する一つの方法として、実験というスタンスで取り組みを許してもらえるよう店長を説得するつもりです』。これをどう思います?」

「私の夢を、応援してくれているんだと……」

「応援? それだけじゃないでしょう? 小倉さんは、大手を振って食材の二次使用ができるよう、店長を説得しようとしていた」

ビクッと真理子の眉が動き、激しく瞬いた。

「この手紙を読んで、私の仮説は正しいと確信した。それを話してもいいですか」

その言葉に、真理子は反対せず、便箋をテーブルの上に戻す。

「小倉さんは師であるあなたに、あのメモを渡した。メモを読んであなたは食材の二次使用を店長に告発すると受け取った。店長に知られれば、当然熊井氏との仕事は白紙となる。これはあなたにとって一大事だった。何としてでも店長への進言だけは阻止したい。しかしまっすぐな性格の小倉さんが、一度決心したことをすんなりやめるとも思えなかった。とにかく今日一日だけでも延期できれば、専務と善後策を話し合えると思ったのでしょう。以前小倉さんが、モグラ除けの殺虫剤を作るとき、彼岸花の球根をすり潰す作業で手を腫らしたことを思い出した。そして、それをうまく飲ませることに成功した。強い毒でないことを知っていたあなたは、気分が悪くなるか、お腹が痛くなるくらいで済むと思っていたんです」

慶太郎は一息入れ、真理子を凝視した。

真理子が唇を噛むのを見て、

「唇を嚙みましたね。本音が出るときのあなたの癖です」

と指摘した。

「そんなことは」

また噛みかけてやめた真理子の唇が震えている。

横の正太はさっきから貧乏ゆすりが激しい。正太が苦しんでいるのは分かっている。慶太郎の推理を話して聞かせたときも、涙を流しながら、自分の不運を呪っていた。結婚したい人がいると打ち明けた日から、両親の顔つきが明るくなったのだそうだ。期待が膨らんでいるのを感じ、それが一気にしぼむのが怖いと嘆いた。

「予想に反して、小倉さんはアナフィラキシーショックによる気道閉塞で帰らぬ人となった。そして内側から施錠されていたために、自殺が濃厚と判断された。私は担当刑事に内側から鍵をかけるつまみ、サムターンの指紋を確認しました。最後につまみを回したのは、小倉さんで間違いないのかと。すると小倉さんの人差し指と親指の指紋が鮮明に残っていたという。他の者が手袋をはめて、つまみを回した痕跡はなかったのだそうです。この意味、分かりますか」

真理子はゼンマイが切れかかった人形のように、ぎこちなく首を左右に振る。

「簡単なことです。密室にしたのは小倉さん本人だったということです。あなたは毒を飲ませて、時間稼ぎをしたかった。苦しんでいる小倉さんの姿を誰かに発見されたら困る。そう思って中から鍵をかけさせたんです。そこで利用したのが、ストーカーの存在だ。気分が悪いと言い出した小倉さんに、ストーカーの姿を見たから中から鍵をかけたほうがいいと言って、部屋を出たんじゃないですか。そして小倉さんは、あなたの言う通りにした。毒を飲まされたと知らず、最後まで師の言いつけを守ったんです。小倉さんは、あなたのために店長へ実験というスタンスを提案しようとしていた。そう手紙に書いています。おそらくクビになることも覚悟してたでしょう」

そう言って慶太郎が見たのは、眉を寄せうつむいた正太のほうだった。奇しくも、正太は店長に同じような提案をしたらしい。由那がどれだけ勇気を振り絞ったのかが、痛いほど分かるはずだ。

「健気な弟子だ。それに対してあなたは弟子の夢を奪ったとんでもない師匠だ」

「由那さん……」

真理子は隠すことなく強く唇を噛んだ。

「先日、私が自殺ではなく犯人がいる、と言ったときあなたは、留守中家の中のものが動いている気がすると、由那さんが怖がっていた、という話をしましたね。そんな重要なことを、あなたは警察の聴取で一切触れてない。担当刑事は初耳だと驚いてましたよ。あなたが聴取されたのは、由那さんが自殺か他殺か判然としない状況だったときです。自宅に侵入されたかもしれないという重要なことを、警察に話さないなんてあり得ません。そのときは、自殺で処理されるものと思っていたから言わなかったんだ」

「わ、忘れていたんです」

「いいえ、それだけじゃない。あなたは苦し紛れに最後の手段に出てしまった」

「最後の手段だなんて」

「あなたはストーカーを犯人に仕立てようとした。他人に罪を被せようとしたんだ」

「…………」

「平岡さん、私は心療内科医として見過ごせないんだ。安全圏に身を置こうとした行為で、かえって心の重荷を大きくしてしまっていることを。もうこれ以上、荷物を増やしてはいけない。あなたの身のために」

「私の身の……でも私がいなくなったら」

「平岡さん、お子さんのことは専務が責任を持って面倒みてくれる。そのご厚意に甘えてみてはどうですか」

「……そんな、そんなことが許されるんですか」

真理子の肩が震えていた。

「かまへんで、甘えてくれて。いや甘えてほしい。親父にもちゃんと話す。もう逃げへん。それにさっき言うた農家さんとの契約で、病院補助食の冷凍食品会社を興すことも、認めてくれてるんや。そやからあんたが戻ってきたら、一緒にやりたい思てる。早く戻ってきてくれんとブランド化できひん」

正太は少年のように作業着の袖で涙を拭いた。

「名田専務」

真理子がハンカチを差し出す。

正太はハンカチと一緒に真理子の手を包み込んだ。

真理子は意を決したのか、正太の手を優しくほどき慶太郎に向き直った。

「先生、先生のおっしゃった通りです。私は、メモを見せられて頭の中が真っ白になってしまいました。私は井東サワさんに出会うまで、これといって何の取り柄もない女でした。夫が他に女性を作って出て行き、ますます自信をなくして、ただ子供の成長だけが……。けど、サワさんから『あんたの舌はこの上なく上等や』と褒められ、作った惣菜がみるみるうちに売れていくのを見て、胸がドキドキするのを覚えたんです。もうこの道しかない、いえ、この道なら子供たちが誇れる母親になれると思ったんです。だからブランド化の夢は家族のために絶対実らせたかった」

「その力があることは、小倉さんもよく分かっていました」

「由那さんは頼もしい反面、怖い存在でした。私にはない感性を持ってたから。それにやっぱり若くて、身軽で自由で……そんな由那さんが、私の夢をつぶすと思ったら、許せなかった。店長に言うと決心した日に具合が悪くなれば、先送りできるだけではなく、何て言うか、もっと大きい力が働いて、バチが当たったと思ってくれるんじゃないか、と考えたんです」

「よだかのこころ、ですね。命をいただく以上、食べもせず廃棄することはさらに罪だと。小倉さんにならば、通じるかもしれない理屈ですね」

「そこまで深く考えたわけではありませんが、とにかく仕込みの合間の休憩に、由那さんの家へ行きました」

調理中、由那は真理子のエプロンのポケットに細く折ったメモをすべり込ませた。真理子は手袋をして挽肉をこねていたからだ。メモを見て慌てた真理子は、店長への進言をやめるよう説得するため、由那の家で会う約束をした。

「メモのことを聞くと、由那さんは、このままではいけない、すべてを店長に言うべきだの一点張りだったんです。何日も考えた末に出した結論だと、思い詰めている感じでした。説得できる状態じゃなかった」

由那がトイレに立ったとき、部屋の片隅にあった瓶が目に入った。昨年秋に一緒に作ったモグラ除けだ。

「由那さんはいつもドクダミ茶を出してくれます。それが緑茶やコーヒーなら思いとどまったかもしれません。ドクダミ茶だったら、いくら舌が敏感な由那さんでも気づかないだろうと思ったんです。それほど少量だったから。でも、飲んですぐに顔が真っ赤になって咳き込み始めました。急に心配になりました。でも、大丈夫だって、掠れる声で由那さんが言って。ああこれで時間ができたと思いました。しんどかったら休んでいいと、私は部屋を出たんですが、先生の推測通り『そうだ、尾藤さんがまた来てたから、しっかり戸締まりして』と言いました」

「部屋に侵入されている節があった由那さんには、効果てきめんだった」

「由那さん、怖がってたから」

「でも素直に鍵を掛けたのは、あなたを信頼していたからだ。実は、このメモの差出人の名が漢字ではなく、ひらがなで『ゆな』と書かれていたのを見たとき、相手は距離感が近く、少し甘えられる関係の人、信頼できる人だと思いました。そしてあなたに初めて会ったとき、その引き締まった口元、鋭い目に意志の強さを感じ、白を基調とした清潔なシャツ、まとめ上げた髪、短く切った爪に食品を扱う気構えもある、まさにこの人に宛てたものだと直感したんです」

真理子の顔が一瞬強ばり、

「……ごめんなさい、由那さん」

とテーブルに突っ伏して泣き崩れた。

話し終わると、春美が目頭を押さえていた。春来は、由那の便箋に目を落としている。

「私は、泣き止むのを待って、警察へ出頭するように言いました。そしてついさっき、担当刑事から電話をもらったんです。事件のすべてを自供したと。春来さん、あなたのお陰で、三人の大人が救われた」

「救われた？」

「そうです、救ったんだ。一人は小倉由那さん。彼女は夢に向かって強く生きる女性で、自ら人生を投げ出すような弱虫ではなかったことが分かった。もう一人は、自殺で片付けられていたら、一生重い荷物、十字架を背負って生きていかなければならなかった犯人。そしてもう一人、その犯人に思いを寄せる男性」

「どうして、その人が？」

「好きな相手が犯人だと、事前に説明したときの彼の動揺は激しかった。私につかみかかってきたくらい。だけど、殺意はなかったと知り、またすべてはブランド化という夢を守るためだったことを理解したんだろう、こう言ったんです。『コソコソと仕事をしてた自分が悪かった』って。そのまま廃棄食品の横流しを続けていたら、結局は発覚して、店はつぶれてたでしょう」

「私、何もしてないですよ」

「多くの人が見過ごしていた小倉さんの行動を見ていた。そして、彼女のアクションに込められた気持ちを察知したんだよ。だから先生は調査に乗り出せたんです」

「アクションに込められた気持ち」

春来は、拳を握って小さくガッツポーズをしてみせた。

「そうです。それは、これから身体表現をしていく人間として、大切な感性だと、先生は思う」

「先生、この足でもできるかな」

「玉三郎に感動したんだろう？」

「うん。でも、みんなもっと早くからやってるし」

「そうだね、少し始めるのが遅いかもしれないね。春来さんはウサギとカメの話、知ってるよね。どうしてカメが勝ったんだと思う？」

「そんなのウサギが途中で寝ちゃったからじゃん。幼稚園の子でも知ってるよ」

春来は口をとんがらせた。

「いや、あの勝負、ウサギが油断したからカメが勝ったんじゃない」

「え、ちがうの？」

「うん。ウサギはカメを見て走った。けれどカメが見つめていたのはウサギじゃなく、ゴールだった。それだけだ」

慶太郎の言葉を自分で頭の中で繰り返しているのか、しばらく春来は黙ったままだった。そして、これまでで一番明るい声で言った。

「先生、ありがとうございます！」

エピローグ

その日の夜、事件が解決したことを電話で報告すると、

「なあ慶太郎、そこより少し京都寄りに、いい物件があるんだけど」

と恭一が言った。

「何だ、それ？」

「いまの話を聞いて、よっぽど暇だったんだって思ったんだ」

「ちょっと待った。その物件なら、ここより患者さんがくると言うのか」

「そこよりは、な」

「ついに認めたな、この悪徳不動産屋。ここを心療内科クリニックにはもってこいの場所だと言ったのは虚偽です、と謝れ」

「病んだ人が少なかったということだ」

「言い訳するな。こっちは切羽詰まってアルバイト情報を収集してるんだぞ」

「お言葉を返すようですが本宮先生。一人の患者にそこまでして、まったく費用対効果というものを考えてない。だから貧するのでは？」

恭一は、おどけた言い方をした。

「心療内科医を煙に巻くとは、泣く子とペテン師には勝てん。何なら澄子に代わろうか」

「あっいや、報告ありがとう。それにしてもよかったな。事件に関わった三人の無料カウンセリングが成功して。じゃあこれにて、またな」

「おい、冗談だって」

と言ったが、電話は切れていた。

「どうせ悪友は、私の名に戦(おのの)いたんでしょうよ」

ソファーで「とち餅」を頬張っていた澄子が笑った。事件解決のお礼だ、と麻那が郷土の名物だと送ってくれたのだ。

「ああ、逃げた」

「でしょうね。慶さんもいただいたら？　美味しいわよ」

「おう」

慶太郎もソファーに座り、とち餅をつまんだ。

テーブルの上には、さっきまで読んでいた新聞がそのままになっている。光田がまとめた記事は、食品ロス問題に重点をおき、由那の事件については「ひとりの惣菜調理アルバイトの死が浮き彫りにした社会問題」という程度にとどめ、真理子には触れていなかった。

「真理子さん、どれくらいで帰ってくるのかしら」

「殺意がなかったことは、毒性の低さからも認められるだろうから、殺人ではなく、傷害致死になるんじゃないか。ただアレルギーであることは知ってたし、そのまま放置した。いろいろ調べてみると、三年くらいはかかりそうだ」

「三年間、専務さんは真理子さんの子供たちを支えるのね」

「名田さん、実はまだプロポーズの返事はもらってないんだ。弁護士さんに面会できるようにしてもらって、何度でも申し込むって言ってた」

「案外、頑張り屋さんね。そうだ、春来さんの件が終わったんだから、うちの頑張り屋さん、尊が放り出したプラモデル、どうにかしてやってね」

「挫折したのか」

口の中の餅を飲み込む。

「やっぱり見てない。自分の子供の心も汲み取ってやって。あの子、慶さんと一緒に作りたいのよ」

「分かった。よし、いっちょやるか」

慶太郎は立ち上がる。

「じゃあ今日はもう終わって、一緒に帰りましょう」

「そうだね。なあ澄子」

「なに？」

「『喜怒哀楽の大きな魚に、手を振る。自分の決心が揺らがないように、誓いを立てる』。人の心って不思議だね。由那さんが自分を奮い立たせる行為が、きちんと春来さんに届いてた。心療内科の医者がいまさらだけど、心、もっと大切にしないといけないね」

と慶太郎が腕を出すと、澄子はそれにつかまって立ち上がる。

「ありがとう、慶さん」

「では参りましょう、奥様」

二人の笑い声が、診察室に響いた。


（了）

解説

海原純子

実は、鏑木蓮（かぶらぎれん）はいつか心療内科医が主人公の小説を書くだろう、とひそかに期待していた。なぜなら鏑木蓮の推理小説にうごめくのは、葛藤、それもかなり複雑に屈折したエネルギーを抱えた人間たちであり、犯罪が単なる表層的な動機から起こるのではなく、その解決に心の謎解きが必要だからである。

推理小説のジャンルに入ってはいるが、これまでのそれとはまったく違う空気感を持つ作品で読者を魅了する鏑木が、ついに心療内科医を登場させた。その最初の作品が『見えない轍（わだち）』である。

鏑木は、「らしくない」人物を主人公にする。『見えない轍』の主人公、心療内科医・本宮慶太郎（もとみやけいたろう）もいわゆるバリバリのスーパードクターではない。開業して二年たつのに患者が来なくて経営難。妻に嫌味を言われながらバイトをしないとクリニックの存続が難しいという状態なのだ。メインストリームを行く医師とは程遠い。

もっとも、丁寧に話を聞くという本宮の診療スタイルは、今の医療体制の中では、黒字にするのは難しいと思われる。保険診療では時間をかけて話を聞くスタイルは収入にはつながらない。だから多くの心療内科では、患者の話にはあまり深入りせず、投薬して数をこなし診療報酬を上げるという方針で診療をすることがしばしばだ。患者のほうでも、心に潜む問題を正面から見つめて時間をかけて自分らしく生きる道を探すという悠長なことは避けたい人が多く、とりあえずという形でその時々の症状に合わせて薬の処方をしてもらうことを望む場合が多くなる。

本宮医師は医療の王道を進んでいるにもかかわらず、今の医療事情では、高収入は難しいのだ。医師というと高収入のイメージがあるが、彼は、「らしくない」はずれの医師ということになる。いかにも鏑木らしい主人公の設定で、本宮スタイルの診療を支持してやまない心療内科医の私としては彼を全面的に応援したくなるのである。

おまけに本宮は学生時代に剣道部に所属はしていたが、弱くて後輩に追い抜かれるという挫折経験を持っている。どこか自信がなく、診療の合間にも時々木刀で素振りなどをして自分を励ましたりする。いかにも患者よりの医師であり、そのことも「らしくなさ」を一層色濃く感じさせる。だが、痛みを知る人は痛みを抱えた人の気持ちに共感する力を持っているから、患者側から見ればいい医師であるはずなのである。

そんないい医師が、ひまで閑古鳥というのも読者としては応援したくなるものだ。

さて、期待通り、『見えない轍』にはいくつかの、心の葛藤の伏線が複雑に埋め込まれている。伏線の糸はねじれたりもつれたりしていて、その一本をたぐっていくとそこから次の糸が顔を出すという仕組みだ。ただこの作品が事件の解決を追うという表に現れるストーリーの展開の他にあといくつか、別の流れがあることを見逃してはならない。そして実はその表に現れてこない流れこそ、鏑木蓮の伝えたいことなのではないかと思った。

一つは、本宮が、少女の直感をもとに捜査を開始したことだ。今、医療はEBMといわれる、エビデンス(根拠)に基づいた診療が提唱されている。少女の直感は根拠としては皆無なのだ。おそらく彼女が大学病院を受診して同じことを言ったなら、それは根拠のない単なる思い込みとして片づけられるか、あるいは、共感されるけれど、それで終わり、あとは話を聞いて投薬されるということになるだろう。本宮医師が言葉に含まれる真実を、単なる思い込みや妄想ではなく真実であると直感したことが深い意味を持つ。目には見えず、MRIなどでは証明できないが、思いを伝えるものがある、ということを訴えたい作者の意図を強く感じるのだ。

さらに実際には話をしたこともなく、名前も知らない人同士が、その体から発するメッセージで感情を伝え、励ましを送ることができるという、人間の持つ目に見えない力を伝えたかったように思う。

　というのも少女は、過干渉の母親から独立できず自分らしく生きられず悩んでいるのだが、自分に手を振って力を与えてくれた女性のエネルギーを感じて、母親にダンス教室への参加を切り出すことができたのである。

　実際に会って話をしたことがない相手、つまり、つながりとしては弱いそれが、大きなエネルギーになるという可能性を物語っている。人の心は伝染する。元気な人の周りにいるとそのエネルギーは伝わるし、怒りで荒れた人が多いと世界は怒りの世界に変わる。心の在り方は社会を変えるエネルギーを持っていることを鏑木は示唆している。

　心が持つエネルギーが人から人に伝播するという現象については、現在イエール大学ヒューマンネイチャー・ラボ所長をしているニコラス・クリスタキスがハーバード大学の教授だったころに発表した『つながり』（原題『CONNECTED』）という著書で知られるようになった。私たちは数百、数千にも及ぶ人々から影響を受けており、個人の行動や意思決定や感情は、社会的ネットワークからの影響を受けているという。こうした感情のエネルギーが目に見えない力となり、少女の後押しをしたのだ。鏑木が伝えたかったのは、こうした人と人との間で交わされる目に見えないエネルギーではないか。

さらにもう一つ、鏑木の小説に常に流れている大きなテーマがこの作品の核となっていることに鏑木ファンの諸氏は気づくだろう。それは、死が消滅ではなく、次の命の誕生となり命が循環するということである。

少女に勇気を与えた由那は命を奪われたが、少女は、母親からの過干渉の鎖を外し自ら発言し、一歩踏み出す力と自分らしく生きるすべを得た。自立できず常に父の影におびえていた二代目は、父親から精神的に自立し、守られることではなく守ることを学び自分の人生を歩みだした。つまり由那の死は消滅ではなく、多くの人たちの自立と人生の再生、新しい人生の誕生をもたらしたのだ。命は失われない、死は終わりではない、というメッセージが感じられる。

最後にもう一つのメッセージは、人の持つ罪深さである。由那を死に至らしめたのは、そうしようとしたわけではないのに、結果としてそうなってしまった多くの不幸な要因の連鎖であった。

人は、意図せずに他者の命を奪うこともしてしまう、という危険を背負って生きていることが示されている。自分はそうするつもりはないけれど人を傷つけることがある罪深い生き物である、とのメッセージだ。だからこそ謙虚に生きる必要がある、と。

そのつもりがなく人が死に追いやられ、その犠牲の上にまた新しい人生のつながりが生まれる。悲しいけれど、悲しいだけではなく心の奥にじわりと広がる温かい感情がある。その余韻が心地よい。これが鏑木蓮の世界だ。

推理小説という枠を超えて独自の世界を展開する本作は、本宮医師というまっすぐだが、医師の出世コースから外れている心療内科医の登場で、これからますます目が離せなくなった。事件にうごめく多くの伏線をたぐり、その伏線の奥にある作者のメッセージを探るという楽しみを読者に味わっていただきたい。次の作品はどんなテーマになるのか、期待を込めて待ちたいと思う。

（うみはら・じゅんこ／心療内科医・日本医科大学特任教授）

本作品はフィクションです。実在の人物、団体等とは一切関係ありません。

本書は、「潮ＷＥＢ」（二〇一六年十一月～二〇一八年六月）に連載され、二〇一九年四月に小社より刊行された単行本を加筆修正の上、文庫化したものです。